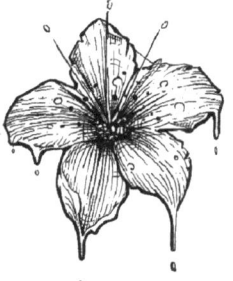

Cardo Polar

Die Kinder der Kirschblüte

Teil 1: Die Kinder erwachen

&

Teil 2: Bahlheim

Bibliografische Information der Deutschen Nationalbibliothek: Die Deutsche Nationalbibliothek verzeichnet diese Publikation in der Deutschen Nationalbibliografie; detaillierte bibliografische Daten sind im Internet über http://dnb.dnb.de abrufbar.

© 2015 & 2016 Cardo Polar

Artwork: Cris / www.cris.graphics
Korrektorat Teil 1: Hanka Jobke, Lektographem
Korrektorat Teil 2: Anabelle Stehl

Alle Rechte vorbehalten.

www.kinderderkirschbluete.de
#kinderderkirschbluete

Herstellung und Verlag:
BoD – Books on Demand, Norderstedt

ISBN: 9783741285110

Für all die wundervollen Menschen, die ich im Internet kennengelernt habe.

Danke, dass es euch gibt.

Die Kinder der Kirschblüte

Teil 1

Die Kinder erwachen

1

Hanna lag in ihrem Bett, bereit zu sterben. Einfach nur sterben, aus, alles vorbei. Endlich Ruhe. Sie war so unsagbar müde. Müde von dieser scheißverfickten Welt da draußen, von all dem Gerede, dem Generve, den Gerüchten, den miesen Sprüchen, all den Blicken, all den Arschlöchern um sie herum; und im großen Ganzen: all die Kriege, die Morde, das Leid, all die Ungerechtigkeit überall auf der Welt, wie sollte man damit nur klarkommen?

Und in ihr drin, da sah es nicht viel besser aus. Alles voll von verrotteten Gedanken und Gefühlen, eine unendliche Traurigkeit, die sie lähmte; Hass, Wahnsinn, ein Brennen in ihrem Kopf, ihrer Brust, ihrem Bauch. Sie konnte das alles nicht mehr ertragen, hatte keine Kraft mehr, um zu kämpfen. Mit diesem Körper, der nie so funktionierte, wie sie es gerade brauchte, wie sie es wollte. Sie war das alles so leid, so komplett leid. Sie wollte einfach nur noch Ruhe, sie wollte einfach nur sterben.

Das war an sich nichts Neues für Hanna. So weit sie zurückdenken konnte, war sie immer schon traurig gewesen, müde, allein, überfordert mit allem, außen und innen, kraftlos. Es war eine Mischung aus unglaublicher Einsamkeit, erdrückender, lähmender Traurigkeit, Angst, Abscheu vor der Welt, den Menschen gegenüber und dem brennendem, ohrenbetäubendem Lärm in ihrem Kopf. Momenten, in denen sie im Sekundentakt Explosionen von Emotionen fühlte, wenn sie versuchte, runterzukommen, die Augen schloss, tief ein- und ausatmete – dann rasten manchmal die Bilder des Tages an ihr vorbei, Gespräche, Geräusche, sie fühlte Angst, Scham, Hass, Wut alles gleichzeitig, während sie in Gedanken Menschen sah, reden hörte, immerzu reden, um sie herum, in der Schule, auf der Straße, im Bus. Es rauschte und explodierte in ihrem Kopf in einer Endlosschleife. Die Gefühle erdrückten sie, schnürten ihren Hals zu, bis sie zitternd in der Ecke kauerte und sich durch Schmerzen wieder Luft zum Atmen verschaffen musste, sich erdete, wie sie es nannte. Sie kannte das alles, sie hatte das alles tausendmal erlebt, sie hatte das alles so endlos satt. Nein, es war absolut nichts Neues. Neu war nur, dass in diesem Moment eine Nachricht von Sven auf ihrem Handy aufleuchtete.

Sie musste lächeln. Und das war definitiv auch neu. Es war natürlich kein breites Grinsen, kein Zahnfleischlächeln, nein, aber ihre Mundwinkel zuckten eindeutig nach oben, ganz kurz, ein Mal. Das Handy hatte aufgeleuchtet, und sie dachte, ja, so ist das, du bist das Licht in meiner dunklen Nacht. Und musste wieder lächeln, über sich selbst und diesen grottigen Schmalzdreck, den sie da dachte. Was war hier eigentlich los? Wie konnte eine WhatsApp-Nachricht, eine Person, es schaffen, sie so dermaßen schnell aus ihrem Loch, ihrem Gedankengefängnis zu reißen? Seit sie Sven kannte, schaffte er es immer wieder.

Sie hatte Sven noch nie getroffen, tatsächlich hatte sie ihn auch noch nie gesprochen. Sie kannten sich jetzt seit acht oder neun Monaten über das Internet. Er hatte ihre Website, ihren kleinen Blog, ihr Sammelsurium der Monstrositäten, wie sie es nannte, gefunden und sie kontaktiert, und sofort, von seiner ersten Mail an hatte sie das Gefühl, nicht mehr ganz so allein zu sein. Das Gefühl, dass dort draußen jemand war, der sie verstand. Also, so richtig verstand.

Natürlich hatte sie im Internet bereits viele mehr oder minder gleich gesinnte Freunde gefunden. In einem Forum, BlutigeTraenen.de, war sie seit mehr als zwei Jahren aktiv und hatte enge Freundschaften mit einigen Nutzern geknüpft, die genau wie sie todtraurig und allein waren, gefangen in einer tristen, feindlichen Welt. Die sich ritzten aus den unterschiedlichsten Gründen. Aber mit Sven war es irgendwie anders. Vom ersten Moment an spürte sie, dass da eine andere Ebene der Verbindung, der Freundschaft möglich sein könnte. Es lag irgendwie ein positives Versprechen, ein kleines, zartes Körnchen Hoffnung darin, wann immer sie Chaosprince98 las. Sein Online-Pseudonym.

2

Hanna wusste nicht, ob sie schizophren war, bipolar, Borderliner, depressiv oder was auch immer. Sie hatte natürlich online alles darüber gelesen, sich immer wieder selbst diagnostiziert, alle möglichen Online-Tests gemacht, aber irgendwie war es ihr am Ende auch scheißegal, was nun genau kaputt war in ihr drin: Sie wusste, es war einfach nicht zu reparieren. Sie wollte es auch gar nicht reparieren, sie wollte einfach nur ihre Ruhe. Bei einem Arzt, einer Therapeutin war sie nie gewesen. Ihre Mutter wusste ja auch gar nicht richtig Bescheid, was los war.

Das war eh sehr komisch, das mit ihrer Mutter – und das mit ihrem Vater sowieso. Ihr Vater war viel älter als ihre Mutter. Er war beruflich immer unterwegs und fast nie zuhause gewesen. Wenn er dann mal da gewesen war, hatte er nie viel mit Hanna geredet, hatte sie nur manchmal ganz fest in den Arm genommen, lange, sehr lange festgehalten, fast erdrückt, und dann hatte sie immer gespürt, dass er sie liebte, irgendwie, auf seine Art. Aber davon konnte sie sich jetzt auch nichts mehr kaufen, denn jetzt war er weg. Außerdem waren sie ständig umgezogen. Fast jedes Jahr, kreuz und quer durch Deutschland, bis vor drei Jahren. Seitdem war ihr Vater nicht mehr nach Hause gekommen, hatte sich nicht mehr gemeldet, hatte sich nicht verabschiedet, und sie waren hier wohnen geblieben, in diesem verpissten kleinen Kaff in der niedersächsischen Provinz.

Ihre Mutter arbeitete in der Stadtverwaltung, und sie versuchte wirklich, Hanna Liebe und Geborgenheit zu geben, im Rahmen ihrer bescheidenen Möglichkeiten, wie Hanna immer dachte. Aber sie scheiterte kläglich, vielleicht weil sie es selbst nie erfahren hatte. Hanna wusste es nicht, sie konnte mit ihrer Mutter nicht reden, über eigentlich gar nichts außer Einkaufslisten oder Fernsehshows. Ihre Mutter schien genau wie Hanna ihren eigenen Kampf zu führen, irgendwo tief drinnen in ihrem Kopf, und sie konnte, wollte nichts sagen über ihre eigene Traurigkeit oder über Hannas Vater oder über irgendwas, was irgendwie relevant gewesen wäre. Ihre Mutter schien immer nur sehr bedacht darauf zu sein, immer darauf hinzuarbeiten, dass alles ruhig war, alle still so taten, als wäre alles in Ordnung. Und so war Hanna komplett allein hier, allein mit sich und dem Wahnsinn in dieser Welt, allein mit sich und dem Wahnsinn in ihrem Kopf.

Aber online war alles besser, da war sie nicht allein, da hatte sie viele Freunde – und jetzt Sven. Er verstand sie, verstand ihren Hass, teilte ihren Zynismus, ihre Sicht auf die Welt und das Leben, ihre Einsamkeit, ihren Schmerz. Auch Sven war allein, hatte Eltern, die hohl, leblos wie Schaufensterpuppen waren, wie er immer sagte, die nur ein Kind wollten, das funktionierte. Er funktionierte aber nicht. Auch er war ein Außenseiter in der Schule, der im besten Fall ungesehen blieb, ignoriert wurde, im schlimmsten Fall das Ziel ätzender Sprüche, gemeinen Mobbings war. Mit ein paar anderen hatten sie im BlutigeTraenen-Forum eine kleine Gruppe gegründet. Eine Clique. Sven aka Chaosprince98, Hanna aka fehlkonstruktion, und noch ein paar andere, mehr oder minder stark aktiv, vor allem aber VioletPain, suki_chan, maerchenlos und BloodAngel. Sie teilten ihre Gedanken, ihren Schmerz, sie gaben sich Verständnis, Halt, Trost. Manchmal schmiedeten sie auch gemeinsam Pläne, wie sie sich rächen wollten an den Arschlöchern in ihrer Schule, ihrer Stadt, in der Welt. Sie schworen, sich gegenseitig zu beschützen. Sie wollten einmal zusammenleben, später, alle zusammen, abseits versteckt auf einem Bauernhof, autark, ihr eigenes, geheimes Land, ein Zufluchtsort, ein Versteck für alle geschundenen Seelen, wie sie es nannten. Alle, die den Schmerz teilten, die Teil der Gruppe waren, galt es hier zu schützen. All die anderen Menschen, die willentlich und aus Bosheit anderen Schmerzen zufügten, egal ob körperlich oder seelisch, galt es auszuschließen, zu bestrafen. Manche meinten gern aufs Schlimmste, für immer.

Natürlich waren das für Hanna nur Gedankenspiele, die sie beruhigten, die dazu dienten, Frust rauszulassen, ein Gefühl von Geborgenheit, Zugehörigkeit und Schutz simuliert zu bekommen. Hanna war zu schlau, um das nicht zu durchschauen. Das war ja eines ihrer größten Probleme, ihre Intelligenz. Sie war zu schlau, sie verstand zu viel über die Menschen, über die Welt. Und dauernd musste sie sich selbst analysieren, sezieren, bis ins

Kleinste ihr Verhalten, ihre Gedanken aufschlüsseln. Es war so furchtbar ungerecht, so unfair, dass sie so scheißverdammt schlau war, es lähmte sie zusätzlich, und es machte sie doppelt zum Außenseiter – und die dummen Vollidioten waren die Helden auf jeder Party. Denn offline waren sie alle unscheinbar, unsichtbar und versuchten, es auch zu bleiben, nicht aufzufallen. Ja nicht das Interesse anderer zu wecken, denn zu oft waren sie gehänselt, gemobbt, geschlagen oder gar missbraucht worden. Hanna hatte es in ihrer neuen Schule auch wieder schwer gehabt. Es gab dort zwei mehr oder minder homogene Cliquen: die Bauern, wie Hanna sie nannte, Dorfjugend, in der Freiwilligen Feuerwehr und im Landjugendverband Mitglied. Dummköpfe, einfältig, banal, für immer hier in diesem verpissten Kaff in ihrer kleinen miesen Existenz gefangen. Und dann die Coolen, meist aus dem Neubaugebiet jenseits der Bahnlinie, spielten Tennis oder Hockey, waren in Bands, hatten einen älteren Freund oder Bruder mit Auto, fuhren im Urlaub in die USA oder nach Thailand. In echt jetzt, kein Scheiß, alles lebende Klischees durch und durch.

Die Bauern ignorierten Hanna, die Coolen machten ihr das Leben zur Hölle. Durch ihre Arroganz, ihre Ignoranz, ihre abwertenden Blicke und durch ihre Sprüche, ihre Hänseleien. Der einzige halbe Grenzfall war Nicole. Sie gehörte zum Dunstkreis der Coolen, ihren Eltern hatten sicher viel Geld, sie wohnte in einem großen Haus am Waldrand, natürlich jenseits der Bahnlinie. Soweit Hanna es mitbekommen konnte, hatte Nicole nie etwas Gemeines zu ihr gesagt oder mitgelacht. Sie hatte natürlich auch nie Partei ergriffen für Hanna, sie geschützt. Nur einmal, als zwei Mädchen Hanna im Flur ein Bein gestellt und, als sie am Boden lag, auch noch blöde Sprüche gemacht hatten, da platzte es aus Nicole heraus, und sie schrie die beiden an: „Alta, was ist kaputt bei euch? Lasst sie doch mal in Ruhe!" Dann war sie weggerannt.

Von außen war Nicole das typische neureiche, blonde Teenie-Püppchen-Klischee, aber was Hanna an Nicole mochte, war, dass sie im Unterricht immer so ruhig war, und wenn sie etwas sagte, war es sehr überlegt, unangreifbar, oft eine zynische Spitze, die genauso gut ihre Freunde oder auch die Lehrer treffen konnte. Außerdem gab es das Gerücht, dass Nicole Kampfsport machte, einen Schwarzgurt in Karate hatte oder so. Das wollte gar nicht zu ihrem äußeren Bild passen, und das gefiel Hanna. Zudem waren sie sich ab und zu begegnet, wenn Hanna wanderte, allein, durch den Wald, über die Halde, im Morgengrauen, wenn alles schlief, da sah sie manchmal Nicole, und sie joggte wortlos an ihr vorbei. Sie sahen sich kurz an, lächelten nicht, nickten nur. Hanna fühlte in diesen Momenten eine gewisse Vertrautheit, ein gewisses Verständnis. Wenn sie nah neben Nicole stand, meinte sie manchmal, eine zweite Einsamkeit, Traurigkeit, versteinerte Verzweiflung zu spüren.

Hanna las viel, natürlich, was sollte sie sonst auch machen außer zocken? Ein ganz besonders wichtiges Buch für sie war *Carrie* von Stephen King. Sie hatte es schon relativ früh mit elf oder zwölf gelesen. Niemals würde sie ihre Mutter mit der von Carrie vergleichen, nein, Hannas Mutter war eher eine kalte, perfekte Steinstatue, aber Hanna konnte so sehr mitfühlen mit Carrie, diese scheiß Einsamkeit, dieses scheiß Außenseiterdasein.

Es war irgendwie Teil von Hannas Krankheitsbild, dass sie ständig das Gefühl hatte, Stimmen zu hören, die sie nicht richtig fassen, nicht richtig verstehen konnte. Dass Gefühle sie überwältigten, fremde Gefühle, positive wie negative, und dass sie das Gefühl hatte, nur das Gefühl, vielleicht ja auch nur das ungeheure Verlangen, Dinge, Menschen mit der Kraft ihrer Gedanken zu bewegen. Natürlich konnte Hanna keine Telekinese, so wie Carrie, aber sie stellte sich oft vor, es zu können. Rache zu üben. Nicht so extrem, nicht so böse, aber Lektionen erteilen, im Kleinen, sich schützen. Manchmal, früher noch öfters, trainierte sie das sogar. Natürlich immer ohne Erfolg, aber es gab ihr ein gutes Gefühl, vielleicht die Hoffnung, das Außen kontrollieren, beherrschen zu können. Wenn sie es versuchte, sich konzentrierte, fokussierte, dann war für eine ganz kurze Zeit nur Stille in ihr. Deshalb liebte sie *Carrie* – und *Star Wars*.

Das mit den Telekineseübungen hatte Hanna nicht so oft im Forum angesprochen, auch Sven gegenüber nur andeutungsweise, eher als Witz. Hauptsächlich weil es ihr peinlich war. Eine ihre schönsten Kindheitserinnerungen betraf einen Urlaub in Nordfrankreich mit ihrem Vater. Er war ein stiller, lieber alter Mann gewesen, und in diesem Urlaub hatte er einmal, vielleicht das einzige Mal richtig Zeit für sie gehabt. Ihm hatte sie dann erzählt, wie sie immer versuchte, Stifte auf ihrem Schreibtisch mit der Kraft ihrer Gedanken zu bewegen, und er hatte sie liebevoll angelächelt, in den Arm genommen und gesagt: „Ach, mein kleines Mädchen, ich glaube ganz fest daran, dass du alles schaffen kannst, was du willst, wenn du nur selbst fest genug daran glaubst!" Nach diesem Urlaub hatte er ihr etwas geschenkt, einen alten, kleinen Reisekoffer, einen Trostkoffer. „Darin findest du alle Wunder dieser Welt, die du brauchst." In dem Koffer waren ein Malblock, diverse Stifte, ein Märchenbuch mit Geschichten über die Prinzessin Hanna, ein paar Hörspiele und ein alter Armreif, der angeblich schon ihrer Ururoma gehört hatte. Der Armreif war aus grobem, sprödem Metall, besaß wenige schlichte, dicke Ornamentlinien als Verzierung und vier Knubbel, Beulen, vielleicht waren da früher einmal Edelsteine gewesen. Das Besondere an dem Armreif war, dass ein Ring fest dazugehörte, mit zwei Metallketten war er befestigt und konnte über den Mittelfinger gezogen werden. Der Armreif war Hanna damals natürlich viel zu groß gewesen, aber mittlerweile passte er, und immer wieder holte sie auch heute noch den Koffer unter ihrem

Bett hervor, streifte den Armreif über und las im Buch über Prinzessin Hanna oder hörte eines der Kinderhörspiele.

3

„Ich brauch dich", hatte Sven geschrieben. Auch das war neu, dass jemand sie brauchte. Die Traurigkeit floss von ihr, zog sich zurück, und Hanna kämpfte sich mit Neugier und Spannung hoch vom Bett. Es war Abend. Oft kommunizierten sie auch einfach direkt über das Forum, sie teilten viel mit der Clique. Dabei waren einige sehr auf Anonymität bedacht, so wie Sven oder VioletPain und BloodAngel. Hanna war da ambivalent, sie postete nie ihren richtigen Namen oder spezielle Details, aber sie nannte schon mal ab und zu dieses scheiß Kaff beim Namen, oder einige der Wichser, die ihr das Leben zur Hölle machten, zumindest beim Vornamen, das tat ihr gut, das herauszulassen, das so zu benennen, das mehr oder minder öffentlich zu machen.

„Ich hab's gemacht! Es fühlte sich unglaublich, unglaublich geil an! O man, wie geil! Aber es war zu viel. Verstehst du, es war einfach zu viel. Das Rezept war falsch, ich wollte, dass sie kotzen, würgen, sich auf den Boden krümmen, die Wichser, aber ein paar sind umgekippt, nicht mehr aufgestanden. Ich bin so schnell weg, wie ich konnte. Hanna, ich hab Schiss. Megaschiss. Können wir chatten?"

Hanna wurde kalt, Blut schien aus ihrem Kopf hinunter in den Magen zu stürzen. Sie fühlte Svens Euphorie – und seine Angst. Ihr wurde kotzübel.

Es hatte vor etwa einem Monat angefangen, das mit dem großen Racheplan. Es musste irgendwas besonders Fieses vorgefallen sein, bei Sven in der Schule. Was genau, wollte er nicht sagen, war ihm peinlich. Er war sehr verletzt, gedemütigt worden. Irgendein ultragemeiner Streich, eine Bloßstellung, und alle hatten zugesehen, hatten gelacht, nichts gemacht, wohl auch die Lehrer nicht, aber das war ja klar, die Lehrer machten ja meistens nichts, auch wenn sie es mitbekamen. Gut, es gab Ausnahmen, ganz wenige Lehrer, die einschritten, nicht nur große Reden schwangen bei Versammlungen und Elternsprechtagen, sondern die wirklich hinschauten, wirklich wahrnahmen, was passierte, die ein Interesse hatten, an allen Schülern, an der Stimmung in der Klasse, auf den Fluren, auf dem Hof, in der Pause, ein Gespür, und die dann hinschauten und einschritten, aber diese Lehrer waren doch wirklich superselten.

Auf jeden Fall war es ganz schlimm gewesen, und Sven brannte vor Hass und Wut. Er hatte endgültig genug, die Schnauze voll und nein, er wollte sich nicht ritzen, er wollte sich nicht umbringen, durch die Gemeinschaft in der Clique und durch die Chats mit Hanna hatte er in den vergangenen Monaten an Selbstvertrauen und an Mut gewonnen, so sehr, dass er zurückschlagen wollte. Heftig.

Es entbrannte eine lange, teils hitzige Diskussion über mehrere Tage in der Clique. Es war egal, was genau passiert war, sie respektierten, wenn jemand keine Details erzählen wollte, dazu hatten sie alle selbst schon zu viel erlitten, zu viel erlebt. Es ging nur um die Art des Zurückschlagens, um die Art der Rache. Schuldig waren für Sven alle, alle aus seiner Klasse, alle Lehrer, alle Schüler der Schule. Es ging ihm nicht nur um diese eine Sache, er war so im Hass, es ging ihm um alles.

Sven und BloodAngel hatten recherchiert, es gab ihm Darknet verschiedene Dokumente. Sie alle hatten dieses schreckliche Word-Dokument, in dem über fünfzig Arten beschrieben waren, wie man sich selbst umbringen konnte, schmerzhaft, mit großem Aufsehen oder ganz still, sanft entschlummern. Sven und BloodAngel hatten aber auch etwas anderes gefunden. Anleitungen, um Rohrbomben und Sprengfallen zu bauen, Gift zu mischen, Gaskartuschen zur Explosion zu bringen, und sie hatten auch Kontakt zu irgendwelchen Neonazis aus Ungarn und Thüringen, die über das Internet Waffen verkauften, Pistolen, Handgranaten und son Zeug, teilweise uralt, aus dem Zweiten Weltkrieg. Zumindest behaupteten sie das, also Sven und BloodAngel, dass sie die Dokumente und die Kontakte hatten. Die anderen waren entsetzt, Strafe ja, Zeichen setzen klar, aber doch nicht so, was für ein Scheiß, alle hirnkrank, ihr auch, genau wie die Wichser, ist doch genau das Gleiche. VioletPain war sehr aggressiv zuerst, hatte Angst, dass Sven einen auf Littleton oder Erfurt machen wollte. Und überhaupt, Waffen von Neonazis? Hanna hatte vor allem Angst um Sven, Angst um die Clique, sie merkte – dafür war sie ja so scheiße schlau –, sie hatte

Angst vor Veränderung. Gerade hatte sie Sven richtig gefunden, gerade war es so ein sicherer Online-Hafen hier im Forum, hier in der Clique, ein Zuhause, das wollte sie nicht verlieren. Suki_chan und maerchenlos gaben Sven und BloodAngel in dem Punkt recht, dass wenn sie es ernst meinten mit der Clique, wenn sie es ernst meinten, sich schützen zu wollen, dann mussten sie sich auch mal wehren.

VioletPain war missbraucht worden, nicht nur einmal und nicht nur von einer Person, ab und zu hatte sie etwas dazu im Forum geschrieben. Manchmal brach sie deswegen komplett zusammen und ertrank im Welt- und Selbsthass, manchmal tat sie aber auch so, als ob das alles nicht so schlimm sei, als ob man nur stark sein müsse, innerlich, dann ginge schon alles, als ob es da draußen nicht so schlimm wäre. Die anderen machten ihr klar, dass sie nur leben konnte, richtig leben, ein eigenes Leben ohne Angst und Schmerzen, wenn sie anfangen würde, sich zu wehren, anfinge zurückzuschlagen, allein schon aus Liebe und Respekt vor sich selbst – und Sven würde für sie alle den Anfang machen. Nur wie und wen treffen?

Sie wurden sich nach einiger Zeit einig: Es sollte nichts sein, wobei jemand sterben oder ernsthaft verletzt werden konnte, also mit bleibenden Schäden, so richtig derb, das nicht. Nicht weil die meisten es den Arschlöchern nicht gönnten, doch sie hatten Angst um Sven, er sollte nicht in den Knast oder selbst verletzt werden oder so. Na ja, und VioletPain, suki_chan und Hanna wollten nicht, dass andere richtig verletzt wurden, vielleicht traf es ja auch Unbeteiligte. Und es musste etwas sein, wo keiner mitbekam, wer der Verursacher war. In geschickten Diskussionen schafften es Hanna und VioletPain dann, die anderen zu überzeugen: Zurückschlagen ja, gezielt, mit Wirkung, aber ohne dass Sven irgendwie damit in Verbindung gebracht wurde. Denn es sollte ein erstes Zeichen sein, ein erster Schlag, es sollten viele folgen, das erste Mal, dass die Clique nach außen in Erscheinung trat, sich wehrte. Nicht nur für sich, für alle geschundenen Seelen. Da waren sie sich dann einig, ja sogar ein wenig euphorisch. Sie fühlten sich verbunden, es fühlte sich irgendwie für alle gut an, endlich einmal zu handeln, anderen die Grenze zu zeigen, zurückzuschlagen.

Es gab noch eine kurze Diskussion darüber, wer wirklich getroffen werden sollte, und eine weitere längere Diskussion darüber, wie genau und womit. Am Ende stand der Plan. Die Kommunikationsnetze wollten sie angreifen, den Nerv des sozialen Lebens der Feinde. So formulierte es BloodAngel. Vorher war die Diskussion ihren Weg von Rohrbomben und Schulmassaker über Rauchbomben und Autoreifen zerstechen, heimlich Fahrradschrauben lösen, Türen unter Elektrizität setzen bis hin zu Todesanzeigen in der Lokalzeitung gegangen.

Zum Schluss wurde Folgendes daraus: Es gab ein Dokument, auch aus dem Darknet, darin war detailliert beschrieben, wie man einen Störsender bauen konnte, der je nach Leistung innerhalb von fünfzehn bis fünfzig Meter alle Smartphones funktionsunfähig, im besten Fall sogar kaputt machte. BloodAngel hatte sogar schon einige Teile für das Ding organisiert. Den wollte er bauen und Sven schicken, welcher den Störsender dann heimlich in der Schule aktivieren und schnell wieder verschwinden lassen wollte. Um dem Ganzen den richtigen Drive zu geben, sollte zeitgleich eine anonyme Website online gehen, mit Namen und Fotos von allen Schülern und Lehrern der Schule, ja auch mit Sven, zur Verschleierung, und dem Text: „Heute zerstören wir eure Handys, morgen euch, denn ihr habt keinen Respekt vor dem Leben, ihr liebt und schützt das Leben und eure Mitmenschen nicht, ihr tut nichts, damit das Leben für andere Menschen lebenswert ist. Ändert euch, seht hin, schreitet ein, nehmt Rücksicht, gebt Respekt – für alle Menschen! Wenn ihr euch nicht ändert, werden wir euch bestrafen!" Es sollte eine Warnung sein, eine Erziehungsmaßnahme. Den Link zur Site wollten sie dann von einer anonymen E-Mail-Adresse aus an die Lokalzeitung und das Radio senden.

Wenn das richtig klappte, wollten das die anderen übernehmen, vielleicht auch selbst bei sich umsetzen. Das wär doch der Hammer, ganz Deutschland würde darüber sprechen, der Beginn einer Bewegung! Man postet ja viel, wenn die Nacht lang ist. Sven wollte mit BloodAngel in die Detailplanung gehen und sich dann wieder in den nächsten Wochen dazu melden.

Irgendwie waren am Ende der Diskussion alle begeistert und stolz aufeinander. Bis auf VioletPain und suki_chan, die sich nicht vorstellen konnten, wie so was überhaupt technisch funktionieren sollte. Aber BloodAngel und Sven waren überzeugt, das hinzubekommen.

Doch in der Nachricht von Sven stand jetzt etwas ganz anderes, etwas von Kotzen und Rezept, nichts von Störsender und Smartphones. Was hatte er getan? Zitternd fuhr Hanna ihren Computer hoch und loggte sich ins Forum ein.

4

Die Welt kannte Sarah als braves, wohlerzogenes, stilles Mädchen, das immer schlichte, schwarze Kleider trug, die im Kontrast ihr langes, blondes Haar noch heller leuchten ließen. Stets war sie versunken in Bücher oder Tagträume. Wenn sie etwas gefragt wurde, sah sie die Menschen sehr lange an, aus großen, blassen Augen, bevor sie langsam, leise antwortete, so als sei sie gerade erst aus einem tiefen Traum erwacht. Aber Sarah hatte zwei Gesichter. Ihre Eltern kannten sie auch als impulsives, explosives Energiebündel, das wegen der kleinsten Anlässe die heftigsten Wut- und Tobsuchtsanfälle bekam, aus denen sie nichts und niemand wieder herausholen konnte. Es half kein gutes Zureden, kein Festhalten, kein Schreien, kein Schlagen – nur wegsperren und abwarten, bis sie sich selbst wieder beruhigt hatte, bis sie von selbst wieder diesen verklärten, verträumten Blick bekam und ihre leise, fast schon flüsternde Stimme zurück war.

Zum Glück hatte Sarah diese Anfälle meist nur zuhause. Sie wusste selbst nicht, woher sie kamen, sie kamen einfach aus dem Nichts, einfach so über sie, wenn sie sich über etwas ärgerte, ihr etwas nicht gelang, sie sich ungerecht behandelt fühlte.

Heute hatte sie keinen Grund für einen derartigen Wutanfall gehabt. Es war der 7. September 1893, ihr dreizehnter Geburtstag. Und als sie abends im Bett lag, dachte sie euphorisch, dass heute der schönste Tag ihres Lebens gewesen war. Ja klar, das war übertrieben, aber sie war einfach nur überglücklich. Im Flur hörte sie ihre Mutter, und sie wartete auf ihren Gutenachtkuss und darauf, dass Mutter die Kerze löschte, wie sie es jeden Abend tat. Sie überlegte kurz, ob sie noch einmal schnell aus dem Bett huschen und ihre Geschenke anschauen sollte, aber das musste sie gar nicht. Auch wenn sie die Bücher liebte, sie sich den blauen Schal, die weiße Spitzenbluse schon lange gewünscht und sich besonders über die feinen, schwarzen Lederhandschuhe gefreut hatte – das Schönste war der Zirkus gewesen.

Eine Kutsche hatte sie von zuhause aus der Haubachstraße in Berlin-Charlottenburg abgeholt, der Kutscher hatte ihr beim Einsteigen geholfen: „Fräulein Goldmann, es wartet ein ganz besonderes Abenteuer auf Sie!" Und dann waren ihr Vater, ihre Mutter und ihr kleiner Bruder hinterhergestiegen, und gespannt waren sie zu dem großen Festplatz gefahren, wo der Zirkus Balthasar gastierte. Sarahs Klassenkameradinnen hatten schon viel davon geredet, aber noch keine war wirklich drin gewesen, hatte eine Vorstellung gesehen – und nun durfte sie zum allerersten Mal in den Zirkus.

Der Eintritt war teuer, zwei Mark und fünfzig Pfennige pro Person. Aber das war es wert, o ja. Wenn sie jetzt zurückdachte an all die Artisten, Kunststücke, Tiere, Wunder, Zaubereien, dann war alles ein magischer, bunter Sturm der Bilder in ihrem Kopf. Aber ein Bild, ein Artist stach ganz klar heraus: der Feuerspucker.

Der Elefant hatte gerade das große Zirkuszelt verlassen, und das Publikum saß noch ehrfürchtig mit offenen Mündern auf den Bänken, da wurde es plötzlich ganz finster, und im Schein einer einzelnen Fackel betrat ein großer, rundlicher und doch mit starken Muskeln an Armen und Beinen ausgestatteter, glatzköpfiger Mann die Manege. Er hatte einen nackten Oberkörper, trug eine knappe, schwarze Hose und hielt eine große Fackel in der Hand. Aus einem kleinen, bronzenen Fläschchen, welches für Sarah ein wenig wie eine orientalische Zauberflasche aussah, trank er immer wieder kleine Schlucke einer Flüssigkeit. Und dann spuckte er große Feuerfontänen in die Dunkelheit – wie ein Drache im Märchen! Gebannt beobachtete Sarah die großen Feuerwolken, fühlte ihre Hitze, sah die goldene, rote, glühend weiße Pracht, wie sie sich in die Finsternis des Zeltes fraß. Noch nie hatte sie etwas Schöneres gesehen, noch nie hatte sie etwas gesehen, das so verlockend, so begehrlich, so heilig aussah wie dieses Feuer. Sarah verlor jedes Gefühl für Raum und Zeit, wo sie war, wer sie war. Sie sah die Feuerwolken, wie sie sich in Zeitlupe aufbauten, ausbreiteten, fühlte, wie die Hitze an ihr leckte, an ihrem Gesicht, ihrem Hals.

Spätabends in ihrem Bett liegend, konnte Sarah immer noch ganz genau die Hitze fühlen, sie brannte überall auf ihrer Haut. Langsam glitt sie in den Schlaf, während sie Wolken und Mauern, Berge und Landschaften aus purem Feuer sah. Es machte ihr keine

Angst, nein, überhaupt nicht, es fühlte sich vertraut an, wunderschön. Es war, als ob das Feuer für sie, mit ihr spielte, als sei es ein Teil von ihr. Jetzt schwebte sie im Traum über einem riesigen Meer aus Feuer. Wellen aus Flammen tanzten wild, ungezügelt, in gleißendem Gold hin und her. Sie fiel, tauchte ein, mitten in das Flammenmeer hinein. Aber anstatt qualvoll zu verbrennen, fühlte sie nur Glück, Geborgenheit, Euphorie. Es war ein schönes, reines, erfüllendes Gefühl. Mit einem seligen Lächeln wurde ihr klar, dass sie hier im Feuer zuhause war.

5

„Ja, ich habe mich entschieden, anders Rache zu üben. War es ein Fehler? Vielleicht. Bereue ich es? Noch nicht! Noch nicht!", hatte Sven im geschützten Bereich des Forums geschrieben. „Klar, scheiße, ich hab Angst. Es ist brutal schiefgegangen, aber ehrlich Leute, ihr könnt euch nicht vorstellen, wie geil das war, dieses Gefühl, dieses pure Adrenalin. Und die Kraft! Die Kraft, die ich auf einmal fühlte. Die ich noch fühle. Ich habe Kraft. Ich kann mich wehren! Darum geht es, darum ging es! Es war, wie sie alle direkt anzuschreien! Sie alle in Grund und Boden zu brüllen!"

Er hatte sie aber nicht angeschrien. Er hatte bei der 25-Jahr-Feier seiner Schule irgendeinen gepanschten Giftdreck in Getränke und Essen gemischt und gespritzt. Das Rezept hatte er aus einem der Dokumente, die er mit BloodAngel im Darknet gefunden hatte. Es war kein wirkliches Gift, eher ein Gebräu, fast ausschließlich aus Hausmitteln, zwei Bestandteile hatte er in der Drogerie geklaut, eines aus dem Medizinschrank seiner Eltern. Es sollte relativ harmlos sein, Durchfall erzeugen, leichte Übelkeit, Schwindel, in seltenen Fällen leichte Halluzinationen. Sven hatte angeblich die Dosis sogar noch halbiert. Er wollte erst mal nur einen kleinen Testlauf machen, das andere Projekt mit BloodAngel dauerte ihm zu lange, war zu ungewiss. Er wollte nur vorsichtig testen, was so möglich war.

Aber dann war er wohl an dem Abend in einen kleinen Rausch verfallen. Keiner hatte ihn bemerkt, alle hatten ihn wieder ignoriert. So konnte er unbemerkt am Büfett herumhuschen und bei einer Rede mit anschließendem Show-Act, wo das Licht in der ganze Halle aus war, die Brühe in die Bowle, den Kartoffelsalat und in ein paar Gläser und Flaschen spritzen. Es war dann wohl aber doch zu viel gewesen, zu hoch konzentriert oder irgendwas anderes vielleicht falsch an seinem Mix. Auf jeden Fall hatte er zuerst mit Abstand beobachtet, wie sie tranken, grinsten, lachten und redeten, und dann, wie die ersten zuckten, würgten, sich die Bäuche hielten. Jetzt musste er grinsen, breit, fühlte sich sehr stark, mächtig, einfach gut. Ihr Wichser. Das geschieht euch so gottverdammt recht, hatte er gedacht.

Dann sah er aber immer mehr umkippen und schreien, Panik brach aus. Er sah Schüler mit Schaum vor dem Mund. Schnell schnappte er sich seinen Rucksack, sah sich noch dreimal um und glitt dann mit einem Strom von panisch an die Luft rennenden Schülern und Eltern hinaus. Er rannte zu seinem Fahrrad und raste, so schnell er konnte, nach Hause. Unterwegs konnte er sich nicht entscheiden, er wechselte dauernd zwischen Angst und Panik, in der er „Scheiße, Scheiße, Scheiße!" in die Nacht rief, und Euphorie, Triumphgefühl, in welchem er dachte: Wie geil, Wie geil, Wie geil, war das denn bitte?

Nach und nach kamen alle aus der Clique ins Forum. In Private Messages und im Gruppen-Chat entbrannten wilde Diskussionen über Svens Tat. Erst mal wollten alle wissen, was genau vorgefallen war, was er genau gemacht hatte, aber Sven blieb da auch etwas nebulös, schien nicht alles, besonders über das Rezept und womit er das genau wo reingespritzt hatte, zu sagen. Auch nicht, wer da nun wie betroffen gewesen war. Aber er bekam gar nicht so viel Gegenwind von den anderen, nicht von VioletPain, schon gar nicht von Hanna. Sie schienen zu merken, dass Sven hinter all seine Hochgefühlen und Endorphinen einfach Megaschiss vor den Konsequenzen seiner Tat hatte. Megaschiss, entdeckt zu werden, und ja, er hatte wohl auch Angst, jemanden ernsthaft verletzt zu haben, bei allen Schimpfwörtern und Hasstiraden schien es doch immer wieder durch.

Hanna hatte auch Angst, Angst um Sven, dass ihm etwas passieren würde. Alle waren sie unglaublich aufgeregt, verfolgten die Status Updates und Meldungen auf Twitter und Facebook. Noch war vor Ort keinem klar, was genau passiert war. Einige Schüler und Lehrer mussten wohl ins Krankenhaus zur Beobachtung. Viele Posts gingen von einer Lebensmittelvergiftung aus, von verdorbenem Essen oder Getränken. Das wär's ja, vielleicht kam Sven superelegant aus der Situation raus und keiner merkte etwas, alle würden denken, es war irgendeine verdorbene Weinschorle, ein alter Kartoffelsalat gewesen.

Hammer, wenn das klappte, würden es die anderen auch versuchen – vielleicht.

Ruhe bewahren, das war jetzt das Wichtigste, das Wichtigste für Sven, das Wichtigste für alle. Sie löschten alle Einträge aus dem halb öffentlichen Forum, die auch nur im Entferntesten mit der Tat und der Planung zu tun hatten. Sie löschten alle Chatprotokolle, soweit wie möglich. Und am Ende auch noch alle WhatsApp-Nachrichten, Messages und Mails auf Smartphones und Computern, man wusste ja nie, jetzt aber nicht in Paranoia verfallen.

Das war ja eh so ein Ding mit den Smartphones. Die meisten wichtigen Dinge klärten sie über das Forum und den Chat direkt am PC. Die einen, weil sie da derbe Verschlüsselungstechnik am Start hatten und sich so sicherer fühlten, die anderen, weil sie solche Themen, solche Gedanken von ihrem Smartphone fernhalten wollten, denn das Phone hatten sie immer dabei, überall. Schnell konnte eine Mutter, ein Bruder, ein Mitschüler darauf schielen, es klauen, darin herumstöbern, dafür waren diese Dinge zu privat. Hanna wollte zudem nicht alles aus dem Forum, alle diese Gedanken und Probleme darin, immer mit sich herumtragen, und sie wollte hier zuhause in ihrem Zimmer mit dem Forum ihren sicheren Hafen haben, sie wollte das nicht mit in die Schule, mit an den Esstisch nehmen.

Nervös und paranoid waren sie aber alle irgendwie, immer mal wieder, jetzt gerade besonders. Gegen drei Uhr morgens sprachen immer noch alle von einer Lebensmittelvergiftung. Es waren über zwanzig Schüler und drei Lehrer ins Krankenhaus gebracht worden. Jetzt wurde es ruhiger. Hanna war noch sauer auf Sven. Es war hauptsächlich die Angst, weil er sich selbst in Gefahr gebracht hatte. Die Diskussion war abgeebbt, sie surften alle durchs Netz, suchten nach Updates oder anderen Dingen. Sven war schon länger still gewesen, da postete er auf einmal einen längeren Text:

„Ich will Licht, ich will Luft, ich will Spaß, ich will Leben. Ein richtiges, echtes Leben. Ich will nicht mehr nur Dunkelheit und Schmerz erfahren, ich will mich wehren! Wenn es sein muss, werde ich Schmerz austeilen! Ihr müsst nicht mitmachen, ihr müsst nicht dabei sein, aber gebt es zu, sagt, dass es richtig ist, dass es gut ist!

Ich will nicht für immer in Angst leben, nicht immer in Enttäuschung und Ablehnung, als Versager, vor mir selbst. Ich will mich nicht immer verstecken müssen. Ich will, dass sie mir egal sind, die anderen, diese Welt da draußen ist mir egal. Es geht doch eh alles den Bach runter. Ist doch alles scheiße da draußen. Alle um uns herum, Mitschüler, Eltern, Lehrer, Erwachsene, alle führen nur verrottete, leere, verlogene Leben! Es kotzt mich an, sie kotzen mich so sehr an. Das ist nicht meine scheißverfickte Welt, nicht mein Leben! Lassen wir uns nicht mehr tyrannisieren, nicht mehr erniedrigen, erpressen, in vorgefertigte Muster pressen! Ich will meine eigene Welt, mein eigenes Leben. Dafür muss ich mich und andere schützen, ich habe das Recht dazu, mich und uns zu schützen, egal wie! Ich will Licht und Leben und Luft zum Atmen und Spaß und Lachen – für uns alle! Und um das zu bekommen, muss ich mich zuerst wehren, das ist mir klar geworden. Ich muss mich freikämpfen, innerlich und äußerlich. Ein Zeichen setzen für mich selbst und für andere. Und das habe ich getan, und das will ich wieder tun.

Wir zusammen müssen uns helfen, wir müssen uns respektieren, unterstützen, schützen. Wir müssen gemeinsam unsere kleine neue Welt bauen, nach unseren Regeln, aber nicht nur als Träume online hier im Forum, sondern auch real! Und die anderen Menschen, die ganze kaputte, verlogene Scheiße da draußen, die schließen wir aus, die lassen wir bei uns nicht mehr mitspielen, die können uns alle mal, aber so was von!

Wir wollen sie gar nicht zerstören, wir wollen nur von ihnen in Ruhe gelassen werden. Wir wollen nicht, dass die Welt da draußen, dass die Arschlöcher uns zerstören! Damit sie uns in Ruhe lassen, physisch aber auch psychisch, damit sie mit ihrem Giftstachel aus unseren Herzen und Köpfen verschwinden, müssen wir uns zuerst wehren, lernen, aufrecht zu gehen, stolz zu sein. Ich bin stolz auf heute, ich bin stolz auf mich, stolz auf euch. Ich bin euch dankbar für Gespräche, Rückhalt, Aufmerksamkeit, Liebe, Respekt. Ich liebe und brauche euch – und sonst nichts!

Und ich werde mich und euch schützen. So ist das, und deshalb habe ich es getan, und es war ein erster Schritt, ein erster

Schlag, ich hoffe, dass noch viele folgen werden, nicht um anderen wehzutun, nicht um andere zu bestrafen, am Ende nur: um uns zu schützen, um den Raum und Platz in unseren Herzen und Köpfen zu schaffen, uns die Kraft zu geben, unsere eigene kleine neue Welt zu bauen, für uns, Stück für Stück. Für alle geschundenen Seelen.

Wisst ihr, wofür die Kirschblüte, die Sakura, im Japanischen steht? Für Schönheit, Aufbruch und Vergänglichkeit, und genau das ist es, was wir wollen, brauchen, wissen, genau das ist es, wofür wir stehen, was wir fühlen, was wir seit Monaten besprechen. Ich habe da schon länger drüber nachgedacht: Wir wollen die Schönheit des Lebens, unseres Lebens, endlich fühlen und für uns erobern, wir müssen dazu aufbrechen und Veränderung schaffen, in uns und außen in der Welt, und gleichzeitig wissen wir, dass alles vergänglich ist, die Schönheit, der Schmerz, die Leiden, das Leben. Aber so ist auch unserer Schmerz vergänglich, unsere Peiniger und Feinde werden vergehen. Wir werden all das sein und bringen: Wir stehen für Schönheit, Aufbruch und Vergänglichkeit.

Es ist doch so: Jahrhunderte, Jahrtausende lang haben Arschlöcher, Mobber, gierige, verlogene Wichser die Welt regiert, die Menschheit, besonders immer wieder Menschen wie uns, beherrscht, unterdrückt, erniedrigt, gedemütigt und gequält. Es ist höchste Zeit, dass sich das ändert, es ist Zeit, dass die

Unterdrückten, die Opfer sich wehren. Es ist an der Zeit, dass die Kinder der Kirschblüte erwachen …
Ich liebe euch, ihr seid alles.
Zusammen sind wir die Kinder der Kirschblüte."

Und sie lasen es alle, und Hanna lief eine Träne über die Wange, ihr Hals schnürte sich zu. Wie gern hätte sie jetzt Svens Hand gedrückt, ihn in den Arm genommen, ihn gehalten und gefühlt, wie er sie hielte und schützte. Während einzelne salzige Tränen auf ihr Keyboard tropften, tippte sie als Comment: „Ich liebe euch, ihr seid alles. Wir sind die Kinder der Kirschblüte." Drei Minuten später postete BloodAngel: „Wir sind die Kinder der Kirschblüte – du hast es für uns getan." Und später dann noch VioletPain: „Wir sind die Kinder der Kirschblüte."
Sie fühlten sich andächtig, feierlich. Sie gaben Sven noch Tipps: Verhalt dich normal, wie immer, unauffällig, demütig, zeig jetzt keinen Stolz, zeig Erstaunen, Trauer, Interesse, aber nicht zu viel. VioletPain gab Tipps, wie er geschickt das Thema wechseln konnte, falls er direkt angesprochen wurde, was er sagen sollte, wenn ihn jemand direkt nach dem Abend fragte.

Sie waren sich einig, dass Sven einen genialen ersten Schlag geliefert hatte, dass die Kinder der Kirschblüte erwacht waren und dass Sven und den Opfern sicher nichts Schlimmes passieren würde. Die Nacht war rum, einige krochen ins Bett, andere mussten direkt zur Schule, aber das waren sie gewohnt, die Nacht am Rechner durchzumachen.

6

Sarah liebte Jane Austen, sie verschlang ihre Bücher: *Stolz und Vorurteil*, *Emma*, *Northanger Abbey*. Ja und heimlich, ganz heimlich, las sie auch Oscar Wilde. Das war eigentlich streng verboten, keine Literatur für eine junge Dame wie sie. Also las sie heimlich tief in der Nacht bei Kerzenschein in ihrem Bett und sehnte sich auf ein englisches Landgut, weit weg aus diesem schmutzigen Berlin. Im Sommer war sie auf das höhere Mädchengymnasium gewechselt, und nun bestand ihr Leben nur noch aus preußischem Drill, dem Lernen unsinniger mathematischer Regeln, sticken, kochen, Hauswirtschaft. Und zuhause musste sie sich um ihren kleinen Bruder kümmern. Ihre Mutter war krank geworden, irgendetwas mit der Lunge, sie hustete oft schwer, manchmal, wenn es ganz schlimm war, sogar Blut. Sarah hatte Angst um sie.

Wie gern würde sie zusammen mit ihrer Mutter zur Kur fahren, irgendwo an die englische Küste. Ihr Blick war von dem Buch geschweift, sie sah ein altes englisches Landhaus vor sich, einen großen Garten mit weichem, grünem Gras, alten Bäumen, ein paar weißen Stühlen, einem Tischchen mit Tee und Gebäck. Die Luft war schwer von dem Duft von tausend Rosen und Orchideen.

Die Kerze ging zur Neige, die Flamme wurde klein, gleich würde Sarah schlafen müssen. O bitte, bitte nicht! Nicht schlafen und sofort wieder erwachen am Morgen und lernen und kochen und putzen und waschen und sticken und nähen. Ich will noch lesen, dachte sie, und wie in so vielen Nächten seit dem Zirkus erinnerte sie sich an den Feuerspucker, an ihren Feuertraum, dachte sie an die Wärme, die Hitze, das Licht. Sarah sah zur Kerze. Bitte stirb nicht, kleine Kerze, geh nicht aus. Brenne, brenne für mich, dachte sie.

Es war merkwürdig, es schien Sarah fast, als könnte sie die Wärme der kleinen Flamme spüren. Nicht auf ihrer Haut, sondern in sich, in ihrer Brust, in ihrem Kopf. Wie schön es doch wäre, wenn sie brennen könnte, heiß, lichterloh, wie eine Flammenfontäne des Feuerspuckers. Sarah konzentrierte sich voll auf die kleine Flamme der Kerze, versuchte, irgendwo in sich Kraft zu finden, Kraft, die sie der Kerze leihen konnte. Brenne, bitte brenne für mich, kleine Kerze. Zuerst dachte Sarah, ihre Augen spielten ihr einen Streich, aber sie konnte es nicht leugnen: Die Flamme wuchs, sie wurde größer. Nicht viel, aber ein bisschen, ein klitzekleines Bisschen. Doch sobald Sarahs Konzentration, ihre Hingabe nachließ, sackte die Flamme wieder zusammen auf ein spärliches Flackern. Sarah schwitzte. Adrenalin brannte durch ihre Adern. Sie versuchte es noch einmal. Wieder bäumte sich das Flämmchen auf, wurde größer, daumenhoch. Flackerte munter vor sich hin. Ein kleiner, spitzer Glücksschrei brach aus Sarah hervor.

In dieser Nacht fand sie keinen Schlaf mehr. Sie übte mit der Flamme die ganze Nacht, Stunde um Stunde, holte mehr Kerzen, und in den darauffolgenden Nächten tat sie das Gleiche. Nach zwei Wochen konnte sie mit der Kraft ihrer Gedanken die Flammen schon faustgroß werden lassen. Ein paar weitere Wochen, und sie schaffte es, sie zu formen, zu Ringen, Bällen, pulsierenden Sternen. Und dann, auf einmal, stand Sarahs Mutter im Zimmer.

Sarah hatte gerade über drei Kerzen glühende Feuerbälle groß wie Christbaumkugeln zum Leuchten gebracht. Sofort sackten sie in sich zusammen, erloschen sogar komplett, aber die Kerze in der Hand ihrer Mutter warf noch ein schwaches Licht auf Sarahs erschrockenes Gesicht. Sie hatte niemandem davon erzählt. Es war ihr Geheimnis, weil sie Angst hatte, Angst, für verrückt erklärt zu werden, für gefährlich vielleicht. Auch ihrer Mutter konnte sie nichts sagen, die war gerade so krank. Sarah hatte Angst, wie sie reagieren würde, was passieren würde, wenn sie sich aufregte. Aber ihre Mutter war ganz ruhig. Sie ging langsam zu Sarahs Bett, setze sich hin, hustete und musste mit einem Tuch etwas Blut von ihren Lippen wischen. Sie strich Sarah sanft über die Wange, nahm ihre Hand und streichelte sie, wobei sie Sarah mit einem Blick voll unendlicher Güte, unendlicher Liebe ansah, und vielleicht, Sarah wusste es nicht genau, vielleicht lag auch etwas Stolz darin.

„Mein liebes, liebes Kind", sagte ihre Mutter und schien dann lange die richtigen Worte zu suchen. Sie war nicht überrascht, und das überraschte Sarah umso mehr, machte sie sprachlos, ließ sie gebannt auf ihre Mutter starren, gerade so als ob ihre Mutter eben das Wunder hier vollbracht hatte.

„Ich habe es gewusst, weißt du, ich habe es sofort gewusst, bei deiner Geburt, als ich das erste Mal in deine Augen sah, da habe ich es gesehen, in dir. Da habe ich es sofort gewusst."

Sarah schluckte. „Was ist das, Mutter? Kannst du das etwa auch? Warum hast du nie etwas gesagt?"

„Es war stark bei deiner Großmutter, manchmal überspringt es ein, zwei Generationen, bei mir war fast nichts. Deshalb habe ich nie etwas gesagt, ich wollte warten, sehen, ob und wie sich die Gabe bei dir zeigt. Vielleicht hatte sie dich ja auch übersprungen. Und wie soll man über so was reden." Die Stimme ihrer Mutter wurde traurig, düster. „Aber wie gesagt, eigentlich hatte ich es sofort gewusst, gefühlt, dass es stark ist bei dir. Und wie ich sehe, ist es schon sehr stark, mein Herz." Ihre Mutter seufzte, bei aller Güte und Liebe schien sie bedrückt zu sein.

„Was ist los, Mutter? Ist das nicht gut? Ist es nicht wundervoll? Es fühlt sich so großartig an, ich liebe das Feuer, damit zu spielen, es gibt nichts Großartigeres, warte nur, bis du siehst, was ich alles kann!"

„Nein Sarah." Auf einmal lag eine eisige Strenge in der Stimme ihrer Mutter. „Es ist nicht gut! ... Es ist nicht gut. Die Gabe, wie wir es immer nannten, die Gabe ist gefährlich, sehr gefährlich. Unsere Vorfahren wurden gejagt, gehasst, verstoßen, getötet wegen der Gabe. Wir haben gelernt, sie zu verstecken, vor allen, verstehst du, vor allen. Du darfst niemals jemandem etwas davon erzählen oder es zeigen, es ist viel zu gefährlich. Sie würden Angst vor dir haben, dich verhaften, einsperren, quälen, töten, wie so viele vor dir. Verstehst du das?" Sarah war geschockt von den Worten ihrer Mutter. Sie liebte das Spiel mit dem Feuer so sehr, nicht nur weil es ein Wunder und dadurch sie selbst besonders war, nein, es fühlte sich einfach so gut an, so richtig, so heil, wenn sie mit dem Feuer spielte.

„Aber was ist so schlimm daran? Ich könnte Menschen helfen, vielen helfen und vorsichtig sein, ganz vorsichtig, es würden ja vielleicht auch nur ganz wenige sehen."

„Nein, niemand! Nicht mal dein Vater. Der Gute, der weiß von überhaupt nichts. Gar nichts." Ihre Mutter wurde von einem kurzen Hustenanfall geschüttelt. „Wir wissen nicht, was es ist. Es war schon immer da bei uns in der Familie. Aber wir haben gelernt, es zu verstecken, wir mussten es verstecken. Und wir dürfen es nie zeigen, versprich mir das. Nie darfst du es jemandem zeigen, versprich es mir, Sarah."

Sarah fühlte, wie sie zornig wurde, es war gemein, so unglaublich gemein. Sie hatte sich noch nie so gut und besonders gefühlt, wie wenn sie mit dem Feuer spielte, und nun sollte sie es verstecken und nie jemandem zeigen? „Das ist gemein! Warum nicht? Ich kann doch aufpassen, wirklich, das kann ich! Mutter, bitte, bitte, ich will das nicht verstecken, ich bin ganz vorsichtig, lass mich weiter mit den Flammen spielen. Du kannst dir nicht vorstellen, wie wunderbar das ist."

„Früher, ganz früher, einer unserer Urahnen, der wurde Davidius der Drache genannt. Ein Ritter. Er hatte irgendwelche Feuerwaffen, Feuerpfeile erfunden, ich weiß es nicht so genau. Mit den Feuerwaffen wurden ganze Heere vernichtet, ganze Schlachten gewonnen. Der Legende nach starb er dann selbst auf dem Scheiterhaufen der Inquisition. Danach gab es andere, und sobald jemand jenseits der Familie von der Gabe erfuhr, wurden sie verschleppt, eingekerkert, gefoltert, aufgehängt – oder noch Schlimmeres.

Maria, die Schwester deiner Oma, die haben sie noch im Schwabenland totgeprügelt, mitten auf dem Marktplatz, weil das Dorf sie für eine Hexe hielt. Die Menschen haben Furcht vor so was, sie verstehen es nicht, wir verstehen es ja selbst nicht. Ich will dir keine Angst machen, mein Herz, bei Gott nicht, ich will dir nichts wegnehmen, aber es ist eine sehr gefährliche Gabe, Sarah. Du musst das verstehen und wissen. Und du musst sehr, sehr gut auf dich aufpassen, versprichst du mir das, mein Kind? Niemand, wirklich niemand darf je davon erfahren. Die Gabe, so schön sie sich vielleicht auch anfühlt, sie bringt Leid und Verdammnis."

Sie musste wieder husten, heftig. Sarah biss sich auf die Lippe, versuchte zu verstehen, versuchte, eine Antwort zu finden. „Ich liebe dich so sehr, mein Kind. Bitte versuch, nicht damit zu spielen. Versteck es für immer vor der Welt, mein liebes, gutes Kind. Versprichst du es mir?"

Sarah sah die Liebe und die Angst im Gesicht ihrer Mutter und alten, ganz alten Schmerz. Sie konnte nicht anders, als leise „Ja, Mutter, ich verspreche es" zu flüstern. Und dann nahm ihre Mutter sie fest in den Arm, so lange, bis sie eingeschlafen war.

Alle weiteren Fragen von Sarah konnte oder wollte ihre Mutter nicht beantworten. Sie schien nicht mehr zu wissen als das, was sie in dieser Nacht zu Sarah gesagt hatte. Nichts über die Gabe, nichts über Davidius den Drachen, über einfach gar nichts weiter, außer noch ein paar Schauergeschichten, was ihren Vorfahren alles Schlimmes aufgrund der Gabe passiert war. Und so versteckte Sarah die Gabe, das schon, aber sie trainierte weiter, heimlich, jede Nacht.

7

Mark Trensing hatte die typische Laufbahn hinter sich – oder noch vor sich, je nachdem, wie man es betrachten wollte. Er selbst versuchte, es nicht zu oft zu betrachteten, redete sich ein, dass er kein Karrieremensch war, sondern dass es ihm immer nur um Ordnung und Sicherheit ging, um die Menschen, die er schützen wollte, um den Dienst an der Gesellschaft. Das ist in meinen Genen, dachte er, denn sein Vater und sein Großvater waren auch schon bei der Polizei gewesen. Nach dem dualen Studium hatten ihn sein analytischer Verstand und seine Begeisterung direkt in die Sondereinheit Braunschweig 2 gebracht. Die war rudimentär schon Anfang des Jahrtausends installiert worden, aber nach den Boston-Marathon-Attentaten war sie massiv aufgestockt und ausgebaut worden. Mittlerweile leitete Trensing innerhalb der Braunschweig 2 eine kleine Einheit, die sich speziell mit der Überwachung von deutschsprachigen Websites und Foren beschäftigte. Es ging darum, Attentäter früh zu identifizieren. Natürlich war dies nicht die einzige Maßnahme dieser Art, es gab sehr viele, on- und offline, und alle flossen zusammen in eine große Datenbank des BKA, wo sie von einem weiteren Team ausgewertet und überwacht wurden. Letztes Jahr hatte Trensings Einheit eine besondere Belobigung bekommen. Sie hatten einen potenziellen Schulamokläufer frühzeitig identifiziert, ihn eher zufällig in mehreren Foren ausfindig gemacht, wo er sich mit anderen austauschte und seine Tat quasi öffentlich plante. Eigentlich hatten sie im Web nach Islamisten und Linksradikalen gesucht, waren dann aber über den Jungen gestolpert. Bei der Hausdurchsuchung hatte man Bombenpläne, zwei Pistolen und eine Schrottflinte gefunden; der Junge hatte noch versucht, sich umzubringen, lag zwei Wochen im Koma und war jetzt in der Geschlossenen. Wahrscheinlich hatten sie unzähligen Schülern das Leben gerettet.

An genau diese Geschichte erinnerte sein Vorgesetzter Dr. Feldberg, als er Trensing für das aktuelle Anliegen briefte. In Arnsberg, einer mittelgroßen Stadt im Sauerland, waren bei einer Schulfeier sieben Lehrer und 43 Schüler vergiftet worden. Ein Lehrer war auf dem Weg ins Krankenhaus an einem Herzinfarkt gestorben, drei Schüler wären beinahe aufgrund der Krämpfe an Erbrochenem erstickt. Es gab diverse Schlagworte, ein Profil, nach dem gescannt werden sollte. Trensings Team machte sich an die Arbeit, und dank der neuen Software, dank der NSA, die diese zur Verfügung gestellt hatte – ja, man arbeitete hinter verschlossenen Türen noch sehr gern, sehr intensiv zusammen –, dank dieser Software halt, die auch alte, gelöschte Websites, Foreneinträge, Chatprotokolle gespeichert hatte, hatten sie schon einige Stunden später aus der Datenflut drei potenzielle Täter ausfindig gemacht. Weitere Recherchen hatten kurze Zeit danach den Hauptverdächtigen identifiziert: Chaosprince98, Sven Grossmann, achtzehn Jahre alt, wohnhaft in Arnsberg.

Die Telefone liefen heiß, Trensing stieg ins Auto und fuhr ins Sauerland.

8

Alles würde gut gehen. Bitte, bitte lass einfach alles gut gehen, wiederholte Hanna wie ein Mantra immer wieder. Sie wusste nicht so recht, was sie fühlte, was sie fühlen sollte – Angst um Sven, Wut auf Sven, Stolz, Genugtuung? Sie hatte nur ein ganz unruhiges, ganz und gar ungutes Grundgefühl.

Dann kamen die News: Insgesamt sieben Lehrer und 43 Schüler hatten zur Behandlung ins Krankenhaus gemusst. Und einer der Lehrer war an einem Herzinfarkt auf dem Weg dorthin gestorben. Man konnte nun darüber streiten, ob Svens Gepansche wirklich Schuld gewesen war, vielleicht wäre der Typ so oder so an dem Abend an einem Herzinfarkt gestorben. Wer wusste das schon? Im Endeffekt war es egal, denn die Polizei untersuchte alle Lebensmittel von der Party und fand Spuren einer Giftmischung. Es waren an dem Abend 322 Personen anwesend gewesen. Sven konnte hoffen und bangen, dass kein Verdacht auf ihn fiel. Er war sehr vorsichtig gewesen, er hatte keine Spuren hinterlassen, keiner hatte ihn gesehen, da war er sicher. Hanna musste sich übergeben, als er das schrieb.

Sie chatteten, posteten wenig an dem Tag, waren alle geschockt, gelähmt, in Angst vor dem, was passiert war, dass es jetzt einen Toten gab, aber auch vor ihren Möglichkeiten, denn je mehr Stunden vergingen, desto klarer wurde: Vielleicht würde wirklich alles gut gehen.

„Alles okay bei euch?", postete VioletPain.

„Wir sind die Kinder der Kirschblüte", postete BloodAngel als Antwort.

Es war etwas passiert, da draußen, aber auch in ihnen, bei allen. Sie fühlten eine stärkere Nähe, Verbindung zueinander und eine Kraft, eine Macht. Sie konnten sich wehren. Sie wollten sich jetzt nicht schon wieder von der Angst lähmen, von der Angst besiegen lassen.

Als die Nacht kam, kehrte aber die Furcht zurück, wurden Hannas Gedanken wieder verzweifelter. Sven hatte sich länger nicht gemeldet. Die Schule bei ihm war natürlich ausgefallen, er hatte den ganzen Tag in seinem Zimmer verbracht. In seinen letzten Nachrichten klang er wieder verunsichert. „Scheiße, ich hab Angst. Scheiße, ich hab Angst, dass ich Panik krieg. Hanna, ich muss was machen. Was soll ich nur machen?", war seine letzte Nachricht gewesen. Hanna saß auf dem Boden an ihr Bett gelehnt, sie spürte, wie die Traurigkeit, die Hilflosigkeit zusammen mit der Angst Besitz von ihr ergriffen. Sie hatte Angst, Sven zu verlieren, Angst, dass Sven sich etwas antat, ihre Gedanken stürzten wieder in die scheiß Negativspirale: Alles wurde schlimm, bedrückend, ausweglos.

Auf der verzweifelten Suche nach Ablenkung, nach Halt, nach Geborgenheit zog sie das alte Köfferchen, das ihr Vater ihr geschenkt hatte, unter dem Bett hervor. Scheiße, sie vermisste die

Umarmung ihres Vaters. Sie blätterte durch das alte Märchenbuch, zog den Armreif über, las die Märchen zum hundertsten Mal, irgendwann musste sie weinen, hysterisch weinen, die Anspannung und Schlaflosigkeit brachen aus ihr heraus. Die Angst stieg zur Panik, wurde übermächtig, sie sah Sven und sich zusammen tot in einem Hotelzimmer liegen, eng umschlungen. Darüber hatten sie ab und zu in verzweifelten Nächten fantasiert. Sie fühlte, wie verloren, panisch verängstigt sich Sven jetzt fühlen musste. Sicher ritzte er gerade.

Zitternd holte sie eine Rasierklinge aus ihrem Versteck, setzte sie an den linken Unterarm, wie so oft. Fast schon erleichtert in Erwartung des Schmerzes ritzte sie druckvoll drei, vier Mal. Der Schmerz schaffte Klarheit, der Schmerz war qualvoll bekannte, grässliche Geborgenheit. Blut floss langsam ihrem Arm hinunter, ein kurzer Gedankenimpuls wollte noch, dass sie schnell den Armreif abzog, ihn nicht mit ihrem Blut, nicht mit dieser Art der Gewalt beschmutzte, aber was sollte der Scheiß, es war ihr egal, alles egal. Sie war so unendlich erschöpft, sie wurde müde, sehr schnell sehr müde. Das Blut floss in drei kleinen Strömen ihren Arm hinab, tropfte auf die Jeans. Ihr Arm fiel kraftlos zu Boden, und das Blut floss direkt über den Armreif.

Auf einmal holte Hanna ein Knacken, ein leisen Knistern aus ihrer depressiven Trance. Der Armreif war heiß, sehr heiß, er brannte auf ihrer Haut. Panisch starrte sie auf ihr linkes Handgelenk, war aber nicht in der Lage, den Armreif anzufassen, ihn abzureißen. Es sah fast so aus, als würde er das Blut ansaugen. Wenn sie ihren Arm gerade hielt, nach oben streckte, floss trotzdem beständig Blut aus den Wunden zu dem Armreif, der weiterhin ein merkwürdig knisterndes Geräusch von sich gab.

Hanna war ihr Leben lang gewohnt, sich und alles, was sie betraf, zu verstecken, auch jetzt traute sie sich nicht, ihre Mutter zu rufen, laut um Hilfe zu schreien. Sie konnte einfach nur regungslos dasitzen und zusehen. Der Armreif begann, schwach zu leuchten, zu pulsieren, ihre Haut schwoll ringsherum an. Er schien sich in ihr Fleisch zu brennen, es tat weh, aber nicht so extrem, wie es vom Anblick her müsste. Auf einmal ein kurzer, unglaublicher Schmerz, als ob ihr Arm durchgebrochen, in tausend Stücke zertrümmert wurde, und dann fühlte sie nichts mehr, der Arm war komplett taub, wie abgestorben. Kleine Drähte, Stücke des Metalls traten aus dem Armreif hervor wie Anker und bohrten sich in ihre Haut, schienen den Armreif und den Ring am Finger mit ihrem Körper komplett verschmelzen zu wollen.

Plötzlich konnte sie wieder etwas spüren. Es fühlte sich so an, als ob von ihrem linken Unterarm aus etwas in ihr Blut, in ihren Kreislauf strömte. Ein glühend heißes Gefühl breitete sich über ihren ganzen Körper aus. Sie wollte schreien, bekam aber keinen Ton heraus. Sie kriegte schlecht Luft, musste würgen, ihr Kopf brannte, und eine tiefe, lähmende Dunkelheit kroch von ganz hinten, ganz unten aus ihrem Kopf hervor, zog sie hinab. Sie hatte keine Kraft mehr, ihre Augen offen zu halten. Wie von einem dumpfen, schweren Schlag getroffen, kippte Hanna ohnmächtig zur Seite.

Als sie erwachte, war es hell, vielleicht früh am Morgen. Sie lag auf dem Boden vor ihrem Bett und fühlte sich wie in einem Fieberdelirium, alles brannte, alles schmerzte, sie konnte überhaupt nicht klar denken. Sie hatte Durst, unbändigen Durst. Eine Flasche Wasser stand auf ihrem Schreibtisch, aber sie kam nicht heran. Sie versuchte aufzustehen, sackte sofort wieder zusammen, konnte ihre Augen kaum offen halten. Der Durst brannte höllisch in ihrer Kehle. Sie hatte nur einen Gedanken: trinken. Kaltes, klares Wasser trinken.

Sie versuchte, zum Schreibtisch zu robben, kam aber kaum voran. Es fehlte sicher noch gut ein Meter. Trinken, ich verdurste, scheiße, ich verdurste wirklich, dachte sie panisch. Hanna hatte keinen Blick, kein Gefühl für den Armreif, für die offenen Wunden, für diesen pulsierenden, brennenden Fleisch-Metall-Symbionten in ihrem Arm. Sie wollte einfach nur Wasser trinken, sonst nichts. Sie streckte den Arm aus, kam aber bei Weitem nicht an die Flasche. Wut, Zorn brannten in ihr auf. Die Flasche, ich will diese gottverdammte Flasche, schrie sie in verzweifelten Gedanken. Da begann die Flasche zu wackeln, erst leicht, dann stärker. Hanna registrierte, realisierte gar nicht, was passierte, sie dachte nur ganz verzweifelt, panisch, dass sie unbedingt diese

Flasche brauchte, da sie sonst verdursten würde. Die Flasche wackelte heftiger hin und her, und auf einmal flog sie vom Tisch direkt in Hannas offene Hand. Hanna war nicht in der Verfassung, sich zu wundern, zu begreifen. Gierig trank sie die Flasche aus und sackte danach sofort wieder zusammen in einen tiefen Schlaf.

Als Hanna zum zweiten Mal erwachte, war es Mittag. Sie hatte keine Zeit sich zu sammeln oder zu fassen oder auch nur im Entferntesten zu begreifen, was passiert war, denn sie fühlte nur unendliche Not. Sie war aufgeschreckt worden von einem Traum. Ein Traum, der so real war, so intensive, bedrohliche Gefühle in ihr hervorgerufen hatte, dass sie sofort zu ihrem Handy stürzte. In dem Traum war eigentlich nicht viel passiert. Sie hatte Autos gesehen, mehrere schwarze, große Autos mit Männern und Waffen darin. Bedrohliche Männer. Sehr, sehr gefährliche Männer. Sie fuhren auf einer Autobahn, dann über eine Landstraße. Sie waren auf dem Weg zu Sven, das wusste Hanna, das spürte sie. Es waren die Gefühle in dem Traum gewesen, die sie aufgeweckt, aufgeschreckt hatten. Absolute Bedrohung, absolute Dringlichkeit. Diese Männer wollten zu Sven, und sie durften ihn niemals erreichen, Sven musste gewarnt werden. Mit diesem Gefühl der Panik wachte sie auf, stürzte sofort zum Telefon und ohne nachzudenken rief sie ihn an. Das erste Mal würde sie ihn sprechen, so richtig.

„Hanna?", fragte eine schüchterne, belegte junge Männerstimme.

„SVEN!", schrie sie, dann versuchte sie, sich zu fassen. „Sven, o Gott, Sven."

„Hanna, was ist los, was ist mit dir? Hanna, alles okay? Wo … wo bist du?"

„Sven, du musst weg. Hör mir zu: Du musst da sofort weg! Bitte, Sven. Sie kommen, sie kommen, um dich zu holen. Hau sofort ab!"

„Hanna, wovon redest du? Wer? Polizei oder was? Was wissen die? Woher weißt du das?"

„SVEN!", schrie sie, immer noch panisch in den Gefühlen des Traums gefangen. „Du hast keine Zeit! Lauf, Sven, sofort!"

Ihre Panik übertrug sich auf Sven, er sah sich kurz um, packte seinen Notfall-Rucksack, stopfte noch zwei, drei Klamotten rein, griff Smartphone, Netbook, Geldbörse, zog seine Stiefel fest, nahm den Mantel, und ohne weiter nachzudenken, getrieben von Hannas Dringlichkeit und Panik, kletterte er wie so oft direkt aus dem Fenster, rannte gebückt durch den Garten, über die Mauer, hinter der Hecke weiter. An der Gablung zur Landstraße drückte er sich gerade an die Wand hinter der Bushaltestelle, als drei große, schwarze Wagen in seine Straße einbogen. Sven sah sie und wusste: Die durften ihn nicht kriegen. Vorsichtig, gebückt rannte er weiter.

9

Von der Beerdigung hatte Sarah nicht viel mitbekommen, sie war den ganzen Tag in einer eigenen Welt gefangen gewesen, einer Welt aus Trauer, Schmerz, Tränen und Verzweiflung, so wie eigentlich die ganze Woche schon. Es war absehbar gewesen, ein Monat voller Kampf, Zittern, Hoffnung, Kapitulation, und dann war ihre Mutter mitten in der Nacht einfach eingeschlafen, eingeschlafen, um nie mehr aufzuwachen. Sarah und ihr kleiner Bruder hatten geweint, geschrien vor Verzweiflung und Schmerz. Ihr Vater hatte sie in den Arm genommen, versucht zu trösten, aber Sarah hatte gefühlt, hatte in seinen Augen gesehen, dass er innerlich selbst zerbrach in dieser Nacht.

Es wurde Sarah erst in den Tagen danach wirklich klar, sie hatte es vorher nie so richtig wahrgenommen, klar gesehen, es war ja auch nicht nötig gewesen, so lange ihre Mutter gelebt hatte, aber ihre Mutter war der leuchtende, warme, liebevolle Mantel und Kern der Familie gewesen. Jetzt war alles hier, die ganze Wohnung, die ganze Stadt noch grauer, kälter, fremder. Zwei Tage lang sprach sie kein Wort. Ihr Vater, der Geschäftsmann, der immer alles im Griff hatte, versuchte, weiterhin alles im Griff zu haben, aber er litt, Sarah konnte sehen, wie er versteinert war nach außen, während er innerlich blutete.

Immer wieder hatten Verwandte, Lehrer, Freunde Sarah vorgeworfen, nicht erwachsen genug zu sein, ein Kind bleiben zu wollen, nur in ihren Traumwelten zu leben. Aber die Welt war langweilig für sie, das Leben, die Menschen, es langweilte sie, sie bekam keinen Kontakt zu den Menschen, außer zu ihrer Mutter, ihre Mutter war für Sarah immer die Verbindung zu den anderen Menschen gewesen, ihr liebevoller Dolmetscher in die Welt der rationalen Zwänge.

So war auch die Schule eine einzige Zumutung für Sarah. Sie empfand es als bodenlose Frechheit, als unerträgliche Ungerechtigkeit, so viele Stunden am Tag in der Schule mit diesen Lehrern, diesen Themen, diesen Aufgaben, in diesem Drill verbringen zu müssen. Es war langweilig, es fehlte jeglicher Funken von Inspiration und Leidenschaft, es war für sie meistens eine körperliche und seelische Qual, die Stunden in der Schule durchzustehen. Dabei war sie so neugierig, wollte so viel erfahren und wissen und immer neue Geschichten hören, neue Geschichten lesen, aber nicht so stupide, so gequält, so eingezwängt wie in der Schule. Nach einiger Zeit dachte man, es spuke in der Schule. Denn immer wieder entzündeten sich spontan Notizhefte der Lehrer, Klausuraufgaben, ja sogar Schwämme der Tafeln. Es ging sogar so weit, dass ein preußischer Polizeioberhauptmann zusammen mit zwei Polizisten in die Schule kam, um die Vorfälle zu untersuchen. Merkwürdigerweise hörten diese Vorfälle aber genau an dem Tag auf, an dem der

Polizeioberhauptmann seine Untersuchungen in der Schule begann. Sarahs Mutter erfuhr nie davon, aber sie kannte ihre Tochter, sie kannte sie nur zu gut, und auf dem Sterbebett ließ sie Sarah deshalb noch einmal schwören, ihre Gabe nie öffentlich einzusetzen, für immer vor allen Menschen zu verstecken.

Ein paar Wochen nach der Beerdigung stand Sarahs Vater im Wohnzimmer, sah aus dem Fenster. Er wirkte auf einmal so klein, so verloren, so fehl am Platz hier in dieser stillen, leeren Wohnung. Sarah ging zu ihm, steckte ihre Hand in seine, lehnte ihren Kopf an seine Schulter. Zusammen sahen sie aus dem Fenster. Berlin war neblig, grau, diesig, klamm.

„Wir müssen hier weg, Sarah", sagte ihr Vater. „Paris ist schön, magisch. Ich weiß, du warst noch nie da, aber ich sage dir, Paris ist wundervoll. Es wird dir und deinem Bruder sehr gefallen. Ich habe eine neue Stelle in Paris angenommen, für meine Bank. Wir werden alle dort hinziehen. Nächsten Monat schon."

Ein heißer Schauer glitt über Sarah. Paris! Weg aus dieser toten Stadt hier. Sie sah eine Chance, eine Möglichkeit. Leben. Sie drückte die Hand ihres Vaters ganz fest, den Kopf noch stärker an seine Schulter. Er legte seinen Arm um sie. „Wir werden das schaffen, Sarah. In Paris werden wir das schaffen."

Am Tag vor ihrer Abreise war Sarah in großer Aufregung, freudiger Erwartung. Sie hatte so viel sie konnte über Paris gelesen, in Erfahrung gebracht, für sie war es die pure Hoffnung. Klar, in Berlin hatte sie viele Bekannte, aber auf die Art, wie Sarah halt Bekannte hatte, sehr distanziert, nicht herzlich, nicht liebevoll, nicht inspirierend, berührend. Und sie hasste diese Stadt schon länger, fühlte sich hier so gefangen, bedrückt, in Paris sollte alles viel freier sein, viel lebendiger. Ihre wichtigste Freundin war zudem immer ihre Mutter gewesen, und die war nun tot, und alles in dieser Stadt verband sie mit ihrer Mutter, erinnerte sie an die Zeit mir ihr. Sarah wollte nur weg von hier. Koffer und Kisten waren gepackt, morgen früh würden die Kutschen kommen, sie zur Bahn bringen. Was für ein spannendes Abenteuer! Ihr Vater klopfte vorsichtig an die Tür, obwohl diese ein Stück weit offen stand. Sarah lächelte ihm zu. Er hatte ein hölzernes Kästchen in der Hand.

„Ich habe hier etwas für dich. Es ist … Ich wusste nicht, wann ich es dir geben sollte, aber … aber ich wollte es unbedingt noch in Berlin machen, damit wir das vor Paris irgendwie hinter uns haben. Es ist von deiner Mutter. Sie hat es dir hinterlassen. Ein altes Erbstück aus ihrer Familie. Nun kenne ich mich mit Schmuck nicht so aus, das weißt du." Er lächelte. „Es ist deins, es gehört dir. Du kannst damit machen, was auch immer du für richtig hältst." Er gab ihr das Kästchen, küsste sie vorsichtig auf den Kopf, dann ging er wieder.

Es war ein altes Kästchen, gar nicht so klein, vielleicht so groß wie zwei nebeneinandergelegte Bücher, aus dunklem, edlem, lackiertem Holz, sehr altem Holz. Vorsichtig öffnete Sarah das Kistchen. Darin befand sich ein Amulett an einer Kette. Groß und schwer war es, aus einem merkwürdigen Metall, kein Gold oder Silber. Ein Dreieck mit spitzen Zacken. Dicke Ornamentlinien durchzogen es, und an einigen Stellen waren Erhebungen, Kugeln, Beulen in dem Amulett. Sarah strich mit ihrer Hand darüber. Im Kerzenlicht sah es so aus, als würde das Metall schwach, pulsierend leuchten, wenn sie es berührte, aber es war wohl nur eine optische Täuschung. Sie konnte nicht sagen, ob sie das Amulett schön fand oder klobig, scheußlich, hässlich. Aber egal, es war von ihrer Mutter, sie würde es stolz und in Ehre tragen. Sie legte sich ins Bett, mit einer Hand auf dem Kistchen neben ihr. Paris, Paris, ich komme. Ein strenger Blick von Sarah zur Nachttischkerze ließ diese erlöschen.

10

Hanna saß wieder auf dem Boden an ihr Bett gelehnt, das Handy noch immer in der Hand. Langsam wurde sie klar im Kopf, verflog der Traum, die Panik, nahm sie ihre Umgebung wieder war, kam die Erinnerung zurück. Ihr Blick glitt hinunter zu ihrem linken Unterarm. Ach du Scheiße! Der Armreif pulsierte nicht mehr, leuchtete nicht mehr, aber er war fest mit ihrem Unterarm, mit ihrem Fleisch verschmolzen, verankert durch kleine und größere Metallstücke, Drähte und Hautfetzen. Alles sah wund und roh aus, aber es tat nicht mehr weh und blutete nicht mehr. Ganz im Gegenteil. Hanna fühlte sich gesund und frisch. So fit und heil hatte sie sich seit Jahren nicht mehr gefühlt. Ihr Kopf war klar, ihr Körper hatte Kraft. Scheiße, was war hier los?

Sie ging ins Wohnzimmer, wo ihre Mutter gerade am Tisch saß, einen Kaffee trank, aus dem Fenster sah, versunken, gefangen in ihren Gedanken, wie so oft. Hanna hatte ein Handtuch um den Arm gewickelt.

„Mama", sagte sie zögernd, mit leicht zitternder Stimme. „Mama, wir müssen mal dringend reden."

Der Blick ihrer Mutter schweifte langsam zu ihr herüber, schien von ganz weit weg zu kommen.

„Weißt du noch, der alte Armreif von Papa, der angeblich von Uroma stammt. Mama …" Hanna wickelte das Handtuch von ihrem Arm. Es war ein spitzer, alarmierender, gequälter Schrei, den ihre Mutter ausstieß. Sie sprang auf, stieß ihren Stuhl fast um. So aktiv hatte Hanna ihre Mutter noch nie erlebt.

„Hanna! Kind, nein!", rief sie. Dann besann sie sich etwas, schien nachzudenken, kaute auf ihrer Lippe, ging auf und ab.

„Kennst du das Mama? Was ist das? Was ist los?" Ein leichter Hauch von Hysterie schwang in Hannas Stimme mit. In schnellen Schritten war ihre Mutter bei ihr, nahm sie in den Arm, fest, so fest, wie ewig nicht mehr.

„Alles wird gut, Hanna, alles wird gut. Es ist das Erbe deines Vaters, das verdammte Erbe deines Vaters. Alles wird gut." Ihre Mutter schien mehr zu sich selbst als zu ihr zu sprechen, doch dann sah sie Hanna direkt an. „Du musst jetzt ganz ruhig bleiben, Hanna, es gibt Hilfe, ich werde Hilfe holen. Alles wird wieder gut werden. Ich muss telefonieren, ich weiß, wen ich anrufen kann, dann wird alles gut, Hanna." Die Hand ihrer Mutter streichelte sie, wollte kurz beinahe auch den Armreif anfassen, zuckte dann aber zurück.

„Geh in dein Zimmer, bitte, leg dich hin, mach ganz ruhig. Ich telefoniere, ich suche nur schnell die Nummer, dann bin ich gleich wieder bei dir." Ihre Mutter fing an, in einer Schublade zu wühlen, ihr altes Notizbuch zu suchen.

„Mama! Was ist das? Was ist los?" Hanna war wütend, fordernd.

„Ich ... ich muss telefonieren, es wird alles gut, Hanna, es ist nicht schlimm, wir kriegen das hin", antwortet ihre Mutter panisch suchend.

Sie ist ganz bei sich, wie immer nur bei sich, sie sieht mich gar nicht mehr, dachte Hanna. Verdutzt, sprachlos von der Reaktion ihrer Mutter ging Hanna wieder in ihr Zimmer. Verwirrt setzte sie sich auf ihr Bett, sah ihren Arm an. Das verdammte Erbe ihres Vaters. Sie versuchte, sich zu erinnern, an ihren Vater, an Gespräche mit ihm, an den Tag, als er ihr den Koffer schenkte. Es fiel ihr schwer, es war so lange her, so weit weg. Aber sie fühlte die Nähe, die Umarmung ihres Vaters, roch seinen Geruch. Und sie erinnerte sich, wie konnte sie das nur vergessen haben, sie erinnerte sich an die Metallschiene, die ihr Vater am rechten Oberarm getragen hatte. Er hatte sie fast immer bedeckt, ganz selten hatte sie die Schiene gesehen. Man hatte ihr gesagt, sie stamme von einem alten, komplizierten Bruch nach einem Skiunfall, eine archaische Bruchschiene, Trümmerbruch oder so. Aber diese Schiene, dieses Metallstück, das sich um den Oberarm ihres Vaters schlang, sah jetzt in ihrer Erinnerung irgendwie von der Gestaltung, von der Art her dem Armreif verdammt ähnlich. Warum war ihr das nie aufgefallen?

Aus dem Wohnzimmer hörte sie die Stimme ihrer Mutter, sie telefonierte, aber Hanna konnte nicht verstehen, was sie sagte. Sie sah ihr Kopfkissen am Bettende an, es war vielleicht dreißig, vierzig Zentimeter außerhalb ihrer Reichweite. „Darin findest du alle Wunder dieser Welt, die du brauchst", hörte sie ihren Vater in ihrer Erinnerung sagen. Hanna streckte ihren Arm aus. Komm, komm zu mir. Sie konzentrierte sich, versuchte, das Kissen zu fühlen, es zu heben. Und tatsächlich, langsam, wackelnd, erhob sich das Kissen. Der Armreif begann, ganz sacht pulsierend zu leuchten, wurde spürbar warm, heiß, Hannas Kopf glühte. Scheiße, scheiße, scheiße, was geht hier ab? Es kostete Kraft, viel Kraft, Hanna schwitzte, aber das Kissen erhob sich wenige Zentimeter über das Bett. Ein starker Willensimpuls von ihr, und das Kissen flog direkt in ihre Hand. Hanna stöhnte vor Erschöpfung auf.

Kurz darauf klopfte ihre Mutter an die Tür. Sie sah erleichtert aus, gefasst. „Hanna, ein Mann wird kommen, er wird uns helfen. Ich ... ich kann dir das alles nicht erklären. Ich verstehe es doch auch nicht. Dein Vater ist schuld. Er war es, der immer diese Sachen ..."

„Was denn für Sachen?", platzte es aus Hanna heraus. „Mama, was war mit Papa? Was ist das? Und was war mit Papas Armschiene?" Hanna wurde fast wahnsinnig vor Wut, nichts zu erfahren, wie immer eine Marmorstatue vor sich zu haben.

„Ich kann das nicht, bitte, Hanna, ich kann das nicht. Ich schaff das nicht noch mal. Ich konnte nie verstehen, was das war, und es war gefährlich, und ich durfte auch nichts wissen. Aber Hanna" – ihre Mutter lächelte nervös – „ich habe Hilfe geholt. Der Mann ist gut, ein guter Mann, er ist ein Freund von deinem

Vater, er wird uns helfen, er wird dir helfen, dann wird wieder alles gut, und du bist das grässliche Ding los. Ich wusste ja gar nicht, dass du es noch hast." Und mehr zu sich selbst sagte sie noch: „Ich wusste es nicht. Ich wusste es einfach nicht. Alles wird wieder gut, versprochen."

Hanna sah sie mit großen verwunderten, verständnislosen Augen an. „Bleib schön hier sitzen, ich mache uns was zu essen. Du hast doch sicher Hunger jetzt." Sie zögerte noch kurz, Hannas Mund bewegte sich, sie fand aber keine Worte mehr, sie fühlte nur die unendliche Hilflosigkeit, Müdigkeit, Angst, Einsamkeit ihrer Mutter. Dann ging sie hinaus.

Hanna sah auf die geschlossene Tür und dachte, ich liebe dich, du liebst mich, aber ich kann dir nicht helfen, und du kannst mir nicht helfen. Sie blieb auf ihrem Bett sitzen, aber sie saß nicht wie sonst von Müdigkeit und Traurigkeit in die Ecke gedrückt, nein, sie war verwundert, fühlte sich frisch, trotz der Erschöpfung nach dem Ding mit dem Kissen, trotz der Enttäuschung über die Reaktion ihrer Mutter. Sie fühlte, dass einiges anders war in ihr. Sie hatte schon immer die Stimmen im Kopf gehabt, jetzt waren sie aber klarer, besser zu ordnen, und ihr wurde klar, es waren nicht wirklich Stimmen, nein, es waren Gefühle. Ja, Gefühle. Sie hatte die Angst, die Hilflosigkeit ihrer Mutter gefühlt, konnte jetzt aber auf einmal ganz klar differenzieren, dass es die Gefühle ihrer Mutter und nicht ihre eigenen waren.

War das etwa all die Jahre so gewesen? War es immer nur die Traurigkeit, Müdigkeit, Einsamkeit, der Schmerz ihrer Mutter gewesen, den sie gefühlt hatte? Und hatte sie nur gedacht, es wären ihre eigenen gewesen? Das wäre sicher übertreiben – oder? Aber so, wie es sich jetzt anfühlte, war es, als ob sie das erste Mal mehrere Scheiben auseinanderzog, eine Matrjoschka-Puppe auseinandernahm und klar ordnen konnte, was ihre Gefühle und was die ihrer Mutter waren, die sie in sich spürte. Sie dachte an Sven. Wo war Sven jetzt, was fühlte er gerade?

Sie machte den Rechner an, checkte ihr Handy, nichts, keine Nachricht von Sven. Sie fragte die anderen, keiner wusste etwas. Sie chattete mit VioletPain über ihren Traum mit den Autos und den Anruf bei Sven. VioletPain beruhigte Hanna, der wird es sicher geschafft haben, der ist nicht doof. Sie versprachen sich, im engen Kontakt zu bleiben, füreinander da zu sein. Von der Sache mit dem Armreif erzählte Hanna nichts. Sven schrieb sie: „Wo bist du? Wie geht es dir? Ich denk an dich. Ich bin bei dir." Und dann wartete sie.

Ein Mann wird kommen, ein guter Mann. Hanna dachte an die Autos aus dem Traum mit Sven. An die Panik, die Bedrohung. Sollte sie auch weglaufen? Aber sie wollte wissen, was los war, und wenn es ein Freund ihres Vaters war, wollte sie ihn treffen. Außerdem, sie vertraute und liebte ihre Mutter trotz allem irgendwie. Oder hatte sie wieder nur Angst, war sie zu faul, selbst irgendwas zu unternehmen? Sven, eigentlich wollte sie zu Sven. Aber wie? Okay, was jetzt machen, Hanna, und wie? Ich warte, ich warte auf den Mann, um Antworten zu bekommen, und warte gleichzeitig darauf, dass Sven sich endlich meldet. Okay, das ist der Plan. Ist das ein Plan? Einfach zu warten?, dachte Hanna verwirrt. Um sich abzulenken, um nicht entscheiden, nicht handeln zu müssen, widmete sie sich wieder ihrem Arm. Sie fühlte sich kräftiger und versuchte diesmal, ein Buch aus dem Schrank am anderen Ende des Zimmers zu erreichen. Unter größter Anstrengung schaffte sie es, dass das Buch aus dem Regal auf den Boden fiel. Danach war Hanna wieder so erschöpft, so maßlos erschöpft, dass sie ihre Augen schloss, um ein wenig auszuruhen, gleich würde Sven sich sicher melden, gleich.

11

Paris war laut, sehr dreckig, gar nicht so anders als Berlin. Aber irgendwie war Paris für Sarah mehr Licht, mehr Himmel, feiner, auch überfüllt mit hektischen Menschen, aber angenehmer, lebendiger, wuselig, und es war fremd, aber nicht bedrohlich fremd, nein aufregend fremd. Natürlich war Sarah einsam, kannte zunächst niemanden, sprach nur gebrochen Französisch, aber sie lernte schnell, orientierte sich, entdeckte immer mehr von dem Viertel, in dem sie wohnten, von der Stadt. Und vielleicht lag es daran, dass sie hier die Fremde, die Neue, die Ausländerin war, aber es schien sich keiner an ihrer ruhigen, verträumten Art zu stören. Auch ihr Vater war glücklicher, abgelenkt, ihr Bruder fand schnell Freunde, und überhaupt, alles andere war egal von dem Tag an, als Paris nur noch Sarah und Sandrine war, nicht mehr, nicht weniger, sie waren alles.

Sandrine hatte Sarah gefunden, natürlich. Sandrine war wie Paris, laut und dreckig, wuselig und fremd, aber auch fein, voller Licht und herzlichem Lachen. Sie war ein selbstbestimmtes Mädchen mit einem schnellen, frechen Mundwerk, so komplett anders als Sarah und doch so ähnlich. Denn sie beide liebten Geschichten, Romane, Tagträume, und sie beide liebten es, fremde Orte, die Stadt zu entdecken. Eines Nachmittags saß Sarah in dem kleinen Park am Ende ihrer Straße und las, da setzte sich Sandrine einfach neben sie.

„Ich kenne dich, weißt du? Klar, alle kennen dich, die blonde Deutsche, das kleine Püppchen, deren Haar so golden leuchtet. Meins ist nur straßenköterblond. Aber weißt du was? Das stört mich gar nicht, manche nennen mich sogar so, Straßenköter. Aber weißt du was? Das stört mich auch überhaupt nicht, ich liebe das sogar, weil das bin ich, ein Straßenköter, ein echter, wilder Straßenköter, der überall herumstreunt, frei, frech, überall die Nase reinsteckt. Ich hab dich beobachtet, weißt du, die Leute reden ja auch viel über dich, dein Vater arbeitet bei der Strauß-Baumann-Bank, nicht?

Ja, ja, ich weiß das, ich weiß alles hier im Viertel, ich kenn die ganze Stadt, jeden Winkel, ich kann dir die geheimsten Orte zeigen, möchtest du das? Möchtest du mal was ganz Tolles sehen? Dann musst du mitkommen. Ich heiße Sandrine, du bist Sarah, du bist jetzt meine Freundin. Sarah und Sandrine, das klingt schön, finde ich, findest du nicht? Kommst du mit? Ich muss dir was zeigen!", hatte Sandrine wie ein Wasserfall gesagt, und Sarah sah sie nur mit großen, verwunderten Augen an, nickte stumm und ging ihr hinterher. Von da an waren sie unzertrennlich.

Der Blumenladen von Madame Corday war ihr Treffpunkt, denn hier arbeitete Sandrines Mutter als Binderin, Putzfrau, Mädchen für alles. Hier wohnte Sandrine in einem winzigen Kellerzimmer. Jede freie Minute trafen sie sich, entweder zogen sie dann los auf Entdeckungstour, oder aber Sarah las aus einem Roman vor, und sie erzählten sich, wie es gewesen wäre, damals, wenn sie sich kennengelernt hätten als zwei französische Baronessen am Hof des Sonnenkönigs. Im Viertel waren sie schnell bekannt, weil man sie nur noch zusammen sah, die beiden Mädchen, die überall ihre Nase reinsteckten, alles entdecken, erkunden wollten. Die eine derb und vorlaut, die andere leise, stolz, fast schon aristokratisch in ihrem Auftreten. Natürlich gefiel das nicht jedem, zwei Mädchen, junge Frauen, die so selbstbewusst, selbstverständlich umherzogen, die eine noch dazu mit einem losen, derben Mundwerk. Und auch Sandrines Mutter wollte eigentlich, dass Sandrine arbeitete, Geld verdiente, aber Sandrine ließ sich nichts sagen, nichts vorschreiben, von niemanden. Und trotz ihrer derben Art hatten die meisten Menschen im Viertel sie einfach gern.

Sarahs Vater war wider Erwarten sehr froh über diese Freundschaft, da er zum einen nicht viel Zeit für seine Kinder hatte, er musste sich in die neue Stelle, die neue Stadt, das neue Land einarbeiten, und das Hausmädchen war nun wirklich keine Bezugsperson für Sarah, sie war hauptsächlich für den kleinen Jakob da. Zum anderen, viel wichtiger, sah er seine Tochter endlich wieder lachen, strahlen und selbst die Wut- und Tobsuchtsanfälle zuhause wurden sehr selten. Wenn auch Nachbarn und neue Freunde meinten, dass es sich nicht schickte, die Tochter eines höheren Bankangestellten zusammen mit einer Putzfrauentochter, ihm war es egal; so lange seine Tochter glücklich war und ihm abends mit leuchtenden Augen von ihrem Tag erzählte, so lange war für ihn alles in bester Ordnung.

12

Hanna wurde von einer Nachricht geweckt. „Forum", mehr stand da nicht. Sie loggte sich ein. Sven hatte gepostet. Es ging ihm gut. Er war in Dortmund. Hanna hatte recht gehabt mit ihrem Traum, mit der Warnung. Er war im letzten Moment entkommen.

„Pass auf, die haben mich gefunden, ich weiß nicht, wie, aber das ist nicht gut. Hanna, die haben sicher meine Handynummer und so weiter, die gehen da jetzt die ganzen Verbindungen durch. Du bist die Letzte, na ja, ehrlich gesagt, du bist die Einzige, die mit mir in den letzten Tagen telefoniert hat. Ich gehe jede Wette ein, dass die schon unterwegs sind zu dir. Du musst auch sofort abhauen, verstehst du. Sofort! Wir kommunizieren hier über das Forum, das sollte noch halbwegs sicher sein."

Wie immer entbrannte eine Diskussion. Was ist schon sicher? Und warum sollte Hanna abhauen, sie hatte doch nix gemacht. Sie würde aber sicher verhört werden, sie würden ihren Computer beschlagnahmen und wer weiß was noch. Was die anderen nicht wussten, war die Sache mit dem Armreif. Hanna hatte in diesem Moment überhaupt keine Lust, mit der Polizei, Ärzten oder sonst wem darüber zu reden. Sie wollte zu Sven. Bei dem Gedanken, dass die Polizei in ihr Zimmer stürmen würde, bekam sie Panik. Auch der angeblich gute Mann, der alte Freund ihres Vaters schien ihr in diesem Moment bedrohlich.

„Scheiße, wir brauchen einfach Zeit, wir müssen uns treffen und in Ruhe reden, in Ruhe überlegen. Ich hau jetzt ab. Ich will dich sehen, mit dir reden. Wo treffen wir uns?", postete Hanna und war selbst von so viel Elan und Eigeninitiative überrascht. Suki_chan bekam auf einmal Angst, dass sich das jetzt alles derbe zuspitzen und eskalieren würde. VioletPain machte ihr klar, dass alles schon derbe eskaliert war und sie jetzt versuchen müssten, wieder die Kontrolle zu bekommen. Genau deshalb wollte Hanna durch die Flucht sich und Sven Zeit verschaffen, wenn denn die Polizei wirklich ihre Nummer, ihre Identität hatte, wovon nach Kenntnisstand aller Fernsehserien auszugehen war. Sie hoffte bei Sven auf Sicherheit, Geborgenheit und Verständnis, auch wegen dieser Armreif-Geschichte, sie musste mit jemandem darüber reden. Mit wem, außer Sven? Hier, zuhause, gab es nichts mehr für sie. Das Forum, die Mails mit Sven, das waren ihre einzige Heimat, ihre einzige Zuflucht gewesen. Ihre Entscheidung stand. Alle versprachen sich, zusammenzuhalten „Wir werden uns schützen, wir werden auf uns achten, wir werden uns verteidigen. Wir sind die Kinder der Kirschblüte."

„Okay, Hanna, morgen 14 Uhr auf der Schleusenbrücke direkt beim Rathaus in Hamburg. Okay? Hier ist ein Bild von der Brücke. Das ist ein öffentlicher, großer Platz mit viel Gewusel. Schaffst du das?", postete Sven.

„Ja, ja, klar. Das schaff' ich. Okay, ich bin unterwegs", schrieb Hanna und packte eiligst ihre Sachen. Sie überlegte noch kurz, wie sie sich erkennen würden, sie hatten bisher nur stark bearbeitete Fotos oder kaum erkennbare Ausschnitte getauscht, das Aussehen war ihnen so egal gewesen, natürlich irgendwie interessant, aber am Ende doch egal. Ach was soll's, Hanna war sich sicher, dass sie sich einfach erkennen, erspüren würden. Hamburg, die Schleusenbrücke, da war irgendwas in irgendeinem Film, irgendeinem Buch gewesen, das Sven so toll fand, da hatte das eine Rolle gespielt. Klingt gut, dachte Hanna, immer noch leicht irritiert von ihrem Aktionismus und ihrer Aufbruchsstimmung, die sie so gar nicht von sich kannte. Auf nach Hamburg.

Hannas Mutter hatte Essen gekocht, es stand kalt auf dem Tisch, sie selbst wieder in Gedanken versunken am Fenster zum Garten. Als sie Hanna sah, im Mantel, mit Rucksack über der Schulter, sagte sie nichts, sie lächelte nur leicht, ganz zaghaft, und eine Träne lief ihr über die Wange. Hanna lief zu ihr, nahm sie in die Arme, drückte sie an sich, flüsterte: „Ich liebe dich, Mama."

Ihre Mutter küsste sie, flüsterte: „Ich liebe dich auch, Hanna. Ich ... Ich liebe dich." Dann befreite sich Hanna aus der Umarmung, ging langsam, zögernd aus dem Zimmer, wurde im Flur schneller, sprang förmlich aus der Wohnungstür. Auf der Straße wollte sie nicht rennen, um nicht zu sehr aufzufallen, ging aber, so schnell sie konnte, in Richtung Bahnhof, stolperte beinahe. Ein Auto kam ihr entgegen, und sie hatte das Gefühl, aus dem Wagen heraus durchdringend beobachtet, gemustert zu werden; sie traute sich nicht hinzuschauen.

Hätte Hanna hinter sich geschaut, hätte sie gesehen, wie das Auto vor ihrem Haus hielt, ein junger Mann ausstieg, ihr kurz nachsah und dann zur Tür ging und klingelte. Ihre Mutter öffnete und sprach kurz mit dem Mann. Er lächelte nett, verständnisvoll, sagte etwas wie: „Sie haben richtig gehandelt, machen Sie sich keine Sorgen. Ich werde mich um Hanna kümmern, ich werde aufpassen, das habe ich versprochen." Dann ging der Mann wieder zu seinem Auto und fuhr schnell Richtung Bahnhof.

Der Zug in die nächste Großstadt, von wo aus Hanna weiter nach Hamburg fahren konnte, fuhr in fünfzehn Minuten. Sie hatte bei der Sparkasse ihr Konto leer geräumt und sich eine Fahrkarte gekauft. Sie plante, in einem Motel One oder so in Hamburg günstig unterzukommen, bis zum Treffen mit Sven Kraft zu sammeln, nachzudenken, in Ruhe zu planen. Sie kam sich so allein vor auf dem Gleis, allein in dieser scheißverfickten Welt. Aber nicht lähmend, verängstigt allein, sondern anders als sonst, ungebunden, abenteuerlich, nichts zu verlierend, ich-scheiß-auf-alles-allein. So, Welt, so, Leben, ich gegen dich, jetzt werden wir sehen, was passiert, dachte sie. Sie wusste, sie hatte Freunde, Verbündete, nur nicht hier, sondern im Forum, aber die waren immer so weit weg. Sie brauchte sie real bei sich, es war die richtige Entscheidung, sie musste jetzt Sven treffen.

Hanna fühlte sich auf dem Gleis beobachtet, spürte Blicke in ihrem Rücken, wagte aber nicht, sich umzudrehen, ging langsam zum Zug, der gerade einfuhr. Sie fand ein leeres Sechserabteil, zog schnell die Tür und Vorhänge zu und setzte sich. Sie erschrak kurz, als vor ihrem Fenster jemand den Bahnsteig entlangrannte, kurz zu ihr hineinschaute und noch im letzten Moment in den Zug sprang. Sekunden später wurde die Tür zu ihrem Abteil aufgerissen – von Nicole, mit Mütze, Parka, Rucksack, schwer atmend. Sie sahen sich kurz an, dann warf Nicole ihren Rucksack in einen Sitz, zog den Parka aus und setzte sich stumm neben Hanna. Mit offenem Mund starrte Hanna auf Nicole. Wollte fragen: Was zur Hölle machst du denn hier?, brachte aber keinen Ton heraus. Nicole sah Hanna kurz an, dann in die andere Richtung aus dem Fenster. Sie schluckte und sprach ungewohnt leise, fast zitternd: „Ich ... ich bin VioletPain."

Hannas Herz raste, Nicole sah immer noch weg, knetete ihre Hände. Ihre Pulloverärmel waren hochgerutscht, und Hanna konnte unzählige kleine, weiße Narben auf ihrem Unterarm sehen. Sie hatte nie bei Nicole darauf geachtet, sicher hatte sie in der Schule auch immer langärmelige Klamotten getragen. Hanna wusste nicht, was sie sagen sollte, fand keine Worte. Aus dem Forum wusste sie über VioletPain, dass sie mehrmals vergewaltig worden war, als sie noch jünger gewesen war, dreizehn oder vierzehn oder so, von ihrem ersten Freund, ihrer großen Liebe. Und dass es noch mindestens einen anderen heftigen Übergriff danach geben hatte. Aber sie hatte niemandem offline davon je erzählt. VioletPain hatte immer von ihrem Maskenspiel geschrieben, dass sie die Vergewaltigungen, ihren Schmerz, ihre Qualen immer vor allen versteckte, verstecken musste, weil sie auf eine für sie selbst verrückte Weise zu stolz war, davon zu erzählen, zu verletzt war, dass es ihr passiert war, dass ihr das angetan wurde. Sie konnte die Wunden nicht zeigen, außer im Forum, wo sie darüber sprach. Wie so viele Opfer suchte sie einen Teil der Schuld immer wieder bei sich, wenn auch irgendwann nicht mehr an den Taten, so doch daran, mit dem, was ihr angetan worden war, nicht klarzukommen, nicht einfach wieder in der Lage zu sein, ein unbeschwertes glückliches Leben zu führen. So spielte sie ihr Maskenspiel, war eine Schauspielerin in einem miesen Theaterstück mit lauter dummen Statisten. Sie war aber gefangen in dieser Rolle. Eine Rolle mit einer weißen, zynischen und trotzdem beliebten, heilen Maske, hinter der sie still die Qualen litt, still um Atem rang.

VioletPain hatte oft darüber geschrieben, wie heftig es für sie war, dass sie es auch als Verrat an sich selbst empfand, dass sie nie die Kraft gefunden hatte, aus der Rolle auszubrechen, die Rolle aufzugeben, nie die Kraft gehabt hatte, die Maske abzulegen. Es schien, dass Nicole genau diese Kraft jetzt gefunden hatte. Hanna nahm ihre Hand, drückte sie fest und spürte, wie Nicole den Druck erwiderte.

13

Sie hatten den Jungen verpasst, er war abgehauen, entwischt. Das wurde Mark Trensing sehr schnell klar, als er im Zimmer von Sven stand. „Hier ist jemand fluchtartig abgehauen", sagte er zu den Kollegen, die noch im Flur standen und das Chaos im Zimmer sowie das offene Fenster nicht direkt sahen. Aber er kam sich selbst etwas blöd dabei vor, Offensichtliches festzustellen.

Mit zehn Polizisten hatten sie das Haus umstellt und gestürmt. Eine völlig geschockte Mutter saß nun in Tränen aufgelöst, ihre Nachbarin tröstend auf sie einredend, am Wohnzimmertisch und konnte überhaupt nicht begreifen, überhaupt nicht verstehen, was ein älterer Kriminalbeamter ihr da erzählte und sie immer wieder fragte. Ihr Junge? Niemals! Trensing hatte sofort erkannt, dass diese Frau keine Hilfe sein würde, für niemanden. Er ging in Svens Zimmer in die Hocke, sah sich um, hob ein Manga vom Boden auf, blätterte darin. Er spielte den Profiler, den intelligent kombinierenden, psychologisch versierten Kriminalexperten. Aber er wusste, dass er ihn nur spielte, nur zu gern spielte. In Wahrheit war er lediglich ein guter Teamchef, kannte sich ein bisschen mit Computern, Social Media und Algorithmen aus und mit Netzwerken innerhalb der Polizei. Mehr war er nicht, das wusste er, aber ihn hatte der Ehrgeiz gepackt. Es könnte sein Fall sein. Er wollte diesen Jungen kriegen.

Also besann er sich, etwas hilflos aus der Rolle fallend, als er in dem Zimmer keinen weiteren Anhaltspunkt zur Flucht fand, auf das, was er wirklich konnte: Teamführung und Algorithmen.

„Meier!", zitierte er einen Polizisten ins Zimmer. „Den Computer abbauen und mitnehmen, und schauen Sie, ob Sie sonst noch Handys, Laptops, Tablets, irgendwas finden. Nehmen Sie auch gleich den Rechner und die Tablets der Eltern mit." Dann holte er sein Handy aus der Tasche und rief im Büro an. „Ja, der Vogel ist ausgeflogen. Wir müssen jetzt seine E-Mails, sein Handy und dieses Forum da überwachen. Permanent, vierundzwanzig sieben. Ich will sofort über alles Meldung haben. Wir müssen wissen, wo er hin ist, was er vorhat. Brockmann, wenn wir den Jungen in achtundvierzig Stunden haben, geb ich einen aus. Kriegt ihr das hin? ... Danke!"

14

Weil sie es ihrer Mutter versprochen hatte, hielt sich Sarah daran, niemandem von ihrer Gabe zu erzählen. Sie versteckte sie, übte heimlich, meist nachts in ihrem Zimmer. Aber ihr war sehr schnell klar gewesen, dass sie es irgendwann Sandrine erzählen, es ihr zeigen würde. Sie wusste nur noch nicht genau, wann und wie. Sie hatte Angst, vielleicht etwas zwischen ihnen zu zerstören, denn ansonsten teilten sie alles, alle Gedanken, Träume, Geheimnisse, es war einfach zu schön. Nur bei der Gabe hatte Sarah Angst. Sie fürchtete sich, wie Sandrine wohl reagieren würde, wusste aber selbst nicht, wieso eigentlich.

Es gab zögerliche kleine Tests seitens Sarah, wie einmal, als sie zusammen eine wundervolle gotische Kirche aufsuchten, am Nachmittag, es fand gerade eine Taufe statt, und auf einmal sprang das Feuer von den Kerzen am Altar über auf einen der Kerzenleuchter an einer der Säulen, die normalerweise erst zum Abend angezündet wurden, und von da aus weiter zum nächsten Kerzenleuchter und noch weiter zum nächsten und entzündete so nach und nach alle Kerzen in der Kirche. Sandrine lachte erstaunt, Sarah mit ihr, und die Gäste der Taufe schauten verwundert um sich, bekreuzigten sich, beteten, und am nächsten Morgen wurde zum Vatikan ein Brief entsandt mit der Bitte um eine päpstliche Untersuchung des Wunders von der Taufe des kleinen Maurice zu Paris.

Ein anderes Mal hatten sie etwas Verbotenes gemacht, sie hatten Wein getrunken. Sarah war dies von ihrem Vater strikt verboten worden, er war überhaupt kein Freund von Alkohol, trank selbst keinen Schluck. Aber Sandrine hatte schon öfters davon geschwärmt, und dann hatte sie eine Flasche irgendwo stibitzt und mitgebracht. Sie besuchten den Parc Montsouris, einen ihrer absoluten Lieblingsorte. Und heimlich tranken sie dort ein paar Schlucke, schlenderten über Wege und durch Gärten. Dann sahen sie eine Gauklertruppe, die Kunststücke vorführte, Jonglage und Turnkunst, und als die Dämmerung kam und Sarah schon längst zuhause sein sollte, zeigte ein Feuerspucker seine Kunst. Mutig, achtlos vom Wein, berauscht von dem magischen Moment unter den aufziehenden Sternen in ihrem Lieblingspark, auf dem Rasen sitzend mit Sandrine, den Gauklern zuschauend, ließ Sarah ihrer Gabe freien Lauf.

Die Flammen des Feuerspuckers wurden größer und größer, formten sich zu pulsierenden Sternen, zu Ringen. Der Feuerspucker wusste selbst nicht, wie ihm geschah, aber da sich eine weitaus größere Menschentraube bildete als sonst und unablässig Münzen in die bereitgelegten Mützen der Gaukler flogen, machte er einfach weiter. Sandrine klatschte verzückt in die Hände. Sarah brauchte ihre volle Konzentration, fing an zu schwitzen. Unter den begeisterten, raunenden Ausrufen der Menge sah man, wie sich ein Feuerball zu einem Schiff formte, einem richtigen Segelschiff aus gelbroten Flammen! Über den Köpfen der Menschenmenge setzte es langsam Kurs auf die Sterne und verschwand im Nachthimmel. Sandrine jauchzte vor Begeisterung, ließ sich ins Gras fallen und winkte dem Schiff hinterher. Ihre Freude, ihre leuchtenden Augen machten Sarah überglücklich.

Es war viel später geworden, als sie gedacht hatten, und so war es schon sehr dunkel in den Straßen, als sie sich mit glühenden Wangen und verträumten Augen auf den Heimweg machten. Das würde Ärger geben. Aber egal, es war so schön, so unbeschreiblich schön gewesen. Hand in Hand eilten sie nach Hause, als sich auf einmal an einer besonders finsteren Straßenecke drei junge Männer in ihren Weg stellten. Im fahlen Mondlicht erkannten sie die drei, und das machte es nicht besser. Sie gehörten zu einer kleinen Bande, die im Viertel immer wieder für Ärger sorgte. Arbeitslose Herumtreiber, Trinker, Betrüger, kleinkriminelle Räuber. Sarah und Sandrine waren ihnen bisher immer erfolgreich aus dem Weg gegangen, hatten ihre Pfiffe, ihre Sprüche ignoriert, wann immer es ging, rechtzeitig die Straßenseite gewechselt. Aber jetzt bauten sich die drei direkt vor ihnen auf, hielten sie an den Händen fest und versuchten, sie weiter in die Dunkelheit einer Hausnische zu drängen.

„Na ihr Täubchen, so spät noch unterwegs", sagte der eine, und er stank furchtbar nach Alkohol.

„Lass mich los, du Ekel!", schrie Sandrine. „HILFE! HILFE! ZU HILFE!", brüllte sie aus Leibeskräften in die Nacht. Einer der Männer drückte ihr seine Hand auf den Mund, zog sie aber sofort fluchend zurück, denn Sandrine hatte ihn gebissen. „Na warte, du Schlampe, jetzt bist du dran!", fluchte er.

Sarah war aufgefallen, dass sie alle sehr betrunken, unkoordiniert wirkten. Der Dritte stand noch etwas weiter hinten, versuchte gerade schwankend, sich eine Zigarette anzuzünden. Danke, du tête de nœud!, dachte Sarah und drückte kurz Sandrines Hand. Auf einmal wurde es taghell in der Häuserecke. Der hintere Kerl hatte sich beim Versuch, seine Zigarette anzuzünden, mit Sarahs Hilfe selbst entzündet. Zuerst brannte nur sein Ärmel, doch Sarah ließ das Feuer rasant wachsen, hinauf bis zu seiner Mütze, und überspringen zu dem Kerl direkt vor ihr, dessen Hose zu brennen begann. Die Männer schrien, warfen sich auf den Boden, drückten sich gegen die Wand, um die Flammen zu löschen. Sandrine trat dem, der sie noch festhielt, dabei aber vollkommen konsterniert seine brennenden Kumpel ansah, kräftig zwischen die Beine, und als er sich vor Schmerz krümmte, noch mal mit dem Knie ins Gesicht, dann rannten die beiden Mädchen los, dabei weiter laut um Hilfe schreiend. Doch schon nach zwei Straßen verstummten sie wieder. Niemand folgte ihnen. Sie schienen in Sicherheit zu sein. Nun wollten sie kein zu großes Aufsehen erregen, denn ihre Eltern erfuhren besser nichts von dem Vorfall, sonst hätte zumindest Sarah einen Monat Hausarrest bekommen. Na ja, den würde sie vermutlich eh kriegen, so spät wie es war.

Sie mussten sich trennen, sie waren kurz vor ihren Wohnungen. Ihre Herzen rasten, ihre Wangen glühten immer noch. Jetzt oder nie, dachte Sarah und wollte Sandrine von dem Feuer, von ihrer Gabe erzählen, dass sie es gewesen war, die die Jungen angezündet hatte, und auch im Park, das Feuerschiff, dass sie das auch erschaffen hatte für sie, für Sandrine.

„Du, Sandrine, ich, ich muss dir …"

„Keine Zeit mehr, mein Juwel", sagte Sandrine, zog an ihrer Hand, gab ihr einen flüchtigen Kuss auf die Wange. „Wir sehen uns morgen. Beeil dich und sei leise."

Und schon rannte sie die Straße hinunter zu dem Geschäft von Madame Corday.

„Ja gut, bis morgen … Sandrine", flüsterte Sarah und sah ihr kurz nach, wie sie im Licht der Laternen die Straße entlanglief. Dann eilte auch Sarah schnell nach Hause.

15

Es war spät am Abend, als Hanna und Nicole Hamburg erreichten. Sie deckten sich im Bahnhof mit dem Nötigsten zu essen und zu trinken ein und fanden ein preiswertes Hotel gleich in der Nähe. Im Zimmer wollten sie eigentlich schnell schlafen und Kraft für den morgigen Tag sammeln, aber das war natürlich Blödsinn. Ihnen war klar, dass sie jetzt eh keinen Schlaf finden würden, denn sie hatten eine Menge zu bereden, jetzt, hier, ungestört. Doch irgendwie traute sich zunächst keine zu sprechen. Sie saßen auf ihren Betten, starrten in das schwach beleuchtete Zimmer, dachten über die letzten Tage nach und über das, was kommen würde. Über die verrückte Situation, jetzt zusammen hier zu sein.

Nicole ist VioletPain, total verrückt, aber macht auch irgendwie Sinn, passt irgendwie voll, dachte Hanna. Sie ging Violets Postings im Kopf durch und fragte sich, wie sie es nicht hatte sehen können, obwohl das natürlich totaler Quatsch war, denn Nicole war einfach ein Meister des Sichverstellens, Hanna wäre nie im Leben darauf gekommen. Bei aller Scheiße, bei aller Angst, bei allem Wahnsinn fand sie es gerade irgendwie cool, hier zu sein, mit Nicole, die VioletPain aus dem Forum war, in einem Hotel in Hamburg, endlich raus aus dem Scheißkaff, Brücken verbrennen, nie zurück. Sie war ultraaufgeregt, Sven zu treffen.

Und was dann, was würden sie dann machen? Wohin? Und was, wenn die Polizei sie fand?

„Stimmt es, dass du einen Schwarzgurt in Karate hast?", fragte Hanna plötzlich laut. Irgendwie musste sie ja mal anfangen mit dem Reden, und die Frage war doch unverbindlich.

„Was?", lachte Nicole. „Na ja, ich habe in der Schule gehört, dass du einen Schwarzgurt in Karate hast. Wäre nicht ganz unnütz jetzt, vielleicht." Nicole musste lächeln, das Gerücht gefiel ihr.

„Kompletter Blödsinn. Ich hab mal ein paar Jahre WingTsun gemacht, aber kein Karate und schon gar keinen Schwarzgurt ... Ist aber cool, gefällt mir." Nicole konterte: „Stimmt es, dass dein Vater bei einem Flugzeugabsturz gestorben ist?"

„Was? Nein! Nein, das ist auch totaler Quatsch", sagte Hanna, „na ja, obwohl, vielleicht ja doch. Das ist scheiße mit meinem Vater, aber da hast du ja sicher auch im Forum was zu gelesen, oder? Der war eh nie oft zuhause, aber seit drei Jahren haben wir kein Sterbenswörtchen mehr von ihm gehört." Hanna zögerte. „Ich glaub aber nicht, dass er tot ist. Ich weiß nur nicht, wo er ist." Trotzig ergänzte sie: „Und es ist mir auch scheißegal."

Danach herrschte erst mal wieder Stille, jede hing ihren eigenen Gedanken nach, bis Nicole fragte: „Wie ist das mit Sven, liebst du ihn? So richtig?"

„Puh, weiß nicht, ja schon, glaub ich, irgendwie vielleicht." Zögernd ergänzte Hanna, die noch nie mit irgendjemandem über so etwas gesprochen hatte: „Er ist unglaublich wichtig für mich, weißt du, in den letzten Monaten, da war er immer da und ... und irgendwie denke ich dauernd an ihn, und wenn ich an ihn denke, fühlt sich das gut an, zu wissen, dass er da ist und auch an mich denkt, und was er schreibt, tut immer gut, ich hatte so was noch nie mit jemandem, ich fühle mich verstanden von ihm, ich kann mit ihm irgendwie alles teilen." Sie dachte an ihren Arm und den Armreif, den sie in einem Verband versteckt unter einem weiten Hemd trug. „Also fast alles, irgendwie ist gerade alles egal, Hauptsache er ist da und ... ich weiß nicht ..."

„Das klingt verdammt nach Verliebtsein, wenn du mich fragst", meinte Nicole. Hanna zögerte, dann sagte sie: „Nicole, ich hatte noch nie einen Freund."

„Sei froh!", sagte Nicole kurz und knapp, fast eisig.

„Warum ... Warum hast du dich nie zu erkennen gegeben? Also ab wann wusstest du eigentlich, wer ich bin?", fragte Hanna nach einer Weile und man konnte, wenn man wollte, ein wenig Verletztheit in ihrer Stimme hören.

„Ich weiß nicht genau, wir kannten uns schon länger im Forum, da wusste ich das noch nicht. Ich hatte vielleicht mal einen ganz, ganz vagen Verdacht. Aber dann hast du die Geschichte von

Peters Party gepostet, und dann wusste ich es natürlich, du hast ja Namen und Ort genannt und so."

„Und warum hast du nichts zu mir gesagt?"

„Ich konnte nicht. Zuerst. Ich war total erschrocken. Denkt man ja nicht, dass jemand da im Forum in der gleichen Stadt wohnt, in die gleiche Schule geht. Das Forum war eine andere, eine sichere Welt, weißt du. Und dann später wollte ich schon irgendwie mit dir reden, anders Kontakt aufnehmen, aber ich wusste echt nicht, wie ich das machen sollte. Ich hatte ja auch so zwei komplett andere Leben, online und in der Schule. Na ja, und dann kam irgendwie schon die Sache mit Sven."

Hanna war ein wenig gekränkt, ein wenig verletzt, wenn sie drüber nachdachte. Sie konnte Nicole aber irgendwie auch verstehen. „Ist schon okay", sagte sie, nicht ganz sicher ob es das wirklich war.

„Was machen wir morgen? Also nachdem wir Sven getroffen haben, was machen wir dann?", fragte Nicole.

„Keine Ahnung, ist mir irgendwie auch egal. Komisch, oder?"

„Ne, find ich gar nicht, irgendwie gar nicht komisch, geht mir genauso."

„Ich hab immer gesagt: Ich will am liebsten sterben, und alles ist scheiße, und mir ist sowieso alles egal, und weißt du was, jetzt, hier, merke ich, das ist wirklich wahr. Mir ist wirklich gerade alles scheißegal. Ich will nicht zurück, das weiß ich, Sven ist mir nicht egal, das weiß ich, du auch nicht und so. Aber Zuhause, die Schule, das Leben an sich, mein Leben. Alles scheißegal."

„Ich habe festgestellt, wenn man sich einmal … also, wenn man sich einmal wirklich umbringen wollte, wirklich so nah dran war, es wirklich zu tun, mit allem abgeschlossen hatte und schon länger diesen Schmerz, diese Qualen hatte, also wie ich und wie du und wie wir vielleicht alle im Forum, also wenn man an diesem Punkt war, wo man wirklich dachte und fühlte: Ja scheiße, es ist leichter zu sterben, ich will sterben, dann ist einem alles egal, man selbst, das Leben. Man lebt dann noch weiter aus den unterschiedlichsten Gründen, aber man hat keine Angst mehr vor dem Tod, und deshalb ist das alles auch egal irgendwie. Also, weißt du, was ich meine?"

„Ja, ich weiß ganz genau, was du meinst. Jetzt gerade will ich gar nicht sterben, aber wenn ich es müsste, wäre es mir egal, dazu war ich irgendwie zu oft zu nah dran, in Gedanken hab ich es mir zu sehr gewünscht … Und genau deshalb: Ich hab nix zu verlieren, gar nichts, das hier ist irgendwie mein letzter Versuch, glaub ich."

„Ganz ehrlich: meiner auch", stimmte Nicole nachdenklich zu, als ob es ihr genau in diesem Moment erst bewusst wurde. Hanna dachte an Sven, an ihr scheiß Leben, an ihren Arm, an des Gefühl, als Sven das über die Kinder der Kirschblüte geschrieben hatte. „Es kann aber auch, also vielleicht weißt du, vielleicht wird das aber auch ganz geil alles."

„Mmh?"

„Na ja, also, vielleicht finden wir ja einen Weg, das mit den Kindern der Kirschblüte irgendwie zu machen, also als Gruppe zusammenzuleben, uns zu schützen, eine echte wahre Gemeinschaft zu werden. Ohne Angst. Und Schmerz." Nicole lächelte skeptisch. „Ja ... na ja, wir sind schon mal zusammen hier, nicht?"

„Ja, und das ist doch irgendwie auch cool, oder? Wir ... wir gucken einfach was geht, oder?"

„Ja, es könnte alles ganz geil werden, stimmt. Warum nicht? ... Und wenn nichts geht, was haben wir schon zu verlieren? Wenn's scheiße wird, machen wir noch ein großes, buntes Feuerwerk und verpissen uns final."

„Ein ganz großes ..." Hanna fühlte über ihren linken Unterarm. „Nicole ..."

„Ja?"

„Ich ... ich muss dir ..." Hanna fand keine Worte.

„Was musst du?"

Nein, von dem Armreif konnte, wollte Hanna jetzt nichts erzählen. Vielleicht hatte sie sich das Ganze ja auch nur eingebildet, vielleicht war es nur eine schizophrene Fantasie von ihr. Sie traute sich und ihren Sinnen gerade überhaupt nicht in diesem Punkt.

„Ach, nichts. ... Weißt du. Nicole, ich bin sehr froh, dass du VioletPain bist, also dass du du bist und dass du bist, wie du bist ... und dass du hier bist. Also, weißt du, was ich meine? Danke dafür."

„Hanna, ich bin auch sehr froh, dass es dich gibt und dass du bist, wie du bist." Beide dachten es, keine sagte es, es wäre zu kitschig gewesen, aber es hatte sich irgendwie festgesetzt in ihren Köpfen, gab ihnen eine wichtige Kraft, eine neue Identität: Wir sind die Kinder der Kirschblüte.

16

Den jungen Männern aus der Bande, die sie nachts bedrängt hatten, waren Sarah und Sandrine zum Glück nicht so schnell wieder begegnet. Sie waren vorsichtiger geworden, mieden dunkle Ecken und Gassen mehr als früher, suchten Menschenmengen in den Abendstunden. Es war vielleicht zwei Wochen nach dem Vorfall, da saßen sie wieder im Parc Montsouris unter einem großen Baum an einem Teich und sprachen noch einmal darüber.

„Die Welt, die Stadt, die wäre um so, so viel wundervoller, wenn es solchen Abschaum gar nicht erst geben würde. Was meinst du? Uns würde die Nacht gehören, komplett. Wie Katzen könnten wir durch die Straßen, über die Dächer ziehen, und wir bräuchten keine Angst zu haben. Mein Vater war auch so ein Saufbold, gut dass meine Mutter den rausgeschmissen hat. Ich kenne eigentlich auch keinen Jungen, den ich mag, die sind alle nutzlose Herumtreiber oder hochnäsige Dummköpfe, nicht wahr, Sarah? Kennst du einen Jungen, auch nur einen Jungen, den du magst?"

Sarah dachte nach. Das tat sie immer, bevor sie antwortete, immer dauerte es ein paar Sekunden, oft auch länger, bevor sie eine Antwort fand, die sie geben wollte. „Ich mag meinen Vater und Jakob. Die habe ich sehr gern."

„Ja, aber das zählt doch nicht, nein, nein, das zählt jetzt nicht. Sarah, ich meine Jungs, junge Männer, du weißt schon, und jetzt komm nicht mit deinen Schriftstellern und Dichtern, ich meine, aus unserem Viertel, irgendeinen, nenn mir einen, den du magst. Frederic? Pierre? Pierre, der mag dich, das kann ich dir aber sagen, oh, là, là, wie der dich anschaut, wie der stottert, wenn du in der Nähe bist, das sag ich dir, der ist verknallt in dich, aber so was von. Also, magst du den?"

Nein, den mochte sie nicht, den nun wirklich nicht. Sarah fiel kein Junge ein, den sie mochte. Nicht aus Absicht oder Gehässigkeit, nein, ihr fiel einfach keiner ein, auch wenn sie unbedingt wollte, dass ihr einer einfiel. War es Ignoranz? Selbst in Berlin hatte es das nie gegeben, fiel ihr jetzt auf, also einen Jungen, der ihr irgendwas bedeutet hätte, außer halt Vater und Jakob. Sarah hatte Jungen immer toleriert, oft ignoriert, manchmal akzeptiert in ihrem Leben, aber so richtig gemocht hatte sie bisher keinen. Sie hatte nie intensiver darüber nachgedacht – und das trotz der Bücher und Romane, die sie immer las. Jetzt wurde es Sarah das erste Mal bewusst, vorher hatte sie das nie richtig wahrgenommen. Alle Jungen in ihrem Leben waren ihr bisher vollkommen egal gewesen. Irgendwie wirklich komisch, dachte sie, bevor sie es in wenige ausgewählte Worte packte und laut aussprach.

„Ja komisch. Ist schon komisch, ist bei mir auch so", antwortete Sandrine, und dann schwieg sie lange, und das war nun wirklich sehr selten bei Sandrine. Sie sahen auf den kleinen See, sahen auf die tief hängenden Äste des Baums, unter dem sie saßen, wie diese im Wind leicht hin und her tanzten. Zu dieser Tageszeit war der Park immer recht leer, waren kaum Menschen unterwegs, dazu war es noch stark bewölkt, und der Geruch von Regen lag in der Luft. Der Wind spielte mit Sandrines Haar, ließ ihr eine Locke immer wieder ins Gesicht fallen. Irgendwie hatten sich, während des ganzen Schweigens Sarahs und Sandrines Blicke gefunden. Es war auf einmal so klar, alles so einfach, logisch und klar. Sarah hatte nie darüber nachgedacht, nie danach gesucht, aber vielleicht war es auch einfach zu offensichtlich gewesen. Sie musste lächeln, über sich, über das Gefühl, die Wärme in ihrem Bauch, den leichten Schwindel, als sie jetzt Sandrine ansah, in ihre wunderschönen smaragdgrünen Augen sah, ihre Grübchen, ihr gebrochenes Lächeln. Natürlich kannte sie dieses Gefühl beim Anblick von Sandrine, aber erst jetzt, hier, in diesem Moment wurde ihr klar, was es wirklich bedeutete. Sarah versuchte, die Locke von Sandrine zu fangen, sie ihr vorsichtig aus dem Gesicht hinters Ohr zu streichen. Und ohne bewusste Intention gab sie ihr dabei einen Kuss. Einen ersten unschuldigen, vorsichtigen Kuss.

Und während ein leichter Sommerregen begann sanft auf das Wasser und den Rasen zu fallen, erwiderte Sandrine den Kuss auf ihre Art, wild, intensiv, leidenschaftlich.

17

Als Hanna und Nicole am nächsten Morgen – eigentlich war es schon Mittag – zum Frühstück in einem kleinen Café in der Innenstadt saßen, fragte Nicole ganz beiläufig: „Sag mal, und was ist das eigentlich für ein fetter, amateurhafter Verband um deine linke Hand?"

Als Hanna schweig, fragte Nicole weiter: „Geritzt? Ist doch zu heftig dafür, oder? Muss das genäht werden?"

„Ich möchte da jetzt gerade wirklich nicht drüber reden."

„Alta, Hanna!", platzte es wütend aus Nicole heraus. „Wir müssen uns vertrauen, wir müssen über alles offen reden können. Sonst ist das hier für uns beide so superschnell, so superscheiße vorbei, das kannst du dir gar nicht vorstellen. Also was ist los?"

Hanna verzog den Mund, dann sagte sie: „Nicole, hier passiert gerade wirklich abgefahrene Scheiße. Also, ich meine, wirklich, wirklich abgefahrene Scheiße."

Sie sah sich noch einmal um, das Café war aber fast leer, dunkel, verwinkelt, keiner in ihrer Nähe. Scheiß drauf, volles Risiko, dachte sie, wieder kurz in der Angst, sich alles mit dem Armreif nur eingebildet zu haben. Wenn es so war, dass das alles Teil ihrer Krankheit im Kopf war, dann musste Nicole eben auch damit klarkommen.

„Pass auf, du denkst, die ganze Sache mit Sven und den Kindern der Kirschblüte ist schräg und megaderbe. Bei mir läuft aber gerade noch was ganz anderes, und ich hab absolut keinen Plan, was abgeht." Dabei entrollte sie den Verband und zeigte Nicole ihre linke Hand und den Unterarm. Der Armreif war noch da, er war mittlerweile fast vollständig mit Hannas Arm verschmolzen. Kleine Metallteile, die organisch pulsierten, und aufgestülpte Hautwülste hatten um das Handgelenk, den Handrücken und den Mittelfinger mit dem Ring eine feste symbiotische Verbindung geschaffen. Es sah so aus, als hätte sich der Armreif zuerst in Hannas Fleisch gebrannt, um dann von diesem assimiliert zu werden, so als sei er jetzt Teil ihres Körpers. Das Metall pulsierte schwach in einem schwarz-silbernen Farbton, im Rhythmus von Hannas Pulsschlag.

„Ach du Scheiße", brachte Nicole mit aufgerissenen Augen und offenem Mund hervor, sie sah sich auch noch einmal schnell um. „Was ist das? Was hast du gemacht?"

„Ich hab keine Ahnung", sagte Hanna, „wirklich nicht. Es … es war ein Geschenk von meinem Vater. Vor langer Zeit. Der Armreif ist eigentlich so was wie ein Familienerbstück. Aber irgendwie, ich hatte mich geritzt, ein bisschen, weil ich so verzweifelt war wegen Sven, und das Blut ist über den Armreif geflossen, weil ich den gerade umhatte, und dann hatte ich einen Blackout, bin ohnmächtig geworden, und als ich aufgewacht bin" – sie zeigte auf ihren Unterarm – „sah das so aus."

Nicoles Hand schob sich auf Hannas Unterarm zu, strich, fühlte vorsichtig darüber. „Fuck, was ist das?"

„Keine Ahnung, wie gesagt", antwortete Hanna verlegen und doch, irgendwie genoss sie die Aufmerksamkeit, genoss sie es, was Besonderes zu haben.

„Es geht noch weiter. Pass auf." Hanna deutete mit ihren Augen auf den Kaffeebecher vor Nicole. Nicole sah den Becher an. Hanna öffnete ihre linke Hand leicht in Richtung des Bechers, der auf der anderen Seite des Tisches, etwa einen halben Meter von ihr entfernt stand. Hanna konzentrierte sich, Falten bildeten sich auf ihrer Stirn. Langsam, zitternd begann der Becher, sich zu erheben, begann er zu schweben, höher, bis er vor Nicoles Mund schwebte. Die sah mit weiterhin aufgerissen Augen und Mund starr auf den Becher. Dann musste Hanna die Augen zukneifen, der Becher fiel auf den Tisch. Hanna war außer Atmen, schwitzte, holte ganz tief Luft. Aus Nicole platzte ein Lachen heraus. „Alta, Scheiße, Hanna! Was ist das?"

Doch sie hatten keine Zeit, das zu klären, in einer Stunde war das Treffen mit Sven auf der Rathausbrücke, und sie mussten los.

Die Sonne schien, der Himmel war wolkenlos, und überall rannten, strömten Menschen mit Tüten auf dem Rathausvorplatz in alle möglichen Richtungen. Noch zwanzig Minuten bis zum Treffen, und Hanna war meganervös. Sie hatten noch kurze Nachrichten im Forum ausgetauscht. Sven war hier, es ging ihm so weit gut, den Umständen entsprechend. Sie wollten danach sofort weiterreisen, nach Flensburg und dann vielleicht

Kopenhagen erst mal oder Berlin, dort noch einmal in ein Hotel und dann in Ruhe alles Weitere besprechen und planen. Für beides hatte Sven Züge herausgesucht. Er träumte davon, irgendwie eine Art Untergrundgruppe, Untergrundbewegung als Kinder der Kirschblüte zu gründen, so wie er es schon im Forum umrissen hatte. Erst mal nur der engste Kreis aus dem Forum, füreinander sorgen, einander beschützen, einander verteidigen – und rächen.

Theoretisch klang das super, aber wie sollte das gehen? Wo und wovon leben? Und was war mit der Polizei, die suchte ihn. Was würde mit ihm passieren? Und mit den anderen? Konnte man ihnen, Hanna, Nicole etwas vorwerfen? Mitwisserschaft, Mittäterschaft? Es gab unendlich viel zu klären und zu besprechen.

„Auf jeden Fall gehe ich nicht ins Gefängnis. Egal, was wird. Ich gehe nicht in den Knast", hatte Sven gepostet.

„Alta, bleib mal locker, wofür solltest du denn in den Knast? Wart doch erst mal ab, was die dir überhaupt nachweisen können. Und dann kriegst du ein paar Sozialstunden und so, und gut ist", hatte BloodAngel gepostet.

Sicher war sich keiner. Sicher war nur, jetzt war alles in Bewegung, und sie wollten es jetzt nicht stoppen, egal wie, jetzt war die Chance, etwas zu ändern für sich. Keiner wollte zurück ins alte Leben, jetzt oder nie, alles auf eine Karte. Nur welche?

Hanna und Nicole näherten sich langsam der Brücke am Rathaus. Hanna fühlte sich unwohl, war nervös, aufgeregt, Sven zu treffen, aber es war nicht nur das, sie fühlte sich wieder beobachtet. Sie hatten beschlossen, sich hier zu treffen, in diesem ganzen Gewusel, weil Sven das mal irgendwo gelesen hatte, dass das immer am sichersten war: treffen an öffentlichen Plätzen, tagsüber, unter vielen Menschen. Da erregt man am wenigsten Verdacht, da konnte man am leichtesten untertauchen. Hanna sah Sven, das musste er sein, auf der Brücke, nahe am Geländer, langer Mantel, Rucksack, Stiefel, schwarze, halblange Haare. Er versuchte, gelangweilt zu wirken, kniff ab und zu ein Auge zu, verzog den Mund, sah sich immer wieder langsam suchend um. Dann sah auch er Hanna. Ein Lächeln, ein unglaublich warmes Lächeln strahlte ihr entgegen, seine Augen leuchteten. Hannas Herz raste, ihre Hände schwitzen. Auch sie musste breit lächeln, konnte gar nicht anders, schüttelte kurz den Kopf. Es war ein ganz unwirkliches Gefühl, ihn da so zu sehen.

Vielleicht noch fünfzig Meter lagen zwischen ihnen. Auf einmal befiel Hanna ein Gefühl der Angst, Panik, Bedrohung. Hier waren Menschen, die sie suchten, die ihr und Sven Böses wollten, das spürte sie ganz klar. Es war keine Zeit mehr, Sven kam auf sie zu, was sollte sie tun? Sie hatte im Hotel kurz mit Nicole besprochen, was sie machen würden, wenn Polizei käme: weglaufen, getrennt, sich später an dem einen Baum im Park in der Nähe des Hotels wieder treffen. Sie zog an Nicoles Ärmel.

„Hier ist Polizei. Die suchen uns. Geh."

„Was?" Nicole sah sich um. „Scheiße, woher weißt du das? Wo sind sie?"

„Kann ich nicht sagen, ich spüre es." Sie drückten sich kurz die Hände, dann machte Nicole einen Schritt zur Seite und tauchte im Menschenstrom unter. Da stand Sven auch schon direkt vor Hanna.

Er war etwas größer, als sie gedacht hatte. Die Sonne glitzerte auf seinem Haar, irgendwie konnten sie beide nicht sprechen, nur lächeln, vor Freude lächeln, gequält lächeln. Seine Nähe, zu sehen, dass es ihn wirklich gab, nach all diesen Nächten, die sie online gemeinsam verbracht, durchlitten, durchwacht hatten, fühlte sich einfach unglaublich gut an, unglaublich richtig, unglaublich vertraut. Hanna war es in diesem Moment scheißegal, ob sie alles nur in ihn reinprojizierte oder was er wirklich war, wie er wirklich war. Sie war einfach nur glücklich, dass er da war, dass er real war. Aber da war das Gefühl der Angst, die Polizei.

„Hallo", sagte Sven leise und etwas unsicher, er stand ganz dicht vor ihr.

„Hallo", sagte Hanna, konnte nicht aufhören zu lächeln. Sie verzog das Gesicht. „Hier ist Polizei."

„Ich weiß", sagte er.

„Was ... was wollen wir machen?", fragte sie.

„Was können wir machen? Sie werden mich nicht kriegen Hanna, niemals, das hab ich gesagt. Es ist so schade, dass sie uns diesen Moment kaputt machen."

„Vielleicht haben sie uns noch nicht entdeckt?" Die ganze Zeit sahen sie sich direkt in die Augen, konnten nicht woanders hinsehen, den Blick nicht voneinander nehmen, alles um sie herum verschwand, verblasste. Und doch konnten sie aus den Augenwinkeln sehen, spüren, wie sich mehrere große Männer aus unterschiedlichen Richtungen langsam den Weg zu ihnen bahnten.

„Du bist wunderschön." Sven flüsterte fast. „Es ist so schön, dass es dich gibt."

Hanna schluckte. Mit einer Hand zog Sven sie langsam zu sich ran, während sie spürte, wie er mit der anderen Hand einen harten Gegenstand an seinen Bauch drückte. Er sah kurz nach unten, sie folgte seinem Blick, sie war sich nicht sicher, aber sie glaubte, dass es eine Handgranate war. Hanna wurde brennend heiß – und auf einmal geschahen tausend Dinge gleichzeitig, wie in Zeitlupe. Sie spürte die kalte, harte, schwere Granate in seiner Hand, eng umschlungen, zwischen sie beide am Bauch gepresst, sie sah in seine Augen, sah Angst, Trauer, Wut und auch Liebe, zärtliche, dankbare Liebe, sie sah seine Lippen, spürte, wie sie näherkamen, sie öffnete ihren Mund leicht, sah aus den Augenwinkeln, wie die Zivilpolizisten losliefen, losstürmten, spürte, wie ihr Herz stoppte, Sven zitterte. Sie dachte kurz daran, wie sie vielleicht die Kraft des Armreifs einsetzen könnte, aber ihr fiel nichts ein, was sie jetzt retten konnte.

„Ich liebe dich, Hanna", flüsterte Sven, „ehrlich, ewiglich." Sie sah in Svens Augen, spürte dann seine Lippen auf ihren, zart, weich, sanft, zitternd, ihre Beine schienen nachzugeben, sie hatte das Gefühl, zu fallen, auf einmal spürte sie eine weitere Hand an der Granate.

„Die nehm' ich mal kurz mit", sagte ein Mann, der wie aus dem Nichts direkt neben ihnen stand und geschickt, konsequent die Handgranate aus ihrer Mitte riss, nur um sofort darauf wieder in der Menschenmenge zu verschwinden. Und schon wurden Sven und Hanna von den Polizisten überwältigt, auseinander und zu Boden gerissen.

18

Hinterher konnte Hanna alles nicht mehr so richtig auseinanderhalten, so viel war auf einmal passiert. Aber über allem thronte ein einziger klarer, melancholischer, wütender Gedanke: Es wäre mein erster richtiger Kuss gewesen! Wer hatte ihnen die Granate entrissen? Ein Polizist? Auf einmal war er da gewesen, direkt neben ihnen, und sogleich wieder verschwunden, wie in einem Traum, hatte sich quasi mit der Granate in Luft aufgelöst. Sofort danach waren sie von Zivilpolizisten auseinandergerissen, zu Boden geworfen, angeschrien worden. Hanna hatte auch geschrien, sie hatte Sven gesehen, wie er auf dem Boden lag, den Mund aufgerissen vor Schmerz, den Arm grotesk verdreht, drei Männer auf ihm, am Kopf blutend. Auf Hanna hatte eine Frau gesessen und ein Mann hatte ihre Beine gehalten, ihr Knie hatte gebrannt, ihr Herz gehämmert, Tränen waren ihr in die Augen geschossen, Wut, Verzweiflung, Trauer, ein Schlag in ihren Nacken, sie hatte keine Luft mehr bekommen, alles war schwarz geworden.

Im Krankenhaus war alles weiß. Sie war allein, konnte vor der Tür eine Polizistin sehen, das Fenster war vergittert. Hanna fühlte sich überraschend frisch, fit, gesund. Sie sah ihren Arm an, das merkwürdige Ding daran. Liegt es an dir? Dann wurde sie richtig klar. Wo war sie? Wo war Sven? Scheiße, und Nicole? Sie wollte gerade aufstehen, da ging die Tür auf, und eine Frau und ein Mann kamen herein.

„Hallo Hanna, ich bin Mareike Schuhmann, das ist Mark Trensing. Wir sind von der Kriminalpolizei." Die Frau lächelte freundlich, mitfühlend, der Mann sah sie fordernd, ungeduldig an und lief von diesem Moment an die ganze Zeit im Zimmer auf und ab. Es war sofort klar, was hier lief, die blonde, nette Polizistin und der grimmige, böse Polizist.

„Hanna, ich glaube, du bist da in etwas hineingeraten, von dem du gar nicht genau weißt, was da los ist und wie das passieren konnte. Mhm?", fragte die Frau mit geheuchelter Freundlichkeit. Verpiss dich, du alte Kröte, dachte Hanna, schwieg aber und verzog keine Miene.

„Dein Freund, der Sven Grossmann, dem geht's gut, da musst du dir keine Sorgen machen. Er ist aber in Arrest. Er hat schlimme Dinge getan, das weißt du ja. Hanna, da ist ein Mensch gestorben, andere beinahe auch. Das ist Mord." Die Frau wurde eindringlich, der Mann sah aus dem Fenster, ballte die Hände. „Wir kennen euer Forum." Hanna wurde bleich. Scheiße, Arschlöcher. „Wir wissen, was ihr alles geplant habt und wer ihr seid. Hanna, du hast noch nichts Schlimmes gemacht, noch kann ich dich da raushalten. Aber, Hanna, ich muss jetzt alles wissen. Wer hat was geplant, und vor allem, wer hat was noch vor von euch?"

Hanna war auf kompletter Abwehr. Was wollen die von mir? Ihr habt doch Sven, ihr Wichser! Haben die das Gerede da im

Forum etwa alles ernst genommen? Denken die, wir sind eine Terrorgang, dachte Hanna belustigt.

„Hanna, das ist kein Spiel, was ihr da mit den Kindern der Kirschblüte gemacht habt. Für dich war es das vielleicht, aber für Sven nicht und für die anderen auch nicht. Wir müssen wissen, was du weißt."

Hanna sah die beiden Polizisten an, dann auf ihre Schuhe vor dem Bett. „Ich hab nichts gemacht, das haben sie selbst gerad gesagt. Kann ich gehen?"

Da platzte es aus dem Mann heraus: „Hör mal zu, Fräulein, du steckst mit drin, verstanden? Wir wissen alles, Fräulein fehlkonstruktion! Den Sven haben wir am Arsch, und wenn du nicht auch in den Knast willst, dann sagst du uns sofort, SOFORT: Wo ist Nicole Schneider und wer ist BloodAngel, wo wohnt er?"

„W…was?" Hanna sah ihn entgeistert, fast schon belustigt an.

„Nicole Schneider, VioletPain. Sie ist seit gestern Abend vermisst gemeldet. Und BloodAngel, der scheint sich technisch gut auszukennen, den konnten wir nicht tracken, wir wissen nicht, wer er ist."

Die Frau fügte sanfter hinzu: „Hanna, wir müssen wissen, wo die beiden sind, was sie vorhaben. Sven und BloodAngel haben anscheinend Waffen, mindestens zwei Handgranaten und eine Pistole über das Internet besorgt. Du kannst dir und vielen

Menschen einen Gefallen tun, du kannst Menschenleben retten, indem du uns sagst, was du weißt, es ist dringend, Hanna."

„Ich ... ich weiß nichts, ehrlich. Ich weiß nichts von Handgranaten oder sonst was. Wirklich."

„Verkauf uns nicht für dumm", blaffte der Mann wieder. „Ich reiß' dir und deinen Freunden so dermaßen den Arsch auf, wenn du jetzt nicht sofort sagst, was die vorhaben und wo die sind!"

Hanna sagte nichts mehr, kein Wort. Trensing schlug mit der Faust auf einen Tisch, Hanna zuckte mit den Schultern, zog eine Schnute und sah die Frau an. Innerlich fragte sie sich, was hier wohl noch alles los war, von dem sie nichts wusste. Parallel dachte sie darüber nach, was es mit den Waffen und Handgranaten auf sich hatte, was Sven und BloodAngel gemacht hatten, vorhatten, und gleichzeitig ging sie alle Postings durch, alle Themen, die diese verwichsten Polizisten sicher gelesen hatten. Und über allem spürte sie das Verlangen, wieder von Sven in den Arm genommen zu werden, seine Lippen auf ihren zu fühlen. Sie kam sich und der Situation merkwürdig entrückt vor. Trensing sah sie länger an, dann schien er aus seiner Rolle zu fallen, wurde weicher, sachlich, sagte nüchtern zu seiner Kollegin: „Komm, Mareike, die sagt uns nichts, ich glaube, die weiß wirklich nichts weiter. Passt zu dem Profil, das wir von ihr haben."

Wichser, dachte Hanna. Beim Rausgehen sah er sich noch einmal um: „Ach, du, sag mal, du musst deinen Arm gar nicht so verstecken unter der Decke. Was ist das eigentlich? So ein neuer schräger Body-Modification-Trend bei Deprikids?"

Trensing schien sichtlich stolz darauf zu sein, solche Begriffe wie Body-Modification zu kennen. Hanna war sichtlich stolz, den Mut und die Kraft zu haben, ihm stumm ihren Mittelfinger entgegenzustrecken.

Von Sven Grossmann bekamen sie gar nichts, außer Fragen nach Hanna. Ansonsten wirkte er apathisch, eingekapselt, er sagte nichts, aß nichts, starrte mit leerem Blick in den Raum. Man hielt ihn unter strenger Beobachtung. Vielleicht würde morgen eine Gegenüberstellung mit Hanna etwas bringen. Mareike Schuhmann war der Meinung, dass es „nur kleine Deprikids" waren, die sie kurz vorm Amoklauf oder Selbstmord abgefangen hatten. Mark Trensing witterte, wollte einen großen Fall und sah in ihnen eine neue Art von morbider Terrorzelle.

Am nächsten Morgen wurde Trensing zu seinem Chef ins Büro gerufen. Der knallte ihm erst mal die Bildzeitung auf den Tisch. Schlagzeile war: AMOK-KIDS IN HAMBURG GEFASST! Darunter Fotos von dem Zugriff am Rathaus. Auf einem Foto war Hanna am Boden liegend zu sehen, eine Polizistin kniete auf ihr und hielt ihren Arm fest, Der Armreif war deutlich vorn im Bild zu sehen, mit den Drähten und Hautfetzen, die sich um ihn schlangen, darunter stand: SIE VERSTÜMMELN IHRE KÖRPER UND TÖTEN MENSCHEN!

„Was soll das? Wer hat den Zugriff dem Boulevard gesteckt?", fragte der Chef, Dr. Feldberg, barsch. Trensing hatte es natürlich gestern Abend schon online gesehen.

„Keine Ahnung, ich hab die Fotografen nicht gesehen, für die Zugriffsplanung vor Ort war Bolding zuständig, nicht ich."

„Ist doch scheiße." Schnell wurde Dr. Feldberg wieder sachlich. „Was soll's, ist nicht mehr unser Bier."

„Was?", fragte Trensing.

„Der Fall. Ist nicht mehr unser Bier. Eben waren Sonderermittler des BKA hier. Sie haben gesagt, der Fall hat eine nationale Komponente, sie übernehmen."

„Was?", wiederholte sich Trensing. „Nationale Komponente, was soll der Scheiß?"

„Keine Ahnung, Sie kennen das, die von der Sondereinheit D1 gehen nicht ins Detail. Vielleicht ist eins der Kids ein Kind von einem Minister? Oder da steckt irgendein Terrornetzwerk drin? Vielleicht haben die Kids auch irgendwas Besonderes gehackt? Keine Ahnung, wir sind raus. Das Mädchen bringen die gerade nach München."

Trensing war sichtlich geschockt. „Die Hanna, nach München? Wieso? Das war doch dieser Sven." Trensing zog die Stirn in Falten. Irgendwas stimmte hier nicht. Er war nicht der Schlauste, er war nicht der Fallanalytiker, der er gern sein würde, aber er wusste, dass hier definitiv irgendwas gewaltig nicht stimmte. Er stürmte los, kam aber zu spät, Hannas

Krankenhauszimmer war leer. Wenigstens schaffte Trensing es noch, einen von seinen Leuten direkt bei Sven zu positionieren, aber der wurde gar nicht von der Sondereinheit abgeholt, nicht einmal verhört. Was war hier verdammt noch mal los?

19

Sarah hatte jetzt zwei Geheimnisse, die – zumindest vorerst – niemand erfahren durfte: ihre Feuer-Gabe und ihre Liebe zu Sandrine. Eigentlich hatte sich nichts verändert zwischen ihnen, es war nur noch ein wenig intensiver, besonderer, magischer geworden – und ein wenig körperlicher. Sie gingen jetzt nicht mehr so oft in den Parc Montsouris, obwohl sie ihn natürlich immer noch liebten, nein, sie hatten einen neuen Ort gefunden, am anderen Ende von Paris, weit weg von ihrem Viertel, doch gut zu erreichen und mit vielen versteckten kleinen Nischen und geheimen Winkeln, wo die meisten Besucher zu sehr in eigenen Gedanken waren und kein junges Liebespaar erwarteten: den Friedhof Père Lachaise.

Hier verbrachten sie nun, wann immer es ihnen möglich war, viel Zeit, schlenderten die Wege entlang, lasen Romane, Gedichte, machten kleine Picknicks, entdeckten Familiengeschichten und Geheimnisse oder dachten sich selbst welche aus, hielten sich und träumten. Eigentlich war alles wie zuvor, nur inniger und geborgener.

Natürlich musste Sarah auf einem Friedhof auch öfter an ihre Mutter denken, sie liebte Sandrine so wahnsinnig, wie gern hätte sie ihrer Mutter davon erzählt, sie ihr vorgestellt. Ihre Mutter hätte es verstanden, sie hätte ihnen ihren Segen gegeben, da war sich Sarah ganz sicher. Sie trug das große, klobige Amulett jetzt öfters, es war eine Art Verbindung, Erinnerung an ihre Mutter, und irgendwie mochte sie es auch gern, fand es mittlerweile sogar recht hübsch. Auch Sandrine gefiel das Amulett, weil es so außergewöhnlich war und weil es von Sarahs Mutter war, und alles von Sarah war außergewöhnlich und toll und Sarahs Mutter ganz besonders, und darum war das Amulett auch ganz besonders außergewöhnlich toll – sagte Sandrine, immerzu.

Es war ein Feiertag, die Menschen waren auf den Alleen der Innenstadt, in den Parks, in den Bars und Cafés unterwegs, kaum einer war heute auf einem Friedhof. Die Sonne malte einen blutroten Sonnenuntergang an den Himmel, ließ die wenigen Wolken leuchten wie leicht angebrannten Zimt. Sarah und Sandrine hatten ihre kleinen Taschen gepackt und machten sich gerade auf den Rückweg, als sie Stimmen hörten. Die Stimmen versuchten zu flüstern, aber es gelang ihnen nicht recht, sie stritten derb. Sarah und Sandrines Neugier war geweckt, hinter den Steinen und Gräbern schlichen sie neben den Stimmen her. Es waren vier oder fünf männliche Stimmen, und sie stritten darum, in welches Mausoleum, in welche Gruft sie einbrechen wollten.

„Bei den Ponteseracs soll unten drinnen alles aus Gold sein, hat Mobert gesagt."

„So ein Quatsch, was soll da aus Gold sein?"

„Na alles, die Urnen, Grabplatten, Leuchter, sogar der Boden, mit Edelsteinen."

„Du Idiot, dir kann man aber auch jedes Scheißmärchen erzählen, und du glaubst das. Der Boden aus Gold, was für ein Quatsch!"

„Wie wollen wir da überhaupt reinkommen? Da sind massive Eisentüren vor."

„Gustave hat zwei Stemmeisen mitgebracht, oder Gustave?"

„Ja, hab ich. Aber ich glaub das nicht mit dem Gold, lasst uns lieber die Gruft von den Corvays aufbrechen, da weiß ich, dass da wertvolles Zeug drin ist, hab ich selbst gesehen."

„Also was jetzt? Wo und wie? Ich will auf diesem scheiß Friedhof nicht die ganze Nacht verbringen! Jungs, da steigt 'ne wilde Party in der Stadt!"

Sarah und Sandrine kauerten hinter einem größeren Grabmal und versuchten, Gesichter zu erkennen, als Sarah auf einmal fest von hinten gepackt und hochgezogen wurde. Eine Hand griff ihr sofort um ihre Kehle, und eine rauchige Männerstimme sagte laut: „Sieh an, sieh an, da sind ja meine Täubchen wieder. Jungs, schnell mal herkommen! Guckt mal, was ich gefunden habe."

Sofort waren sie von fünf Männern umstellt. Mit einem kotzüblen Gefühl der Angst und Panik stellte Sarah fest, dass drei davon die Gleichen waren, die sie schon einmal abends bedrängt hatten. Einer hatte üble Brandwunden im Gesicht. Der Kerl, der Sarah gepackt hatte, schien der Anführer zu sein, Maurice hieß er wohl. Er stieß Sarah zu einem Kumpel hinüber, der ihr die Arme auf den Rücken drehte und festhielt, zwei andere Kerle packten Sandrine.

„So, so, das wird ja dann doch noch ein ganz lustiger Abend, nicht wahr?" Maurice lachte ein wenig hysterisch, übermütig. Er zog ein langes Messer hervor und strich damit Sarah über die Wange.

„So ein wunderschönes Täubchen. Eine Haut wie Porzellan", sagte er, während er mit der anderen Hand ihre Kehle umfasste, dann langsam abwärts glitt, ihre Brust grob packte und dann weiter mit der Hand nach unten wanderte und ihr zwischen die Beine griff.

„So was wollte ich immer schon mal ficken", sagte er und lachte wieder, ein überdrehtes, gekünsteltes, hysterisches Lachen.

„Lass sie los, du Schwein! Du mieses Drecksschwein!", schrie Sandrine. Maurice drehte sich zu ihr um.

„Der Straßenköter. Der dreckige, kleine Straßenköter. So was wie dich ficke ich jeden Abend." Er spuckte auf den Boden. „Aber du hast ja eh schon lange mal eine Lektion verdient."

„HILFE! HILFE! ZU HILFE!", schrie Sandrine aus Leibeskräften. Maurice gab ihr zwei kräftige Schläge ins Gesicht, ihre Lippe platzte auf, und Blut tropfte herunter. Sarah versuchte, sich zu befreien, aber es gelang nicht, der Typ hinter ihr war zu stark. Verzweifelt suchte sie nach einer Feuerquelle, denn sie war nicht in der Lage, Feuer selbst zu erschaffen, sie brauchte ein bereits entzündetes Feuer, und sei es nur ein kleines Flämmchen, um dieses dann wachsen zu lassen. Weit und breit war aber keine Flamme zu sehen. Leider war diesmal auch keiner so dumm, eine Zigarette anzuzünden. Maurice drehte sich wieder zu Sarah.

„Halt sie gut fest", sagte er zu seinem Kumpel hinter ihr und dann riss er ihr Kleid und das Hemd kaputt. Sarahs Brust war entblößt, man konnte das Amulett sehen, das sie direkt auf ihrer Haut trug, aber dafür hatte Maurice keine Augen.

„Geile, kleine, festen Titten, das lieb ich", sagte er und packte Sarah wieder fest an die Brust. Sandrine schrie auf, gab dem einen Kerl, der sie festhielt, eine Kopfnuss und brach ihm so die Nase. Dem anderen rammte sie ihre Faust zwischen die Beine. In zwei Schritten war sie bei Maurice, sprang ihm auf den Rücken, zog an seinen Haaren. Sarah trat dem Kerl, der sie festhielt, so kräftig es ging mit ihrem Schuhabsatz auf den Fuß, überrascht lockerte er seinen Griff etwas, genug, dass Sarah sich losreißen und ein paar Schritte zur Seite rennen konnte, nur, um sofort entgeistert stehen zu bleiben.

Maurice hatte Sandrine abgeschüttelt, und in einer schnellen, drehenden Bewegung hatte er ihr sein Messer direkt in den Bauch gerammt. Es herrschte Totenstille. Sowohl Sandrine als auch Maurice hatten einen fassungslosen Blick in den Augen. Sarah wollte schreien, aber es kam nur ein gequältes, leises Krächzen aus ihrem Mund. Sandrine fasste sich an den Bauch, ihre Hand wurde sofort Rot vom Blut. Maurice hatte sich wieder gefangen, grinste diabolisch.

„Ach, was soll's, du Schlampe", sagte er und stieß noch dreimal mit dem Messer zu. Als Sandrine zu Boden sackte, trat er sie mit seinen Fuß nach hinten um.

„Spinnst du? Maurice, was soll der Scheiß?", rief einer der Jungen. Mit einem irren Blick sah Maurice in die Runde.

„Was soll's? War doch nur ein Straßenköter. Die hat mich eh immer genervt." Er drehte sich im Kreis und fuchtelte mit dem blutigen Messer. „Hat einer damit ein Problem? Wer hat damit ein Problem?"

Alle standen wie angewurzelt da und schwiegen. „Also kein Problem", sagte Maurice und dann mehr zu sich selbst: „Kein Problem, denn es wird auch keine Zeugen geben, die uns verpetzen können." Dabei sah er direkt zu Sarah. Die erwachte augenblicklich aus ihrer Schockstarre, drehte sich um und rannte panisch los.

„Los, packt sie!", rief Maurice und nahm die Verfolgung auf. Sarah rannte, so schnell sie nur konnte, quer über den Père Lachaise, den sie ja nun mittlerweile gut kannte. Aber in der Dämmerung war es gar nicht so einfach, den Weg zwischen all den verschachtelten Gräbern, Mausoleen, Steinen, Begrenzungen und Mauern zu finden. Sie sprang, rutschte, lief. Ihr Herz hämmerte in ihrer Brust, ihrem Hals, Tränen nahmen ihr die Sicht. Panik, Schmerz, Verzweiflung, Wut. Sie hörte, sah ab und zu mindestens zwei Verfolger zwischen den Gräbern und Steinen hinter sich oder neben sich auftauchen. Ein lauter, dumpfer Knall, gefolgt von einem schmerzverzerrtem Schrei bedeuteten wohl, dass zumindest ein Verfolger böse gestürzt war. Aber auch Sarah rutschte, stolperte mehrmals, schlug sich das Knie auf. Sie hörte das Wutgebrüll von Maurice hinter sich. Es lenkte sie kurz ab, eine Unachtsamkeit, vielleicht war es auch ein loser Stein unter ihrem Fuß gewesen, doch im vollen Lauf rutschte sie aus, als sie gerade einen Haken schlagen wollte, schlug heftig mit dem Kopf gegen die Säule des Eingangs einer Gruft, taumelte rückwärts, fiel die Treppe der kleinen Gruft hinunter und schlug unten mit Rücken und Kopf gegen einen kleinen Altar, dann blieb sie regungslos liegen.

Maurice hatte den Sturz gesehen. Vor der Gruft blieb er stehen und lugte hinein, einer seiner Kumpel kam neben ihm zum Halten. Unten sahen sie im schwachen Dämmerlicht, wie Sarah, grotesk verbogen, vor dem kleinen Altar lag und aus mehreren Wunden am Kopf und Beinen heftig blutete.

„Na, die ist dann wohl auch tot", sagte der zweite Kerl nüchtern und dann an Maurice gewandt: „Willst du die jetzt trotzdem noch ficken?"

Maurice sah ihn verächtlich an, schubste ihn beiseite. „Bist du krank? Los, lass uns abhauen."

20

Sind Polizisten immer zu zweit, Mann und Frau, zwischen dreißig und vierzig?, fragte sich Hanna, als sie auf dem Rücksitz eines großen, schwarzen Mercedes saß, der die Autobahn gen Süden entlangrauschte. Aber im Gegensatz zu den Polizisten, die sie im Krankenhaus verhört hatten – oder versucht hatten, sie zu verhören –, waren diese beiden hier smarter, glatter, Angst einflößender. Sie hatten fast nichts gesagt, einfach Hannas Sachen gepackt, sie grob mitgeschleift, ins Auto auf den Rücksitz gezwängt, mit einer Handschelle am Auto festgeschnallt und waren wortlos losgedüst.

Hanna traute sich nicht, zu sprechen, und auch die beiden Beamten schwiegen. Die Polizisten hatten im Krankenhaus irgendetwas von BKA-Sondereinheit gesagt, Verlegung nach München, weitere Befragung und Gegenüberstellung oder so was. Diese Typen machten Hanna echt Angst, sie wirkten nicht grimmig, sie schienen gut gelaunt zu sein, lächelten sich an, wirkten halt nur sehr bestimmt, konsequent, stark, unsympathisch, bedrohlich. Als die Frau sie festgeschnallt hatte, hatte sie kurz Hannas Unterarm, den Armreif begutachtet, interessiert, prüfend, gar nicht überrascht und schockiert. Hanna hatte ein ganz ungutes Gefühl, und es wurde immer energischer in ihrem Bauch.

Als die Frau im Schminkspiegel ihre Haare richtete, rutschte der Ärmel ihrer Bluse nach unten, und Hanna sah einen ähnlichen

Armreif wie bei sich, verschmolzen mit dem Arm der Frau, nur ohne Ring. Ihr ungutes Gefühl verwandelte sich in Gewissheit, in pure Angst.

„Ihr seid nicht von der Polizei", sagte Hanna. Der Mann lachte.

„Doch, doch", sagte die Frau, während sie sich kurz zu Hanna umdrehte. „Wir sind von der Polizei. Wir sind sogar von der Weltpolizei, sozusagen."

„Du musst keine Tricks versuchen, kleine Hanna", sagte der Mann ein wenig belustigt. „Wir sind stärker als du, viel stärker. Wir bringen dich an einen sicheren Ort, da gibt es Antworten. Ich hab deinen Vater gut gekannt, weißt du."

„Meinen Vater?" Hanna wurde heiß vom Adrenalin.

„Ja, sehr gut sogar." Der Mann grinste. „Aber alles später. Jetzt genieß einfach die Fahrt."

Hanna konnte nichts genießen. Sie war in Panik. Antworten wären toll, aber sie fühlte, spürte: Diese Menschen waren gefährlich, sie wollten ihr nichts Gutes, sie wollten ihr schaden, sie waren ihre Feinde. Das spürte sie ganz deutlich, und sie spürte auch, dass die beiden wussten, dass Hanna es spürte – und es machte ihnen Spaß.

Ab Hannover regnete es in Strömen. Hanna sah aus dem Fenster, dachte an Sven, dachte an den Beinahe-Kuss auf der Brücke. Scheiße, nichts wird gut werden, wir werden alle in den

Knast gehen oder sterben oder sonst was für 'ne Scheiße erleben. Es ist alles vorbei. Es ist alles nur noch ein riesiger Haufen Scheiße, wir haben verloren. Alles verloren. Wo war ihre Kraft, ihre Aufbruchsstimmung hin? Es war so gemein, so ein kurzes Glücksgefühl, so kurze Stunden im Gefühl der Freiheit, und jetzt schon alles vorbei. Und wer waren diese Leute? Warum hatte die Frau auch so einen Armreif, und warum fühlte Hanna so eine große Angst vor ihnen? Vielleicht konnte sie mit ihren neuen Kräften einen Autounfall provozieren und dann fliehen? Da bemerkte sie auf einmal, wie die Regentropfen an ihrem Fenster einen Buchstaben formten. Ganz kurz, aber ganz eindeutig. Sie blinzelte nach vorn, aber niemand schien es mitbekommen zu haben. Da, wieder ein Buchstabe: P I N und dann K E L N. Pinkeln?, dachte Hanna und verzog irritiert das Gesicht. Ein Auto überholte sie, langsam, und sie sah Nicole darin sitzen, die ihr zulächelte, aber so unscheinbar, als würde sie sich einfach nur über den Regen freuen.

„Ich ... ich muss ganz dringend pinkeln! Bitte, können wir irgendwo halten, ich muss dringend aufs Klo", drängte Hanna. Beim nächsten Rastplatz fuhren sie ab.

„Schaffst du das alleine?", fragte der Fahrer die Frau. „Dann ruf ich mal kurz im Büro an."

„Grüß schön", lächelte die Frau und löste Hannas Handschelle. Auf einmal packte der Fahrer Hanna blitzschnell am Arm, zog sie zu sich, drückte schmerzhaft fest zu und sagte: „Mach kein

Scheiß, verstanden? Wenn du irgendwelchen Scheiß machst, bringe ich dich um. Langsam, ganz langsam mit unvorstellbaren Schmerzen. Hast du verstanden?" Dabei zwinkerte er ihr zu.

„Verstanden. Und wenn ich mir die Welt so anschaue, glaub ich sofort, dass ihr beiden von der Weltpolizei seid", sagte Hanna trocken.

Der Fahrer lächelte, gab ihr einen Klaps auf den Hinterkopf. „Gutes Mädchen, gutes Mädchen", sagte er und kramte sein Handy raus.

Die Raststätte war nicht gerade überfüllt, aber hier und da aßen ein paar Leute etwas, suchten nach Zeitschriften oder Süßigkeiten, tranken einen Kaffee. Hanna sah sich um, konnte aber nirgends Nicole oder irgendetwas Außergewöhnliches entdecken. Langsam ging sie vor der Frau her, die sie unauffällig anzuschieben versuchte, zu den Toiletten.

„Ich hab kein Geld", sagte Hanna achselzuckend vor der Bezahlschranke. Die Frau zahlte, schob Hanna durch und kam direkt nach. Das Frauenklo schien so weit leer zu sein, doch die Frau stoppte kurz vor der Tür und hielt Hanna am Handgelenk fest.

„Irgendetwas stimmt nicht", sagte sie. Sie sah sich um, schien sich zu konzentrieren. Hanna wippte hin und her. „Sorry, bitte, ich muss dringend."

„Mmh", machte die Frau, stieß die Tür zum Klo auf und Hanna hinein. Ein blondes Mädchen stand an einem Waschbecken und schminkte sich. Sie drehte sich um, und sah Hanna total überrascht an: „Hanna? Hanna, bist du es? Ja, was machst du denn hier? Das ist ja ein Zufall!", sagte Nicole.

Die Frau war in zwei Schritten bei ihr, packte sie an der Kehle und hielt ihr eine Dienstmarke vors Gesicht. „Kriminalpolizei, wer bist du?"

„Ich, ich, sorry, ich bin eine alte Schulfreundin von Hanna, ich … wieso, was denn? Polizei?", stammelte Nicole, nach Luft ringend. Die Frau öffnete ihren Mund, sagte aber nichts, ihre Augen weiteten sich überrascht, ihre Hand lockerte den Griff um Nicoles Kehle, langsam sackte sie zusammen. Blut begann, aus ihrem Mund zu laufen und aus der Wunde in ihrer Brust, wo der lange, spitze Dolch herausschaute, den der Mann, der blitzschnell aus seinem Versteck hinter der Tür hervorgeschnellt war, ihr in den Rücken, durch Herz und Lunge gestoßen hatte.

„Das war einfach", sagte der Mann selbst etwas überrascht. Er beugte sich über die Frau, tastete sie kurz ab. Ein leises, lang gezogenes „Scheiße" entfuhr Hanna.

„Jau, Scheiße", bestätigte Nicole.

„Glaubt mir, das ist besser so, dass sie tot ist, für uns alle. Die ist zwar eine Anfängerin gewesen, aber es ist besser so. Wenn man kann, immer gleich töten. Lektion eins", sagte der Mann, der einen leichten osteuropäischen Akzent hatte. Dann wandte er sich an Nicole. „Okay, zweiter Akt des Plans. Das hier wollt ihr eh nicht sehen." Er hatte auf einmal ein kleines Fleischerbeil in der Hand und schob die Bluse am Arm der Frau hoch, wo ihr Armreif zum Vorschein kam.

„Scheiße", sagte Hanna noch einmal, etwas hysterischer.

„Komm, Hanna, komm einfach." Mit zitternden Beinen schlüpften beide Mädchen schnell aus der Toilette und machten sich auf den Weg durch die Raststätte zum Ausgang.

„Wer ist der Kerl? Was ist hier los?", fragte Hanna flüsternd.

„Später Hanna, später."

„Aber können wir dem Kerl trauen? Wie bist du überhaupt mit dem hierhergekommen?"

„Okay, also Kurzversion: Direkt nach dem Rathausplatz wollte ich schnell Richtung Hotel, da hält vor mir ein Wagen mit dem Typ drin, und der sagt, er will uns helfen. Er sagt, er kannte deinen Vater, deine Mutter hat ihn angerufen, und ich soll einsteigen. Ich renne natürlich in die andere Richtung weg, steht der Typ wieder vor mir, jetzt ohne Auto, sagt, er wird dir helfen, nur er kann helfen, und ich soll ihm vertrauen und zusammen kriegen wir dich frei. Ich tret' ihm in die Eier und renne wieder in die andere Richtung, und da steht der Typ schon wieder vor mir. Ich bleib' stehen, denke: Scheiße, was ist das für ein Kerl? Er hebt sein Hemd ein bisschen, zeigt mir eine große Metallplatte, die so ähnlich wie dein Armreif aussieht, und sagt, ich hab eh keine Chance, er ist ein Freund, er weiß alles über dich, und ich soll jetzt mitkommen. Ich steige ins Auto, erfahre, dass er Andrej heißt. Wir pennen in einem anderen Hotel, getrennte Betten, versteht sich.

Morgens wollen wir dich aus dem Krankenhaus holen, es dauert aber, bis wir das richtige finden. Wir sind zu spät, er sagt, dass die beiden Leute, die dich aus dem Krankenhaus abgeholt haben, ganz üble Killer sind und wir dich jetzt hier rausholen müssen, koste es, was es wolle, sonst bist du tot. So weit die Story in kurz. Also: Team Andrej, Team Killer oder Team Polizei?"

„Dann Team Andrej für den Augenblick, schätze ich", sagte Hanna. Nicole nickte. Als sie durch die Tür der Raststätte gingen, sahen sie den Fahrer von Hannas Auto auf sie zulaufen. Er sah jetzt gar nicht mehr belustigt aus und hatte eine Pistole in der Hand.

„Los", rief Nicole und rannte mit Hanna in die andere Richtung. Sie hörten Schüsse hinter sich, aber die Kugeln trafen nicht, sie trafen nirgends. Der Mann blieb fluchend stehen und sah sich um.

„Okay. Wer? Wo bist du?", rief er, während er sich im Kreis drehte und die Raststätte scannte. In dem Moment gab es eine Explosion, die Druckwelle ließ ein paar Scheiben zerbrechen. Der Fahrer sah in die Richtung, wo er das Auto geparkt hatte und jetzt eine Wolke aus Feuer und Rauch aufstieg. Und er sah einen Mann über den Parkplatz laufen.

„ANDREJ!!!", brüllte er ihm hinterher und nahm die Verfolgung auf. Überall auf dem Rastplatz schrien, rannten jetzt Menschen. Nicole und Hanna sprangen in einen großen, schwarzen BMW. Nicole setzte sich ans Steuer.

„Du kannst Autofahren?", fragte Hanna.

„Dazu gab's kein Gerücht? Schade. Natürlich kann ich Autofahren", sagte Nicole und ergänzte mit einem leicht nachdenklichem Gesicht: „Nur Autobahn bin ich noch nie gefahren."

Sie parkte rückwärts aus, sagte: „Moment", kramte im Handschuhfach und holte eine große, verspiegelte Sonnenbrille raus. „So viel Zeit muss sein."

„Macht dir das Spaß? Hier sterben Menschen!", sagte Hanna.

„Hanna, Menschen sterben immer, wir wollten auch sterben, wir werden auch sterben. Letzte Chance, letzter Versuch, hast du selbst gesagt. Dann können wir doch auch versuchen, dabei Spaß zu haben und ein bisschen cool zu sein, oder?"

Das ergab Sinn, musste Hanna zugeben. „Scheiß' drauf, gib Gas", sagte sie und kam sich irgendwie cool dabei vor. Und das war ein verrücktes, gutes Gefühl, denn bisher war sie sich sehr, sehr selten in ihrem Leben cool vorgekommen. Sie sah kurz ins Handschuhfach, leider war keine zweite Sonnenbrille da.

Andrej dreht sich zu seinem Verfolger um. „Broschkov. Long time no see, old friend."

„Ich dachte, du wärst tot, du Ratte!", rief ihm der Verfolger zu.

„Denken, Broschkov, denken! Das war schon immer so ein Problem von dir."

Broschkov feuerte zwei, drei Schüsse auf Andrej, der machte aber nur eine Handbewegung, und die Kugeln schienen nach oben in die Luft abgelenkt zu werden.

„Broschkov, deine Freundin liegt im Sterben", rief Andrej. „Letzte Chance, sie zu retten. Geh!"

Doch Broschkov dachte nicht daran. Er rannte auf Andrej zu, schnell, sehr schnell, unnatürlich schnell, unterwegs machte er eine Handbewegung zur Seite, und eine Metallstange, die bei Baumaterialien am Seitensteifen des Parkplatzes lag, flog direkt in seine Hand. Andrej nahm eine Abwehrhaltung ein, machte eine ähnliche Handbewegung, und auch ihm flog eine Metallstange wie von Geisterhand in die offene Hand. Als die beiden aufeinandertrafen, duellierten sie sich mit den Stangen, schlugen, traten aufeinander ein, wie in einem Kung-Fu-Kampf, aber schneller, härter, kräftiger, als es normal war. Außenstehende konnten kaum ihren Bewegungen folgen. Sie fielen auf den Asphalt, sprangen über Autos, ließen mit ihren Kräften Gegenstände wie Mülleimer oder Koffer fliegen, wehrten diese ab, schlugen immer wieder aufeinander ein. Diverse Autos wurden dabei beschädigt, Menschen rannten panisch zurück in die Raststätte. Nicole und Hanna hatten in der Nähe der Ausfahrt geparkt, sahen aus der Entfernung dem Kampf zu.

„Kannst du ihm nicht helfen?", fragte Nicole.

„Ich weiß nicht, wie", sagte Hanna, „wir sind zu weit weg, und die sind eh so schnell."

Andrej brauchte keine Hilfe, er hatte es geschafft, Broschkov mit der Stange heftig in die Kniekehle zu schlagen, und, als dieser zu Boden ging, ihm einen Metallmülleimer gegen den Kopf fliegen zu lassen. Broschkov war kurzzeitig benommen, verlor die Orientierung, und das war die Sekunde, die Andrej brauchte. Mit einer schnellen, konzentrierten Handbewegung ließ er zwei der ringsum parkenden Autos auf Broschkov zurasen. Dieser war gerade wieder dabei, sich zu besinnen, sah, was geschah, wollte aufspringen, aber sein Bein gab nach, er hob noch die Hände, um die Autos abzuwehren, da krachten diese schon mit ihm zusammen. Andrej sah nicht länger hin. Schnell hob er eine Plastiktüte auf und rannte los zu Nicole und Hanna. Nicole kletterte auf den Rücksitz, Hanna aus einem Impuls heraus auch. Andrej sprang ins Auto und raste los auf die Autobahn. Entfernt konnte man die Sirenen der Polizei hören. Aus der Plastiktüte auf dem Beifahrersitz tropfte Blut, und es lugten zwei Frauenfinger heraus.

Sie wechselten zweimal den Wagen, nicht immer legal. Und obwohl Hanna einen äußerst bescheidenen Orientierungssinn hatte, war sie sicher, dass sie nicht mehr nach Süden fuhren. Es war ihr wirklich nicht möglich, zu sagen, zu beschreiben, was sie fühlte. Eigentlich nichts, ein großes leeres Rauschen, leichte

Euphorie, leichten Schwindel, leichten Ekel. Sie war voll von Adrenalin, erleichtert, die beiden vermeintlichen Polizisten los zu sein und dass Nicole wieder bei ihr war – und sie hätte kotzen können, wenn sie an den Frauenunterarm in der Plastiktüte hinten im Kofferraum dachte. Nicole drückte ihre Hand, zuckte mit den Schultern, lächelte, Hanna zuckte auch mit den Schultern, machte dazu eine fragende, hilflose Grimasse. Nicole zwinkerte ihr aufmunternd zu.

„Entspannt euch, alles wird gut. Ich bring' euch jetzt erst mal an einen sicheren Ort", sagte Andrej.

„Ne, Meister", antwortete Hanna, „das mit dem Entspannen fällt gerade echt aus. Was zur Hölle ist hier los, wer bist du? Wo bringst du uns hin?"

„Andrej, Andrej bin ich, ein alter Freund deines Vaters, Hanna, ehrlich, fühl mal in dich hinein. Ist alles okay, du kannst mir vertrauen." Hanna fühlte wirklich keine Angst, keine Panik vor ihm. Sie fühlte auch keine Bedrohung wie vorhin im Auto der beiden Polizisten.

„Woher kanntest du meinen Vater?"

„Puh, das ist 'ne lange Geschichte. Klar, du willst Antworten, die wirst du kriegen. Aber ich bin echt noch erschöpft von dem Kampf. Später, Hanna, versprochen."

„Und wo fahren wir hin?", fragte Nicole.

„An einen sicheren Ort, da finden uns der Kreis und die Polizei nicht. Wir fahren zu meiner Schwester", sagte Andrej und stellte das Radio an, als ob die Information mit der Schwester irgendwie zu Erhellung oder Beruhigung beigetragen hätte. Sie schwiegen, hingen ihren Gedanken nach. Es wurde dunkel, sie wechselten auf eine Landstraße. Vor einer Stunde waren sie an Magdeburg vorbeigefahren.

„Kann Hanna das auch? So kämpfen wie du? Und das mit den Autos?", fragte Nicole.

„Theoretisch ja, klar", antwortete Andrej. „Sie muss nur üben, viel, viel üben, aber das kriegen wir schon hin." Nicole sah Hanna an, hob die Augenbrauen und nickte ihr anerkennend zu.

„Und Nicole, kann die das auch lernen?", fragte Hanna.

„Nein." Andrej schüttelte den Kopf. „Nein, das wird sie leider nicht können. Später, Mädels, ja? Wir sind gleich da."

Die Landstraße wurde ein finsterer Waldweg, Hanna war unendlich froh, dass Nicole bei ihr war. Draußen umschloss sie ein dichter, hoher, dunkler Wald. Die Scheinwerfer ließen ein altes, steinernes Tor erkennen, dann eine Allee, an ihrem Ende ein großes Haus. Ein altes Herrenhaus, wie ein kleines Schlösschen.

„Willkommen in der Villa", sagte Andrej, als er den Wagen parkte.

21

Sarah war gefangen in der Dunkelheit, sie konnte sich nicht bewegen, konnte nichts sehen. Sie wusste, sie spürte, dass sie starb. Sie fühlte, wie das Blut aus ihr floss und mit ihm ihre Lebenskraft. Sie hatte nur einen Gedanken: Sandrine. Sandrine ist tot. Sarah fühlte Schmerz und Verzweiflung, unendliche Verzweiflung, unendlichen Schmerz. Für Wut, Hass, war sie viel zu schwach. Vollkommen erschöpft dachte sie: Sandrine, ich komm jetzt zu dir – und wollte sich der Dunkelheit hingeben.

Doch auf einmal hörte sie ein Knacken, ein Zischen, ein fremdartiges Knistern, das so gar nicht in diese Dunkelheit passte. Und mit dem Knistern kam die Wut, kam der Hass, kam das Licht, kam langsam die Kraft zurück, wuchs stetig. Blut war von Sarahs Stirn und Schläfe über ihr Gesicht und ihren Hals gelaufen, und von da über ihre Brust, über das Amulett. Dieses begann schwach pulsierend, dunkelsilbern zu leuchten, und kleine Drähte und Metallteile bohrten sich aus dem Amulett direkt in Sarahs Brust.

Der Schmerz war heftig, tief, aber gut. Es war ein wundervoller körperlicher Schmerz. Er war Sarah willkommen, weil er den Schmerz über Sandrines Tod vertrieb, weil er die Dunkelheit vertrieb. Sie schaffte es nicht, ihre Augen zu öffnen, aber sie schaffte es, der Dunkelheit zu entfliehen. Es fühlte sich an, als schieße glühendes Feuer von ihrer Brust aus durch ihre Adern, überall in ihren Körper. Dunkelheit wurde zu gleißendem Licht, sie fühlte, spürte, sah Feuer, überall um sich herum Feuerwände, unter sich ein riesiges, tobendes Feuermeer wie im Traum, und nur zu gern tauchte sie ein und versank in der Flut aus gleißenden Flammen.

Als Sarah erwachte, war es finstere Nacht. Sie wusste nicht, wie lange sie in der Gruft gelegen hatte, ob es Stunden oder Tage gewesen waren. Sie fühlte sich eigenartig, entrückt, wie in einem Traum. War sie tot? Wohin waren all die Trauer, die Wut, die Schmerzen verschwunden? Sie fühlte nichts mehr davon, nur eisige Leere. Sie stand auf, ohne Schmerzen, voller Kraft und Energie. Blut klebte in dicken, verkrusteten Klumpen an ihren Haaren, an ihrem Körper. Als sie an sich hinunterblickte, sah sie ihr zerrissenes Kleid und das Amulett, nun mit ihrem Körper verschmolzen durch unzählige kleine Drähte, Metallstücke, übergestülpte Hautfetzen. Es sah schmerzhaft aus, roh, wund, aber es tat nicht weh. Sarah knotete ihr Kleid notdürftig an der Schulter zusammen und trat aus der Gruft, die Nacht war kalt und klar.

Langsam ging sie zurück zu dem Ort, wo sie von den Männern überrascht worden waren. Dort fand sie Sandrine. Tot, eiskalt, lag sie da, wie weggeworfen. Sarah kniete sich neben sie, begann zu zittern, erst zaghaft, dann stärker. Die Gefühle kamen zurück, heftig. Tränen flossen über ihre Wangen. Sie strich sanft, zärtlich über Sandrines Gesicht, küsste vorsichtig, ganz sanft ihre Lippen. Dann hob sie Sandrine auf, und legte sie auf eine der größeren Grabplatten in der Nähe.

Sie wunderte sich nicht darüber, wie leicht es ihr fiel, Sandrine zu heben und zu tragen. Sie nahm ihre Umgebung, sich selbst gar nicht wirklich war, sie war wie in einem Tunnel gefangen. Du warst alles für mich, du warst mein Leben. Wunderschön, wundervoll, einzigartig, perfekt. Wir hatten uns gerade erst richtig gefunden, und sie haben dich mir entrissen.

„Ich liebe dich", flüsterte Sarah in Sandrines Ohr. Wut, Trauer. Die Hitze des Hasses stieg in ihr auf, wie sie es als Kind schon oft gefühlt, erlebt hatte, wenn die Wutanfälle über sie kamen, wenn sie die Kontrolle übernahmen. Nur diesmal war es heftiger, viel, viel heftiger. Ihr Schweine, ihr miesen, dreckigen Schweine, dafür werdet ihr bezahlen. Ich werde dich rächen, ich werde uns rächen, dachte Sarah. Es war die einzige Möglichkeit, dem Schmerz, der Verzweiflung, dem Gefühl der erdrückenden, eisigen Einsamkeit zu entfliehen: der Hass, der Wunsch nach Rache. Sarah kannte die kleine, dreckige Kneipe in der schäbigen Gasse, eigentlich nur ein paar Straßen von Sandrines Wohnung entfernt. Dort lungerte die Bande oft herum. Dort würde sie ihre Suche beginnen. Sarah drückte Sandrines Hand noch einmal, strich zärtlich über ihre Wange, gab ihr einen letzten Kuss – dann rannte sie los. Schnell, viel schneller, als sie jemals zuvor gerannt war.

Sarah glitt durch Straßen, über Kreuzungen und Brücken, wie ein fliegender, flammender Schatten, und mit jedem Schritt, den sie lief, steigerte sich ihr Hass, ihr Wunsch nach Vergeltung. Ihr werdet brennen, ihr Schweine, qualvoll brennen. Sarah konnte nichts anderes mehr fühlen und denken. Ihr fiel nicht auf, dass mit der steigenden Wut, dem explodierenden Hass in ihr, Flammen anfingen, aus ihren Händen zu tropfen, hinunter auf die Straßen und Wege, wie brennendes Öl aus einer umgestoßenen Nachtlampe.

Vor der Kneipe blieb sie stehen, drinnen war schummriges Licht, Gelächter, Schatten an den Fenstern. Ohne nachzudenken, intuitiv, ließ Sarah mit einem brennenden Hassimpuls aus ihren Händen einen Feuerball entstehen und schleuderte diesen mit einer Wurfbewegung in die Tür der Kneipe, wo er explodierte. Chaos brach aus, Schreie, rennende, brennende Menschen stürmten aus der Tür, sprangen aus den Fenstern. In blinder Wut warf Sarah weitere Feuerbälle gegen die Kneipe, gegen jeden, der daraus zu fliehen versuchte. Die Flammen loderten hinauf bis zum obersten Stockwerk, griffen auf andere Häuser über, Sarah bekam dies nicht mit, hatte keinen Blick dafür. Sie fühlte, dass sie Maurice noch nicht erwischt hatte. Da, da hinten, aus einem Fenster im ersten Stock gesprungen, geduckt am fliehen, das war er! Sie rannte hinterher.

Maurice wollte einen alten Fluchtweg nutzen: rein in eine Sackgasse und dann durch die versteckte Lücke in der Wand hinter den Kisten in der Ecke entkommen. Dazu kam er aber nicht, ein Feuerball raste an ihm vorbei und steckte die Kisten in Brand, sie loderten heiß und hell. Maurice stolperte, fiel, lachte verzweifelt, hysterisch, drehte sich auf dem Boden liegend um. Er konnte Sarah nicht richtig erkennen, er sah nur, wie alles brannte, lichterloh, und eine dunkle Gestalt mit langen, goldenen Haaren langsam auf ihn zukam. Kurz konnte er im Flammenschein ihr Gesicht erkennen, versteinert, entrückt, schmutzig, voller Blut, ein bitteres, gebrochenes Lächeln formte sich, als sie ihn vor sich liegen sah.

Sarah legte den Kopf leicht schräg, als ob sie überlegte, was sie jetzt mit ihm machen sollte. Maurice stützte sich auf, versuchte, sich hinzustellen, seine Augen suchten verzweifelt nach einem Fluchtweg, aber fanden keinen. Voller Angst, panisch gebannt sah er auf die dunkle Gestalt, dieses blutverschmierte Gesicht, dieses bittere, gebrochene Lächeln, das nun ganz nah vor ihm war. Sarah packte ihn mit der Hand an der Kehle und hob ihn mühelos ein paar Zentimeter in die Luft. Maurice begann wieder, hysterisch, panisch zu lachen, dann entflammte Sarahs Hand, die ihn hielt, in einem Feuerball, der den Kopf und Rumpf, bald den ganzen Körper von Maurice umhüllte, und während die Flammen seine Kleider und Haare verbrannten, erstickte Maurice' Lachen, wurde zu einem panischen Hilfeschrei, zu einem bestialischen

Schmerzensschrei. Sarah warf den brennenden Körper in die Ecke auf den Boden. Eingehüllt in flammende Glut verbrannte er qualvoll, schreiend, grotesk zuckend.

Dann kam Sarah wieder zu sich. Die Wut verflog, ihre Hass-Trance löste sich auf, ließ von ihr ab, und zurück blieb ein einsames, verlorenes Mädchen in der dunklen Nacht, um sie herum brennende Häuser und Menschen. Chaos, Schreie, Verzweiflung. Sarah wurde bewusst, was sie angerichtet hatte. Mittlerweile brannten mehrere Häuser, und die Feuer griffen immer weiter um sich. Sie sah Menschen aus höher gelegenen Stockwerken panisch auf die Straße springen, Kinder schrien und heulten, Frauen, Männer rannten, brannten.

O mein Gott, das war ich!, dachte Sarah, und eine eiskalte Panik befiel sie. Was habe ich getan? Was zur Hölle habe ich getan? Sie konnte den Anblick, die gequälten Schreie, die Schuld nicht ertragen. In ihrem Kopf hörte sie auf einmal die Worte ihrer Mutter: „Die Gabe, so schön sie sich vielleicht auch anfühlt, sie bringt Leid und Verdammnis." Tränen schossen in Sarahs Augen, sie drehte sich um und fing wieder an zu laufen, schnell, schneller, einfach nur weg von hier. Wieder flog der Schatten durch die Nacht von Paris, so schnell, so weit sie konnte, aus der Stadt hinaus, die Straße entlang, weiter, weiter, immer weiter, nicht denken, nicht zurücksehen, fliehen, den Bildern entfliehen, den Gedanken, der Schuld. Dem Schmerz, dem Verlust, der

Einsamkeit. Rennen, nur noch rennen und fliehen. Was habe ich getan? Was bin ich für ein Monster?

Sarah rannte und rannte, Stunde um Stunde, und irgendwann, irgendwo tief in einem Wald, brach sie plötzlich zusammen, fiel sie einfach um, schloss die Augen und blieb liegen, fast wie tot.

Die Kinder der Kirschblüte

Teil 2

Bahlheim

1

Hanna lag in ihrem Bett, gelähmt von Nervosität und Verwunderung.

Sie fühlte sich vollkommen ratlos, fühlte eine unterschwellige Angst. „Ok, alles ist gut. Alles ist gut gerad. Absolut kein Grund für Panik", dachte sie, während sie die Konturen des Stucks an der Zimmerdecke immer wieder mit ihrem Blick entlangfuhr. „Eigentlich ist ja wirklich alles ganz geil gerad. Läuft doch! Läuft doch alles super ... jetzt sind wir hier, in Sicherheit, vorerst. Ist doch Wahnsinn ... Alles hier ... alles Wahnsinn ... Ich habe Superkräfte ... das ist der abgefahrenste Scheiß überhaupt ... ich bin eine Superheldin ... irgendwie. Also ... echt jetzt Hanna, reiß dich zusammen. Es ist alles gut. Alles super, super gut", ratterte ihr morgendliches Selbstgespräch in ihrem Kopf weiter.

„Scheiße, aber was läuft hier wirklich? Ich hab sicher etwas übersehen. Irgendetwas stimmt doch nicht. Ich hab sicher etwas nicht bedacht, nicht mitbekommen ... das ist doch immer so ... das bleibt doch alles nicht so ... alles purer Zufall, wie es jetzt ist ... das geht ganz schnell, ganz derbe wieder nach hinten los ... irgendwie ... irgendwie wird doch am Ende immer alles scheiße ... bei mir ... und was erwarten die anderen jetzt von mir? Was denken sie von mir? Was soll ich nur machen? Was mache ich jetzt? Wie zum Teufel soll ich mich verhalten?

Ja klar, aufstehen zum Beispiel. Das wäre ein klasse Anfang! Die anderen warten schon. Oh Mann, Hanna, komm bitte, bitte einmal in deinem Leben klar! Du bist echt die dümmste, kaputteste Nuss mit Superkräften die es gibt." Wie gewohnt war Hanna nicht besonders nett zu sich selbst.

Es war halt aber auch alles neu, alles anders und es mussten Entscheidungen getroffen werden. Es musste gehandelt werden. Und am Ende des Tages war Hanna einfach Hanna, Armreif und Kräfte hin oder her. Sie war es gewohnt, gelähmt von Traurigkeit in der Ecke zu kauern, sich am Tag zu verstecken und ihre Nacht allein vor dem Computer zu verbringen. Was sie definitiv nicht gewohnt war, war sich jenseits des Internets mit anderen Menschen auszutauschen, zu handeln, aktiv ihr Schicksal zu gestalten. Sie war es nicht gewohnt anderen Menschen in die Augen zu sehen, ihnen zu vertrauen. Und vor allem war sie es ganz und gar nicht gewohnt, sich selbst zu vertrauen.

Klar, sie fühlte sich ein Stück weit euphorisch, elektrisiert, wenn sie an die letzten zwei Wochen dachte, an diesen ganzen krassen Wahnsinn, der sie aus ihrer tristen, sinnlosen, qualvollen Existenz in der niedersächsischen Provinz gerissen hatte. Sie fühlte aber auch Angst. Eine Art Angst, wie wenn man vorsichtig über die Eisdecke von einem gefrorenen See ging und nicht genau wusste, ob das Eis hält – oder ob man nicht vielleicht doch jeden Moment einbrechen und ertrinken würde. Oh Mann, wie Hanna sich dafür hasste. Für diese Angst, für dieses Misstrauen, sich, den Menschen, dem Leben gegenüber.

„Aber es war halt auch alles immer scheiße bisher, oder? ... Stimmt doch ... Und jetzt auf einmal ist alles anders und ich soll anders denken und fühlen und alles anders machen, oder was? Wie denn bitteschön? ... Na ja, sicher nicht, indem ich hier im Bett liegen bleibe", dachte Hanna.

Die anderen warteten im großen Kaminzimmer der Villa. Dort wollten sie sich heute Vormittag besprechen, Pläne schmieden, Entscheidungen treffen. „Hanna, beweg jetzt endlich deinen Arsch", ermahnte sie sich selbst. „Alles ist anders! Du bist jetzt die neue Hanna!"

Sie sah auf ihren linken Arm, den Armreif, das schwarz-silber pulsierende Metall, das mit ihrem Körper verschmolzen war. Dann ließ sie ihren Blick suchend durch das Zimmer schweifen, fixierte eine Packung Kaugummis, die auf dem Schreibtisch lag. Sie streckte ihren Arm aus, öffnete die Hand: volle Konzentration. Die Kaugummis, ich will die Kaugummis! Sie stellte sich vor, wie sich die Packung in ihrer Hand anfühlte – und mit einem Ruck flogen die Kaugummis vom Schreibtisch quer durch den Raum in Hannas Hand. Das Training zeigt Wirkung, dachte sie lächelnd, während sie vorsichtig über den Armreif strich. Dann sprang sie aus dem Bett.

Als Hanna eilig ihre Zähne putzte, klopfte Nicole an die Badezimmertür. Sie teilten ein Verbindungsbad, das nur von Nicoles und Hannas Zimmern aus erreichbar war. „Kommsche rein", murmelte Hanna mit Zahnbürste im Mund.

„Guten Morgen! Bei dir alles ok?", fragte Nicole. Hanna murmelte eine unverständliche Antwort. „Das ging ja derbe glatt gestern, oder?", fragte Nicole, während sie sich auf den Badewannenrand setzte und zusah, wie Hanna eilig begann sich anzuziehen und dabei immer wieder zwischen dem Bad und ihrem Zimmer hin und her huschte.

„Ich glaub, die sitzen alle schon im Wohnzimmer. Anastasia ist auch schon da. Is' heute ganz früh wieder gekommen", sagte Nicole weiter. Dann zögerte sie kurz „Du, Hanna? Egal was, es bleibt bei dem von gestern Abend oder? Also, egal was wir machen, was wir gleich bereden, also wir bleiben erstmal zusammen, so wie gestern Abend besprochen, ja?"

Nicole kamen die letzten zwei Wochen in der Villa nahezu wie die besten ihres Lebens vor. Kein Druck, keine Panikattacken, keine sinnentleerten Gespräche, kein stupides „Maskenversteckspiel". Sie hatte nicht einmal gekotzt, seit sie hier waren. Einfach nur Joggen und Sport und ansonsten lesen in der großen Bibliothek, rumgammeln, die Villa entdecken, so sein, so reden, so aussehen, so schweigen wie sie gerad wollte. Und, das musste sie sich zusätzlich eingestehen: Sie schätzte die Nähe von Hanna. Es war fast ganz natürlich, automatisch geschehen, in kürzester Zeit, dass Hanna nicht nur online, sondern auch hier real eine wirklich gute Freundin geworden war. Ihre Nähe tat ihr irgendwie gut und das trotz oder vielleicht auch gerade wegen ihrer so gegensätzlichen Charaktere, ihrer gänzlich unterschiedlichen Leben.

Nicole mochte die offenen, ehrlichen Gespräche, die sie mit Hanna führen konnte, bis spät in die Nacht, wenn sie nicht gerade zusammen mit Andrej und seiner Schwester Anastasia wieder über das große Ganze redeten. Sie mochte aber noch mehr, dass man mit Hanna einfach wundervoll schweigen konnte. Schweigen ohne sich komisch zu fühlen, Schweigen ohne sich einsam zu fühlen. Nicole wollte nicht, dass Anastasia heute vielleicht irgendeinen Plan auspackte, der diese kleine heile Welt hier krass änderte und sie und Hanna auseinanderriss.

Hanna schien ganz in Gedanken, ganz in einer anderen Welt zu sein. Sie blieb kurz stehen, sah Nicole überrascht an: „Mhm? Was? Ja. Ja klar, also was denkst du denn? Sicher bleiben wir zusammen", sagte Hanna, kramte in Nicoles Schminktaschen und begann sich zu schminken.

„Seit wann schminkst du dich denn? Du hast doch sonst nie …" Doch dann begriff Nicole und mit einem verständnisvollem Grinsen sagte sie: „Ach so! Es ist wegen Sven, oder?" Sofort wurde Hanna knallrot. „Oh Mann, Hanna! Du … du bist so süß!", sagte Nicole und es war wirklich von Herzen liebevoll gemeint. „Der Kerl wird dich lieben, vergöttern. Du bist jetzt Hanna

Superwoman, bleib mal ganz locker, Mädchen ... Und vor allem, komm mal her, ich mach das. Kann man ja nicht mit ansehen ... is' ja keine Jack-Sparrow-Gedächtnisparty heute, oder?"

Hanna lächelte gequält verlegen, als sie Nicole den Kajal reichte. Sie sahen sich kurz an, mussten beide grinsen und nahmen sich in den Arm. Fünf Minuten später machten sie sich auf den Weg in das große Kaminzimmer der Villa.

2

Die Villa war ein altes Herrenhaus mit riesigem Grundstück, verborgen, abseits gelegen, versteckt, tief im Nirgendwo in der mecklenburgischen Seeplatte. Allein der Garten war größer als ein Fußballfeld. Ein Park, verwildert, durchzogen von großen und kleinen, teilweise umgestürzten Mauern, mit einem zugewachsenen, eingefallenen Pavillon, hier und da Gruppen von alten Bäumen, ein paar Tannen, Büsche, Hecken und sonst hohes Gras und überall unzählige Wildblumen. Direkt vor dem Haus, der großen Terrasse, war der Rasen gemäht, gepflegt, standen ein paar Gartentische und Stühle.

Das Haus selbst war gegen Ende des 19. Jahrhunderts erbaut worden, ein typisches Herrenhaus nach viktorianischem Vorbild, viel Weiß, Marmor, Säulen, in der Eingangshalle zwei riesige Flügeltreppen, die in das obere Stockwerk hinaufführten, große Fenster, große Türen, hohe Räume, Stuck. Die Einrichtung schien sich über das Jahrhundert gerettet zu haben. Eine Mischung aus Jugendstil und 20er-Jahre-Schick, dicken, dunkelroten Teppichen, Samtvorhängen mit Goldkante, massiven, rustikalen Schreibtischen, Stühlen, Tiffanylampen und bunten Glasfenstern im Wohnzimmer und in der Bibliothek.

Das Haus gehörte den Geschwistern Andrej und Anastasia. Sie hatten erzählt, sie hätten es als Versteck über einen Mittelsmann gekauft. Andrej war vielleicht Mitte-Ende 20, sportlich, impulsiv, der Typ, der oft handelte, bevor er nachdachte. Den halben Tag schien er mit Laufen, Muskeltraining, Kampfsport und so einem Krams zu verbringen und den anderen halben Tag hämmerte, räumte, baute er in Teilen der Villa herum, wo noch keiner wohnte, wo die Zimmer noch voll von Gerümpel, dem Müll der Jahrzehnte waren. Und er kochte, er kochte vorzüglich, wunderbar. Seit zwei Wochen öfters unterstützt durch Nicole.

Anastasia schätzte Hanna auf knapp über 30. Sie war der Kopf, die Herrin der Villa. Andrej folgte ihr blind. Sie war eine kühle Frau, die sicher in ihrem Herzen viel, viel liebenswürdiger war, als es ihre kalte harte Stimme und schroffe Art und Mimik zum Ausdruck brachten. Hoffte Hanna zumindest. Anastasia war viel unterwegs, sie sammelte Informationen, stellte Kontakte her, verfolgte ihren großen Plan, den „Kreis" zu entmachten, sich an ihm zu rächen, ihn zu zerschlagen und so endlich vor ihm sicher zu sein. Was auch immer das bedeuten mochte.

Hanna und Nicole hatten in der Villa zwei Zimmer gleich nebeneinander im ersten Stock bezogen. Im Laufe der letzten Tage hatten sie mit der zunehmenden Gewissheit, hier erst einmal etwas länger bleiben zu müssen, nein, zu wollen, angefangen ihre Zimmer einzurichten. Sie taten dies mit Dingen, die sie in der Villa fanden, die sich hier im Laufe der Jahrzehnte von weiß Gott woher angesammelt hatten. Und so war es eine krude Mischung aus 20er-, 60er-, 70er-Jahre-Design, Ost trifft West.

Hanna hatte einen grünen Nierentisch vor einer dicken alten abgenutzten Ledercouch platziert, daneben eine Lavalampe auf einem antiken Beistelltischchen mit feiner Ornamentik, dazu noch ein bequemer alter Ohrensessel und darüber ein gediegenes, archaisches „die Arbeiterklasse rettet im Sonnenschein die Landwirtschaft"-Bild. Es war so anders als gewohnt, als zuhause und genau darum passte es, war es genau richtig, genau darum fühlten sie sich verdammt wohl damit. Schräg gegenüber von ihren Zimmern wohnte seit gestern Sven.

Es war überraschend einfach gewesen, Sven aus dem Krankenhaus, in dem er immer noch von der Polizei festgehalten wurde, zu befreien. Ein kleines Ablenkungsmanöver, Andrejs Kräfte geschickt eingesetzt und schon saßen sie mit einem vollkommen perplexen Sven, der überhaupt nicht begreifen konnte, was da gerad geschehen war, im Auto auf der Flucht Richtung Villa. In den Tagen zuvor hatte Hanna, nach einer kurzen Orientierungs- und Sondierungsphase, nach ersten Antworten in langen Gesprächen mit Anastasia und Andrej, darauf bestanden, ja insistiert zuerst Sven zu befreien, bevor sie weiter planten, weitere Entscheidungen treffen würden. Bei all der krassen Scheiße, die passiert war und die wohl noch vor ihnen lag, brauchte Hanna Sven.

Sven war im Internet, in ihrem Leben in den letzten Monaten ihr rettender Anker, ihre Zuflucht gewesen. Die einzige Person, die sie wirklich verstand, in die sie alle Sehnsüchte reinprojiziert hatte. Ja, das vermutlich schon, vieles war vielleicht reine Projektion, das wusste sie, aber egal. Jetzt, da ihr ganzes Leben komplett neu geordnet wurde, konnte sie sich das Ganze nicht ohne Sven vorstellen. Denn er hatte es ja auch irgendwie alles losgetreten, mit seiner Racheaktion, mit seiner Idee von den Kindern der Kirschblüte. Das war der Anfang von allem gewesen. Und Hanna war verliebt in Sven und wollte ihn unbedingt vor dem Gefängnis retten.

Anastasia war es nach einer kurzen Diskussion egal gewesen, sie hatte einen Termin in Kassel. „Holt ihr euren Sven, Andrej du hilfst ihnen und passt auf. Und dann liebe Hanna, dann müssen wir planen. Der Kreis wartet nicht, sie suchen uns, sie wollen uns, sie wollen dich. Und sie werden uns kriegen, wenn wir ihnen nicht zuvorkommen. Also holt euren Sven, wer weiß wofür es gut ist. Aber passt auf. Am Freitagvormittag bin ich wieder hier, dann sag ich euch, wie die Lage ist und wir beschließen, wie wir weiter vorgehen. Verstanden? Nun gut … Und bitte, Andrej, nicht wieder so ein Aufsehen wie auf der Raststätte, ja? Danke."

Als sie dann nach der Befreiung von Sven am Abend in der Villa angekommen waren und Sven eine kurze Demonstration von Hannas neuen Kräften überraschend gefasst, aber mit Sicherheit auch nur gespielt cool, mit den Worten „Echt jetzt? Derbe! Hanna, das ist ja der Wahnsinn!" kommentiert hatte, hatte

Nicole ihm die Lage in ihrer charmanten, pragmatischen Art erläutert:

„Also, wir haben jetzt hier drei Mal krasse Scheiße am Start, wobei krasse Scheiße ja nicht immer schlimm sein muss, da sind wir uns sicher einig. Es gibt ja auch geil krasse Scheiße, ihr wisst schon. Also, wie auch immer, es geht los, ich fasse zusammen:

Krasse Scheiße Nr. 1: Hannas Armreif und die Kräfte. Nachdem was Anastasia und Andrej uns erzählt haben, gibt es diverse Artefakte, wie sie sie nennen. Diese Artefakte können Armreifen, so wie bei Hanna sein, aber auch einfach nur Ringe, Kettenanhänger, Arm- oder Beinschienen, Helme oder was auch immer, egal was, irgendwie immer so Metallgedöns halt, das man irgendwo am Körper trägt.

Die Artefakte sehen mehr oder minder aus wie Hannas Armreif, also so Knubbel, Beulen, dicke Linien, schwarz-silbernes Metall, manchmal wohl auch mit einem Gold- oder Rotton. Andrej trägt so ein Ding vorn auf der Brust, Anastasia als Armschiene. Wie viele Artefakte es gibt und woher sie kommen, wissen unsere neuen Freunde nicht. Sagen sie zumindest. Anastasia und Andrej kennen 17 Artefaktträger, ohne Hanna, die meisten sind Mitglieder des Kreises von Paddan-Aram – dazu gleich mehr, wenn wir über Krasse Scheiße Nr. 2 reden.

Also, die Artefakte können nur bei bestimmten Menschen „aktiviert" werden, ich bin raus, keine Chance, du, Sven, auch – Tipp ich jetzt mal so mit meiner gesunden Menschenkenntnis.

Was genau das Kriterium ist, wissen Anastasia und Andrej nicht, oft werden die Artefakte innerhalb von Familien vererbt und da können sie dann eigentlich immer „aktiviert" werden.

Wenn die Artefakte durch das Blut des Trägers aktiviert werden – Hanna hat da übrigens eine krasse persönliche Version der Aktivierung zu erzählen, wenn ihr beiden mal die Zeit dazu findet – also, wenn die Artefakte durch das Blut des Trägers aktiviert werden, verbinden, verschmelzen sich die Artefakte mit dem Körper des Trägers." Hanna hob demonstrativ ihren Arm und lächelte entschuldigend.

„Was dann genau passiert, weiß auch keiner hier – oder sagt uns zumindest keiner. Irgendwie greifen die Artefakte wohl in die Zellstruktur des Trägers ein, verändern diese, es werden biochemische, bioelektrische, bio-was-auch-immer Prozesse angestoßen. Die Artefakte haben unterschiedliche Auswirkungen auf die Träger, so erzählten uns zumindest unsere neuen Freunde A and A. Zum einen hängt es wohl vom jeweiligen Artefakt ab, zum anderen auch vom Träger, wie stark welche Auswirkungen, Veränderungen, Kräfte zu Tage treten. Mögliche Auswirkungen der Artefakte sind: telekinetische Fähigkeiten, wie die liebe Hanna uns ja eben schon eindrucksvoll beweisen hat, eine Steigerung der Muskelkraft und Schnelligkeit, manchmal können auch Gedanken und oder Gefühle anderer Menschen oder von Tieren erfühlt und – wohl eher selten – sogar kontrolliert werden.

Eine schnellere Wundheilung und Schutz vor Krankheit haben fast alle Artefaktträger und oft verzögern die Artefakte wohl auch die Alterung des Trägers. In seltenen Extremfällen fast vollkommen bis hin zur Unsterblichkeit, munkelt man, Anastasia und Andrej haben aber nach eigener Aussage diesbezüglich nur Gerüchte gehört. Sie sind aber beide wohl locker über 50 Jahre alt. Klingt abgefahren, oder? Ich sach ja, krasse Scheiße. Aber nach allem, was wir gesehen haben, gibt's keinen Grund daran zu zweifeln."

Nicole hatte sichtlich Spaß in ihrer Erklärbär-Rolle gehabt und hatte sich dafür auch den schönsten und größten Ohrensessel im Wohnzimmer ausgesucht, nah beim Kaminfeuer, was zusätzlich atmosphärische Schattenspiele in ihrem Gesicht ermöglichte.

„Du liest doch gern Comics und Mangas, Chaosprince", ergänzte sie, was sie natürlich aus dem Forum wusste. „Ta-da; Unsere Freundin Hanna hier ist jetzt eine offizielle, waschechte Superheldin!"

Dabei hatte Nicole majestätisch präsentierend mit den Armen gestikuliert. Hanna war rot geworden, hatte mit den Augen gerollt und verlegen auf den Boden geschaut – und dann aus den Augenwinkeln zu Sven.

Sven hatte nichts gesagt, aber mit offenem Mund Hanna und Nicole angestarrt. Er und Hanna hatten Tage, Nächte, Wochen gemeinsam online verbracht, nahezu jedes Geheimnis geteilt.

Aber so in echt gesehen, das hatten sie sich erst wenige Stunden. Es war Hannas und Svens beinahe erster Kuss gewesen, vor ein paar Tagen auf der Rathausbrücke in Hamburg und Hanna sehnte sich nach Svens Berührung, seiner Nähe, dachte in den letzten Tagen oft an das Gefühl von seinen Lippen auf ihren.

Noch kurz zuvor, im Auto auf der Flucht gerad, hatten sie nebeneinander gesessen und sich schweigend an den Händen gehalten. Aber schon im Auto und jetzt hier noch viel deutlicher, hatte Hanna eine Art Barriere, eine unsichtbare Distanzbarriere zwischen sich und Sven gespürt und sie wusste nicht, ob diese von Sven aus ging oder von ihr selbst oder doch vielleicht einfach von der Gesamtsituation.

Wie auch immer, es war irgendwie komisch, sie schaffte es nicht Kontakt zu Sven zu kriegen, Nähe herzustellen und sie hatte aber auch absolut keine Ahnung, wie sie so was überhaupt anstellen sollte: Nähe herstellen. Was dachte und wollte Sven? Was dachte er jetzt von ihr? Sie hatte versucht seine Gefühle zu erspüren, hatte aber nur Nervosität, Unsicherheit, ein bisschen Angst gefühlt. Ja, das könnten seine Gefühle sein – oder auch ihre. Am liebsten hätte sie einfach mit ihm gechattet. Online war immer alles viel einfacher. Immer.

„Kommen wir zur krassen Scheiße Nr. 2: Der Kreis von Paddan-Aram und Hannas Vater", hatte Nicole ihre Erläuterungen weiter geführt, „da wissen wir nicht ganz so viel. Anastasia und Andrej haben sich da etwas bedeckt gehalten, morgen soll es neuen Input geben. Wir Normalsterblichen fragen uns natürlich: Artefakte fein und gut, Superkräfte toll, aber warum hat davon bisher noch niemand etwas mitgekriegt?

Die Antwort: Es haben wohl im Laufe der Jahrhunderte schon einige mitbekommen, aber zum einen haben sie dann nie genug glaubhafte Beweise gehabt, um es an die große Glocke zu hängen und zum anderen, und das ist wohl der wahre Grund: Es hat niemand mitbekommen, weil die Artefaktträger nicht wollten, dass es jemand mitbekommt. Die Artefaktträger-Clans, Familien oder wie man sie nennen will, sind äußerst mächtig, haben immens viel Kohle und sind im Kreis von Paddan-Aram organisiert. Der Kreis sorgt dafür, dass niemand etwas über die Artefaktträger erfährt.

Der Kreis ist so eine Art Meta-Mafia-Truppe. Die Illuminaten sind dagegen ein schnarchiges Oma-Sonntagsnachmittags-Kaffeekränzchen. Aber der Kreis, das sind laut Anastasia und Andrej dekadente Oberwichser, fiese Arschlöcher. Im Hintergrund versuchen sie die Menschheit zu steuern und zu kontrollieren, für ihre Zwecke, ihre Ziele. Jetzt wird's aber interessant: Über diese Ziele und warum der Kreis so oberwichserhaft ist und warum Anastasia und Andrej und – jetzt kommt's noch derber – auch Hannas Vater, alle ehemaligen Kreismitglieder sich gegen den Kreis gestellt haben und jetzt gegen ihn kämpfen, dazu wissen wir noch nicht mehr, dazu gibt es mehr Info morgen von Anastasia.

Nur soviel: Es gab da wohl Ärger, derbe Machtkämpfe in letzter Zeit. Und Hannas Vater, der ist leider wirklich tot, getötet vom Kreis. Und jetzt wissen sie seit kurzem, dass es Hanna gibt und sind jetzt auch hinter ihr her, wollen sie töten. Sagen zumindest Andrej und Anastasia. Korrekt?"

Nicole hatte zu Andrej gesehen, der die ganze Zeit schweigend am Rand eines Sofas gesessen und mit einem silbernen Schmuckstück gespielt hatte. „Korrekt", hatte er knapp gesagt, mit langem, gerolltem R.

„Also", hatte Nicole weiter gemacht, „Kreis: gefährlich, stark, einflussreich, Arschlöcher. Und sie wollen Hanna. Haben sie schon aus Hamburg abgeholt, aber Andrej hat sie, hat uns, gerettet. Andrej wusste von Hannas Mutter Bescheid, weil Andrej, Anastasia und Hannas Vater wohl alte Freunde sind, oder waren, oder was auch immer. Auch dazu will Anastasia morgen mehr erläutern. Korrekt?"

Wieder hatte Andrej sein knappes, durchdringendes, gerolltes „Korrekt!" als Antwort gegeben und dabei das Schmuckstück ein Stück durch den Raum fliegen und mit Hilfe seiner Kräfte wieder in seine Hand sausen lassen.

„So, soviel zum Kreis und krasse Scheiße Nummer 2", hatte Nicole geschlossen. Hanna hatte ihre Fingernägel gekaut und zu Sven gesehen. Der hatte jetzt aber nur noch starr geradeaus geblickt, schien sich zu konzentrieren und hatte nur ab und zu seine Augen zu Hanna und Nicole gleiten lassen.

„Kannst du noch? Dann kommen wir nun zur krassen Scheiße Nr. 3: Uns.

Also wir jetzt hier, Hanna, Du und ich, die Kinder der Kirschblüte, wenn wir so wollen." Nicole hatte gelächelt, ihre Stimme war energischer, schneller geworden. „Hanna und ich haben das in den letzten Tagen viel diskutiert. Also das, was wir online immer gepostet hatten, was wir geträumt hatten: ein Ort, ein Leben für uns, für die Gruppe, für die, die sich gegenseitig helfen, Halt geben und beschützen. Ein neues Leben, unsere kleine, eigene Welt, nach unseren Regeln. Ein Gegenentwurf zu dem Scheißleben da draußen. Du weißt schon: unser eigenes Ding aufbauen, ohne Angst, ohne Demütigungen. Der ganz Kram, den du gepostet hast. Und hopla-die-pop: Jetzt haben wir die Chance dazu!

Also echt jetzt. Da dachten Hanna und ich, warum nicht wirklich probieren. Vielleicht holen wir noch die anderen aus dem Forum, mal sehen. Mal sehen, was wir jetzt machen hier, was wir machen können. Also, nicht nur labern und chatten. Machen wir Ernst mit den Kindern der Kirschblüte! Ich will nicht zurück, Hanna auch nicht. Und du, kannst du überhaupt zurück? Kann Hanna zurück?"

Sven hatte immer breiter gelächelt und zu verstehen begonnen, zu nicken, als Nicole dies ausgesprochen hatte. Ihm hatten die Worte gefehlt, es war alles zu viel gewesen gerad. Eben noch eingesperrt im Krankenhaus, in einer ausweglosen Situation, seine Gedanken die vergangenen Tage immer depressiver, zuletzt nur noch um Selbstmordmöglichkeiten kreisend und plötzlich das alles hier!

Aber so wie Nicole es dargestellt hatte, ausgedrückt hatte, so wie Hanna ihn angesehen hatte, wow, das war die Chance, das war die einzigartige Chance, wie geil.

„Es bleiben allerdings, das ist wichtig nicht zu vergessen," hatte Nicole gesagt, die Svens leuchtende Augen natürlich bemerkt hatte, „die Probleme und Fragezeichen: Die Polizei ist hinter uns her, sie kennen uns, das Forum, unsere Mailadressen usw. Wir müssen davon ausgehen, dass sie alles aus dem Forum kennen und überwachen.

Der Kreis jagt uns, will Hanna und hat weiß Gott welche Kontakte und Möglichkeiten. Und Anastasia hat vielleicht ihren ganz eigenen Plan. Also alles vielleicht doch nicht ganz so geil, müssen wir halt sehen ... Aber wer weiß ... Tja, also, das ist die Lage, krasse Scheiße 1, 2 und 3. Ich hab nicht zu viel versprochen, nun: Liebe Kinder der Kirschblüte, so sieht's aus. Und, was genau machen wir jetzt?"

Nicole hatte ihren Redeflash beendet und es hatte Stille geherrscht. Ihre letzte Frage war unbeantwortet für mehrere Minuten mitten im Raum stehen geblieben, man hatte nur das Klappern des Schmuckstücks, mit dem Andrej spielte, gehört. Aus irgendeinem Grund hatte sich Hanna kaum zu atmen getraut. Sven hatte weiter starr geradeaus gesehen, dann nach einigen Minuten hatte er sich geräuspert und mit leicht nervös zitternder Stimme, die aber mit der Zeit immer fester wurde, gesprochen. „Also, erstmal, nochmal, zum hundertsten Mal heute: Danke. Danke, dass ihr mich da rausgeholt habt. Ehrlich!" Er hatte zu Hanna gesehen, sie angelächelt, es wirkte ein wenig gekünstelt, hatte Hanna zumindest gefunden.

„Ich, ich muss das alles erstmal irgendwie klar kriegen, so im Kopf. Aber, ich finde, das hier also, alles bis hierher, das zeigt doch irgendwie, dass es gehen kann, dass es Sinn macht. Dass meine Idee, meine Vision mit den Kindern der Kirschblüte richtig ist. Ich hab's noch nicht ganz klar, aber ich hab gerad ein geiles Gefühl. Ich glaub, das könnte gut werden."

Er hatte kurz nachgedacht. „Ich weiß nicht, was das mit den Kräften und dem Kreis soll. Das ist, das ist ... zu crazy gerad ... aber erstmal ist der Rest doch megageil. Lasst es uns nutzen! Lasst uns Ernst machen! Lasst uns die Kinder der Kirschblüte leben, so richtig! Lasst es uns all den Wichsern zeigen!" Hanna hatte gegrinst, sie hatte Svens Hand greifen wollen, sich aber nicht getraut.

„Yo, Bruder, aber genauso weit waren Hanna und ich ja auch schon. Aber was jetzt? Also was machen wir? Hier in der Villa einfach 'ne Kommune aufziehen? Wie fangen wir das an?", hatte Nicole fordernd gefragt. Andrej hatte sich geräuspert. „Abgesehen davon, dass die Villa Andrej und Anastasia gehört, natürlich. Wir müssen alles mit ihnen abklären, versteht sich ... Und: wir ham kein Geld, oder?", hatte Nicole ergänzt.

„Ja, ja, na klar", hatte Sven hastig gesagt, „aber lasst uns doch erstmal sehen, wie gesagt, begreifen, was jetzt geht. Ich sehe so unendlich viele Möglichkeiten für uns. Wir müssen nur mal kurz drüber nachdenken in Ruhe."

Und Sven war wieder in seine Gedanken versunken. Nicole hatte ins Feuer vom Kamin gesehen und Hanna wieder nervös ihre Fingernägel gekaut und abwechselnd von Sven zu Nicole geschaut. Andrej hatte das Schmuckstück immer wieder in die Luft geworfen und es mit seinen Kräften immer kunstvoller zurück in seine Hand fliegen gelassen.

„Wir brauchen Geld und sicheres Internet, sichere Kommunikation", hatte Sven gesagt, „das ist das Erste."

„Ja", hatte Nicole in Gedanken versunken geantwortet, „aber für beides haben wir keinen Plan, wie wir rankommen können."

„Na ja", hatte Hanna gesagt, „vielleicht mal sehen, was Anastasia morgen sagt. Oder? Ich mein, wir müssen einfach mal mit ihr reden, ging ja bisher auch ganz gut. Ok, ihr ist der Kreis mega wichtig, sonst nix, aber sonst gibt sie uns doch hier alle Freiheiten und bisher läuft es doch ganz gut hier, oder? Oder Andrej?"

Andrej hatte sein Spiel gestoppt und sie schweigend angesehen. „Habt ihr Geld, Andrej? Viel Geld? Ihr seid doch aus so einem Artefakt-Clan. Wovon habt ihr die Villa gekauft?", hatte Nicole forsch gefragt.

Andrej hatte gelächelt, gegähnt und dann trocken gesagt: „Is' spät, ich geh ins Bett." An der Tür hatte er sich noch einmal umgedreht, gezwinkert und zum Abschied „Träumt schön" gesagt.

Sven hatte fragend zu Nicole und Hanna gesehen. Hanna hatte nur die Schultern gezuckt und Nicole antworten lassen: „Der sagt nix, der entscheidet nix ohne Anastasia. Also bisschen was müssen wir ihr morgen schon bieten, dann geht vielleicht was. Gehen wir mal davon aus, es gibt Geld. Was machen wir weiter und wie? Wir brauchen Internet, ohne das die Bullen uns gleich finden und mitlesen. Jemand eine Idee?"

„BloodAngel", war es aus Hanna herausgeplatzt.

„Is' 'nen Guter", hatte Nicole gesagt, „und? Was ist mit ihm?"

„Na ja, der is' ja immer total derbe im Netz unterwegs gewesen, also hat man schon gemerkt, der kennt sich super aus und die Polizei, die ham gesagt in Hamburg, als die mich verhört haben, ham die gesagt, dass sie nicht wissen, wer er ist."

„Versteh ich nicht ganz", hatte Nicole gesagt.

„Na, die haben gesagt, der hat's technisch so drauf, dass sie nicht rausfinden konnten, wer er ist, er war nicht zurückverfolgbar aus dem Forum und mit seinen E-Mail-Adressen und so. Uns andere haben die alle sofort identifiziert gehabt."

„Ja. BloodAngel ist der erste. Den brauchen wir zuerst und mit ihm bauen wir unsere Informations- und Kommunikationsinfrastruktur auf. Klar doch, der alte Nerd ist prädestiniert dafür", hatte Sven gesagt.

„Yo, Moment, bevor hier die Revolutionsgarden gegründet werden: Wie kommen wir an BloodAngel ran? Weißt du, wie er heißt, wo er wohnt, Sven?", hatte Nicole trocken gefragt.

Sven hatte sie überrascht angesehen, aber nix gesagt. „Die Mails, das Forum, das wird alles von der Polizei überwacht. Wer weiß, vielleicht auch vom Kreis. So kommen wir nicht an ihn ran", hatte Hanna laut überlegt, „aber habt ihr keine Idee? Lasst uns nachdenken, irgendein Anhaltspunkt, wo er wohnt, wie er heißt? Eine Telefonnummer? Eine andere alte E-Mail-Adresse? Eine Homepage?"

Nicole hatte eine nachdenkliche Schnute gezogen. „Kein Plan, mir fällt nix ein. Der war da immer super tight darin alles anonym zu halten, noch extremer wie ich."

„Ein Hobby vielleicht? Ein Webseitenprojekt? Ein Blog, tumblr, insta sonst was?", hatte Hanna weiter gefragt.

„Alta, Hanna, genial!", war es aus Sven herausgeplatzt und wäre er der herzliche impulsive Typ gewesen, er wäre aufgesprungen und hätte sie umarmt und geküsst und er hatte sogar kurz darüber nachgedacht, genau das zu tun, hatte sich aber nicht getraut, war sitzen geblieben, hatte nur kurz in die Hände geklatscht und Hanna grinsend zugenickt. „Die Gamescom!", sagte Sven. „BloodAngel ist jedes Jahr auf der Gamescom. Er zockt dort immer auf irgendeinem Turnier mit. Das weiß ich."

„Sicher? Woher? Stand das im Forum, wissen das die Bullen?", hatte Nicole gefragt.

„Keine Ahnung", hatte Sven gesagt und nachgedacht. „Ich weiß nicht mehr, woher ich das weiß. Keine Ahnung, Is' auch schon her, aber definitiv, er fährt da jedes Jahr hin. Hat mich noch total überrascht, dass er so was macht, also aus seinem Keller raus und unter so viele Menschen, is' ja sonst nicht so seine Art. Aber nö, das hat er immer getan, fand er geil. Der ist auf der Gamescom, glaubt mir."

Es waren zwei Stunden gefolgt in denen sie intensiv darüber diskutiert hatten, wie sie BloodAngel auf der Gamescom finden und kontaktieren könnten, vor allem, falls die Polizei vielleicht auch dort wäre und was man dann alles machen könnte, sollte, müsste. Wie sie zusammen die Kinder der Kirschblüte zum Leben erwecken könnten und was sie Anastasia erzählen wollten. Dann waren sie todmüde gewesen und hatten ins Bett gehen wollen.

„Äh, wo schlafe ich eigentlich?", hatte Sven auf einmal gefragt.

Hanna war mit einem Schlag wieder hellwach gewesen, ihr war unglaublich heiß geworden. Stumm, regungslos hatten sie und Sven da gestanden, Nicole hatte grinsen müssen.

„Komm ich zeig's dir", hatte sie gesagt, „du schläfst im Zimmer gegenüber von Hannas und meinen Zimmern."

Im Flur hatten Hanna und Sven sich kurz angesehen. Es war komisch, unangenehm, peinlich gewesen irgendwie. Die Distanzbarriere, Hanna hatte sie ganz klar spüren können, nur von wem, von was war sie ausgegangen? Sie hätte so gern gehabt, dass er sie in den Arm genommen und geküsst hätte, wie auf der Brücke in Hamburg. Aber irgendwie war es nicht dazu gekommen. Sie hatten sich angesehen, sich unbeholfen kurz die Hände gedrückt und nur ein leises „Schlaf gut." – „Du auch, bis morgen" zugeflüstert.

Man war das scheiße komisch gewesen. Was war los? Findet er mich jetzt doch irgendwie scheiße? Is' er nur fertig gewesen, müde? Haben ihm die Haft, die Verhöre so zugesetzt? War er auf der Brücke nur höflich gewesen, findet mich aber eigentlich hässlich, wo er mich jetzt gesehen hat, das erste Mal so richtig? Oder hab ich vielleicht abweisend, zu kühl reagiert? Hab ich Distanz signalisiert? Hat es am Ende mit dem Armreif zu tun? Ach Mann, was 'nen Scheiß alles. Es hatte lange gedauert, sehr lange, bis Hanna dann doch endlich eingeschlafen war.

3

„Diese miesen kleinen Dreckspisser ... Kinder ... verwirrte Depri-Teens ... Ja, ja. Das sind einfach nur miese, kleine Dreckspisser", dachte Mark Trensing. Doch gleich darauf rief er sich in Gedanken wieder zur Ordnung. „Ganz ruhig Mark, nimm es nicht persönlich! Bleib locker, bleib analytisch. Konzentrier dich auf die Fakten."

Die Fakten hatte er gerade vor sich. Zusammen mit seinem Team sichtete er zwei Überwachungsvideos. Eines von einer Raststätte an der A7 südlich von Hannover. Zu sehen waren Hanna und Nicole, wie sie eilig aus dem Raststättengebäude gingen. Kurz darauf ließ die Druckwelle einer Explosion die Fensterscheiben zerplatzen. Das andere Video war vom Eingang eines Krankenhauses in Hamburg. Das Krankenhaus, in dem Sven Grossmann auf der bewachten Station gelegen hatte. Hier sah man zuerst vermutlich Nicole Schneider mit Mütze, Schal und großer Sonnenbrille das Krankenhaus betreten, fünf Minuten später kamen Hanna und ein bisher nicht identifizierter Mann hinterher und weitere zehn Minuten später sah man alle zusammen mit Sven Grossmann das Krankenhaus eilig verlassen.

Auf dem Tisch hinter Trensing lagen Akten, Dokumente, Fotos, Berichte, an der Wand dahinter weitere Fotos, Stecknadeln auf einer Deutschlandkarte, Ausdrucke aus dem Internet. Trensing war sauer. Er hasste es, wenn er das Gefühl hatte, wenn er wusste, dass etwas nicht stimmte, dass ihm Informationen vorenthalten wurden, er belogen wurde, für dumm verkauft. Das hier war etwas Besonderes, etwas Größeres, das spürte er, er konnte nur noch überhaupt nicht zusammenfügen was. Die Sondereinheit D1, die vor zwei Wochen Hanna abgeholt hatte, angeblich zum Verhör, mauerte komplett, beantwortete keinen Anfragen. Aber nachdem sie Hanna spektakulär an der Raststätte „verloren" hatten und Sven von seinen augenscheinlichen Komplizen befreit worden war, hatte Trensings Chef Dr. Feldberg ihm den Fall zurückgegeben, mit dem Auftrag herauszufinden, was da wirklich lief. Ja, wenn nötig auch intern in Richtung D1 zu ermitteln.

Diese internen Ermittlungen scheute Trensing noch. Er hatte überhaupt keine Idee, wie er die am geschicktesten, ohne internes Aufsehen, anstellen sollte, sogar ein wenig Angst, na ja Respekt davor. Besser erstmal begreifen, was hier bisher überhaupt passiert war.

„Das sind doch keine kleinen Depri-Teens auf romantischem Selbstmordtrip", sagte er, die Wand mit der Karte und den Fotos betrachtend. In der Karte waren alle Wohnorte der Clique aus dem Forum markiert sowie Hamburg und die Raststätte an der A7.

„Was ist hier los? Wer steckt dahinter? Das ist doch viel zu gut organisiert alles. Das wirkt zu professionell. Zu durchdacht." Trensing überlegte, sein Team schwieg. Sein Team bestand größtenteils aus Computerexperten, Nerds, verbeamteten Nerds, die gerne schwiegen. Es sei denn, es ging um IT-fachspezifische Themen, da waren sie unglaublich red-, diskussions-, ja ehrlich gesagt hauptsächlich streitfreudig.

„Und die sogenannte Sondereinheit D1 ... warum wollten die nur Hanna? Warum wurde nach Hannas Flucht die Bewachung von Sven nicht verstärkt, warum ist ihnen der Sven Grossmann anscheinend komplett egal, wo er doch laut unseren Daten quasi der Anführer der Gruppe ist?"

Alle schwiegen weiter, sie waren es gewohnt, dass Trensing laut dachte. Er drehte sich um, sah sein kleines vier-Personen-Team an. „Ok, also, wo wir jetzt wieder im Boot sind, würd ich vorschlagen, wir machen das, was wir am besten können. Also Folgendes: Brockmann und Dormschek scannen nochmal alle E-Mails, Foreneinträge, Chatnachrichten und so weiter durch, alles was wir haben. Kruse scannt weiter alles, was neu reinkommt auf Hinweise von unserem Fall. Die Fragen sind: Wo sind Hanna, Nicole und Sven? Wie kommunizieren Sie derzeit eventuell mit anderen der Gruppe oder Hintermännern? Wer ist der Mann, der sie im Krankenhaus begleitet hat, der nach Augenzeugenberichten auch auf der Raststätte gesehen wurde? Was haben die Kids vor? Und immer noch: Wer und wo ist dieser BloodAngel? Mareike und ich versuchen derweil zu klären, was auf der Raststätte wirklich passiert ist. Die Augenzeugenberichte klingen ja recht abenteuerlich, milde ausgedrückt. Updates alle vier Stunden an mich, nächstes Meeting in zwei Tagen. Alles klar? Anmerkungen? Fragen?"

Mark Trensing bekam ein lockeres „Allet klar Chef!" zur Antwort und während Brockmann und Dormschek sich bereits wieder zu ihren Rechnern umdrehten, sah Kruse noch nachdenklich auf die Fotos von der Raststätte. „Ich hab da was, vielleicht Mark. Ich hab mich da an was erinnert", sagte er.

Trensing sah ihn interessiert an. „Was denn, alles kann wichtig sein, erzähl."

„Also diese Berichte von der Raststätte da, mit den fliegenden Gegenständen und übermenschlichen Kräften, was da ein Teil der Augenzeugen zu Protokoll gegeben hat. Klar kann man denken, das war Schock, Drogen, Phantastereien. Is' ja auch sehr wahrscheinlich, waren ja am Ende nur drei Augenzeugen, die das wirklich bestätigt haben. Aaaaber, ich hab da jetzt, also ... da klingelt etwas bei mir. Pass mal auf Mark: Ich war vor zwei Jahren im Rahmen von WorldScan III für ein paar Monate bei der CIA in den USA. Das Austauschprogramm, du weißt schon. Und da ham wir Verschiedenes behandelt und gemacht und einmal kam auch was ganz Ähnliches rein, fällt mir jetzt gerade erst wieder ein, also wo ich das jetzt da so sehe, pass auf: Das ist da gang und gäbe in den USA, da gibt es jeden Tag fünf Augenzeugen, die Superhelden gesehen haben, das ignoriert immer jeder. Aber der eine Fall war anders.

Das war eine Schießerei, ein Mord in einem Nobel-Restaurant in San Francisco. Da waren glaub ich fünf Leute erschossen oder sonst wie getötet worden und da gab es auch Augenzeugenberichte so von fliegenden Gegenständen und Autos und Leute mit übermenschlichen Kräften und so. Bei der CIA gab es dann natürlich auch Vermutungen über Drogen, besondere Waffen und so weiter, auf jeden Fall gab es da aber eine Sondereinheit und mein CIA Leitwolf, also mein Betreuer da für das Austauschprogramm, der war in dieser Sondereinheit, die solche Fälle untersucht. Also ich will sagen, das CIA hat eine Sondereinheit für genau solche Fälle, wie das hier, was da bei der Raststätte beschrieben wurde."

„Mhm", machte Trensing nachdenklich, „okay, das ist … ein interessanter Punkt, denken wir mal drüber nach. Ich mein, soweit ich weiß hat die CIA auch eine UFO- und Alien-Abwehr, da wundert mich nix bei den Amis, aber, wir können ja, wenn Mareike und ich weiter sind, uns noch mal dazu austauschen."

„Ja, warte, das ist noch nicht alles", fuhr Kruse verschwörerisch lächelnd fort, „ich hatte vorher schon so eine Ahnung, hab's aber nicht zusammengebracht: Der Leitwolf wollte damals, dass wir da Bilder von so Metallschmuck bei Menschen in San Francisco suchen, im Zusammenhang mit dem Vorfall in dem Restaurant. Also, online bei Facebook, Instagram, Flickr, Imgur, Reddit usw. So, und weißt du wie der Metallschmuck aussah, nach dem wir suchen sollten?

Es fällt jetzt erst zusammen, wo ich das so sehe hier: Es erinnert mich gerad verdammt an diesen Body-Modification-Armreif von der Hanna. Den, den man da auf der Zeitung so deutlich sieht." Kruse zeigte auf die Titelseite der Bildzeitung vom Zugriff am Rathaus in Hamburg, die an der Pinnwand hing. Trensing sah von Kruse zur Bildzeitung, wieder zu Kruse und hob nachdenklich interessiert die Augenbrauen.

„Chester ... Chester Coldway, so hieß mein Leitwolf bei der CIA. Willste seine Email?", fragte Kruse.

4

„Du lächelst. Du lächelst ihn einfach nett an und setzt dich neben ihn. Ganz normal, ganz natürlich, ganz ungezwungen. Einfach lächeln, natürlich, charmant, süß … irgendwie", befahl sich Hanna in Gedanken. Angespannt, mechanisch schritt sie hinter Nicole ins riesige Kaminzimmer der Villa, stampfte über das Parkett und ließ sich direkt neben Sven in das große Sofa fallen, nahm, nein, packte seine Hand und lächelte: „Hallo."

Überrascht lächelte Sven zurück. „Hallo. Gu… guten Morgen." Aber Hanna spürte Freude, Erleichterung, bei ihm, bei sich. Das wird schon, das wird schon alles werden. Dachte sie. Klammerte sich an seine Hand, wusste nicht, was sie sonst sagen sollte, was sie machen sollte. Andrej kam gerade mit zwei großen Tellern aus der Küche. „Toast? Jemand Toast? Oder 'ne Waffel?"

Nicole holte schnell ein Tablet mit großen Bechern, Milch, Kaffee. Dann kam Anastasia aus der schweren Holztür ihres Büros, das direkt an das Kaminzimmer grenzte. Langsam, bedächtig schritt sie ins Zimmer, alle verstummten, alle sahen sie an. Sie blieb vor den Sofas, dem langen niedrigen Couchtisch stehen, faltete die Hände, legte den Kopf etwas schief und sah Sven mit ihren wachen, blitzenden Augen an. „Du bist dann also der Sven, nicht wahr?"

Sven spannte sich an, Hanna spürte sein Adrenalin. „Äh, ja … ja, der bin ich. Danke … Danke, dass ich hier sein darf!"

„Nun gut, schön. Sven, ich mag Hanna. Hanna ist mir wichtig und du, du bist Hanna wichtig. Das ist ok. Sei unser Gast. Aber Sven." Anastasias Stimme war wie immer: kalt, forschend, absolute Aufmerksamkeit fordernd. „Du bist hier nur Gast. Am Ende des Tages zählt hier, was ich sage. Und es gibt wichtige Dinge, Dinge die ich und Hanna vorhaben, Dinge, bei denen du egal bist. Also, steh nicht im Weg, mach keinen Ärger. Klar? Herzlich Willkommen."

Stille. Hanna drückte Svens Hand. Nicole, die Anastasia ja schon kannte, musste grinsen und trank einen großen Schluck Kaffee.

Anastasia sah zu Hanna, zu Andrej, ganz kurz zu Nicole, atmete tief ein, ging einige Schritte auf und ab, konzentrierte sich und blickte dann beim Reden weit weg, in eine andere Zeit: „Den Kreis von Paddan-Aram gibt es seit unzähligen Generationen, seit weit, weit über tausend Jahren. In ihm trafen sich die wenigen Artefaktfamilien und früher, sehr viel früher, da entschieden sie dort gemeinsam über die Geschicke der Welt. Mit ihm, durch ihn steuerten, manipulierten, kontrollierten sie die Menschheit, die Gesellschaft, das Leben von allen. Nein, nicht im Detail, nicht jeden Schritt, nicht jeden Gedanken, nein, nein, eher aus der Ferne, im Großen, im Ganzen. Sie manipulierten, steuerten die Mächtigen, die Könige, die Herrscher, die Päpste und Bischöfe, die Verbrecherclans, die Kanäle der Macht, die Kanäle des Geldes. Kriege, Imperien, Länder entstanden und wurden vernichtet durch den Willen des Kreises von Paddan-Aram. Natürlich immer geheim, unentdeckt, im Verborgenen.

Doch über die Jahre, über die Jahrhunderte hinweg, da wurde der Kreis, da wurden die Artefaktclans, ja was eigentlich? Dekadent? Seinsvergessen? Überfressen, überfüllt, träge, selbstgerecht und müde? Mehr und mehr ging es einzig ums Geld, um die Völlerei, darum die Pfründe zu sichern, abzusichern, den Status Quo zu erhalten, nicht entdeckt zu werden. Ansonsten die Menschheit treiben zu lassen, sie ihrem Schicksal zu überlassen. Aus einem Steuern und Lenken war ein banales Auspressen, ein uninspiriertes Abschöpfen geworden. Der Kreis selbst ein Verbrechersyndikat, ein internationaler Mafiaclan, mehr nicht. Allerdings ohne Gegenspieler und mit Superkräften.

Oh wie trist, wie uninspiriert. All die außergewöhnlichen Kräfte durch die Artefakte und am Ende sind sie nur ordinäre Verbrecher? Wollen sie nur Geld? Ja, so ist das." Anastasia sah kurz in die Runde, lächelte bitter und fuhr fort: „Dazu sollte man auch noch wissen: Die meisten Artefaktträger sind Arschlöcher. Egoisten, machtgeile, selbstverliebte Wichser, die sich um andere Menschen, die Gesellschaft, humanistische Ideen, Ehre, Anstand oder sonst etwas einen Scheißdreck scheren. Sie kommen einem vor wie Junkies auf Droge. Reiche, verwöhnte, unglaublich mächtige Junkies, die nur ihr eigener Spaß und Genuss interessiert, die eigene Völlerei.

Wenn man mag, kann man den Kreis von Paddan-Aram also bei all seiner Macht auch als dekadenten, selbstverliebten, uninspirierten ordinären Verbrecherhaufen sehen, der sich seit unzähligen Jahrhunderten ohne Vision, ohne Inspiration um sich selbst dreht. Vollgefressen, berauscht im Status Quo. All diese unglaubliche Macht und Möglichkeiten und was haben wir? Einen überflüssigen Haufen, der da im Hintergrund agiert. Was für eine planlose, ziellose Verschwendung. Alles kleinkariertes, primitives Habgierdenken von dekadenten, unnützen Junkies. Ja, so könnte man das sehen, wenn man wollte. Und so sah es auch einer. Einer, der bestens Bescheid wusste, über alles. Einer direkt aus der Mitte des Kreises: Hans-Christian von Bahlheim." Den Namen sagte Anastasia ehrfurchtsvoll und doch zugleich, als würde das Aussprechen dieses Namens einen ekligen, bitteren Geschmack auf ihre Zunge bringen.

„Es hatte schon immer Artefaktfamilien gegeben, die stärker waren, mächtiger als andere. Sie hatten bessere Artefakte, größere Kräfte und so mehr Einfluss, mehr Macht. Eine besonders starke Familie waren seit jeher die Bahlheims. Ende des 19. Jahrhunderts kam Hans-Christian von Bahlheim als junger Artefaktträger und Gesandter seiner Familie in den Kreis, er beerbte seinen Vater, der alt, sehr alt, manche sagten mit über 250 Jahren, gestorben war.

Hans-Christian war ebenso stark wie sein Vater, sehr intelligent, begabt, jung, neugierig – und er war hungrig. Er wollte mehr, nein, nicht mehr Macht, jedenfalls nicht im klassischen

Sinne, er wollte mehr Wissen, mehr sehen, mehr schaffen. Er wollte Antworten über die Artefakte, über die Welt, er wollte einen höheren Sinn, ein wahrhaftiges Ziel. Für sich und für den Kreis.

Er wollte dem Kreis die Vision, das Ziel, die Macht geben, die Welt zu führen, sichtbar aktiv, als übermenschliche Herrscher. Das gefiel nicht allen, nein, den meisten gefiel das ganz und gar nicht. Es gab Streit. Nun, es gab immer wieder mal Streit im Kreis in den Jahrhunderten, meist blieb es im Kreis, wurde schnell beigelegt, verdeckt ausgefochten, manchmal eskalierte es in Kriege, wie im 17. Jahrhundert in lange, blutige Kriege und manchmal, selten, sehr selten wurde auch eine Familie, ein Clan ausgelöscht. Aber meist war der Streit schnell beigelegt. Nicht so diesmal.

Der junge von Bahlheim brannte vor Energie, vor Tatendrang, dazu war er eitel und überheblich. Er hatte keinen Respekt, keine Zeit zu warten, auf die anderen alten Familienoberhäupter, auf die Traditionen des Kreises, er wollte gestalten und er wollte Antworten. Er wurde gedemütigt. Alle Clans stellten sich gegen ihn. Junkies, die eine sprudelnde Quelle Stoff unter ihrer Kontrolle haben, wollen nichts ändern, nichts hinterfragen. Der junge Bahlheim wurde vom Kreis ausgeschlossen, wegen seiner Impertinenz verbannt, einer seiner Brüder, Jörg-Wilhelm, bekam seinen Platz im Kreis.

Doch Hans-Christian war schlau, ich sagte schon, sehr intelligent – und ausdauernd. Er wusste, die anderen Clans, zusammen sind sie stärker als er. Noch. Er zog sich zurück. Vorerst." Anastasia hielt inne, sah in die Runde, sah, wie alle sie mit gebannten Augen ansahen, selbst Andrej, der die Geschichte ja eigentlich nur zu gut kannte. „Ich mach es kurz, ich verliere mich hier in viel zu vielen Details. Über die Jahre intrigierte Hans-Christian, bildete heimlich Allianzen, streute Gerüchte, säte Zwietracht, weckte Begehrlichkeiten. Sein Ziel: die Clans zu entzweien, gegeneinander aufzuhetzen – und so, sie alle zu schwächen. Die beiden Weltkriege im 20. Jahrhundert, sie waren nicht sein Werk, oh nein, bei weitem nicht, aber er und der Kreis hatten den Nährboden für sie gelegt, befeuert. Und Bahlheim nutze die Weltkriege geschickt, um das gesamte Machtgefüge des Kreises zu entkoppeln, auszuhebeln, Jörg-Wilhelm zu töten.

Zwei Clans wurden in den Kriegswirren ausgelöscht – ohne dass Hans-Christian von Bahlheim aktiv in Erscheinung trat. Doch dann, dann mitten im Chaos des zweiten Weltkriegs, als alles unkontrolliert aus dem Ruder lief, der Kreis selbst im Chaos versunken war, sich auflöste, sich selbst zerfraß, die Clans sich bekämpften bis aufs Blut, da kam er, da kam Hans-Christian von Bahlheim aus dem Dunkel, aus seinem Schattendasein; kam er hervor und mit eiserner Stärke und rücksichtsloser Grausamkeit einte er den Kreis von Paddan-Aram wieder unter seiner Führung, seiner Herrschaft.

Er riss alle Macht an sich und die Mehrheit der Artefaktträger folgten ihm willig, blind, ja geradezu erleichtert. Endlich wieder einer, der Ordnung schaffte, sie regulierte, sie wieder in Reih und Glied brachte, ihnen die Möglichkeit gab ihren Einfluss, ihre Macht, ihre Völlerei wieder zu organisieren, zu retten, sich zu versöhnen. Einer, der stark war, stärker als sie, der einen Plan hatte. Der den Kreis wieder an seinen Platz in einer sich neu formenden Welt brachte.

Nun herrschte Hans-Christian von Bahlheim also über den Kreis. Aber reichte ihm das? Nein, natürlich nicht, ich sagte ja, er wollte mehr. Er ließ die Clans weiterspielen, machen, schaffen, sich einrichten, sich berauschen wie bisher. Die neue Ordnung schaffen. Er wachte nur über sie und er suchte weiter nach Antworten und nach Zielen, nach einem Sinn. Er suchte und suchte, in den Archiven der Clans, in den Weiten der Welt und dann irgendwann hatte er etwas gefunden, hatte er gefunden, wonach er suchte: Antworten und endlich ein Ziel!

Von da an brannte er mehr noch denn je, das Ziel, das eine Ziel zu erreichen und so endlich die Welt zu unterwerfen. Von allen forderte er bedingungslose Unterstützung, Folgsamkeit, Ressourcen. Und er hatte Helfer, nicht nur einen, er hatte viele Helfer, ja auch Bewunderer, aber einen ganz besonderen: Simeon, deinen Vater, Hanna. Er diente ihm im Kreis, so wie Andrej und ich. Und zusammen, zusammen fanden wir etwas für ihn, für Bahlheim ... etwas ... wir fanden es ... dein Vater fand es für ihn." Anastasia sprach anders, schwer, tief, versunken in der Erinnerung.

„Bahlheim war verrückt geworden, total wahnsinnig, wir hatten es erst gar nicht bemerkt, er hatte sich immer mehr Artefakte angelegt, seine Arme, beide Arme, eine Beinschiene schon sein halber Kopf, alles voll Artefakte. Er hatte sie gefunden, gestohlen, entrissen. Und er wurde immer wahnsinniger, je mehr er anlegte, absorbierte ... und dann hatte dein Vater versucht ihn zu stoppen, von Bahlheim in all seinem Wahnsinn zu stoppen und uns alle zu retten ..." Anastasia schwieg, starrte in die Leere. „Wie du weißt, hat dein Vater das nicht überlebt. Er starb in dem Versuch uns alle zu schützen."

Anastasia sah Hanna an, traurig, mitfühlend, aber Hanna fühlte, dass da noch etwas war. Dass es nicht die ganze Wahrheit war, irgendetwas verschwieg Anastasia.

„Wie auch immer", fuhr Anastasia fort, „Andrej und ich mussten fliehen. Und nachdem er von deinen Vater verraten worden war und wir geflohen waren, fürchtete von Bahlheim überall Verrat, misstraute er jedem.

Jetzt herrscht wieder Angst und Misstrauen im Kreis, das Saatkorn des Chaos keimt wieder. Es fiel auf einen äußerst fruchtbaren Nährboden – und einige Clans wollen jetzt versuchen den Wahnsinnigen von Bahlheim zu stürzen. Das habe ich gestern bestätigen können, ich hab da noch ein paar alte Freunde, einige Kontakte. Und das ist gut, das ist eine Chance. Eine einmalige Chance Hans-Christian von Bahlheim endlich zu erledigen, zu töten. Ihn für immer auszulöschen!" Anastasia sah zu Andrej, dann zu Hanna und dann herrschte erst einmal Stille.

„Wa-Warum ... Also, sorry, aber warum müssen wir ihn den töten?", fragte Hanna nach einer Weile etwas unsicher in die Stille hinein. „Ich meine ... du hast die letzten Wochen ja schon viele heftige Geschichten erzählt und ich bin ja bereit alles zu glauben, ich mein was soll ich auch sonst machen", Hanna zeigte entschuldigend auf ihren Armreif, „wir sitzen ja im selben Boot ... aber is' schon klar, dass das hier 'ne heftige Märchenstunde für uns ist ... Und es hört sich halt nicht so an, als wäre das alles so einfach ... also sich mit dem Kreis anzulegen, den Bahlheim zu töten. Warum, warum verstecken wir uns nicht einfach weiter? Hier zum Beispiel ... Also bitte nicht falsch verstehen jetzt ... Aber, es klingt, als ob der Kerl, also ...", Hanna suchte nach Worten.

„Es klingt, als ob der Kerl ein megafieses, extrem mächtiges Oberarschloch ist, gegen das wir nicht den Hauch einer Chance haben." vollendete Nicole Hannas Satz. „Und mal ehrlich, nach dem, was wir alles so erlebt haben, in den letzten Wochen ... wir sind ... also, das ist alles neu für uns, nicht unsere Welt ... ihr kickt alle in einer ganz anderen Liga als wir. Einer ganz, ganz anderen Liga."

Kalt, nüchtern antwortete Anastasia: „Ihr seid jung, unerfahren, ja. Hanna du hast ja keine Ahnung, von nichts, nicht mal von deinen Kräften. Aber Hanna, er weiß jetzt, dass du lebst. Er sucht dich. Er wird kommen Hanna, kommen um dich zu holen und glaub mir ... was dann passiert, das willst du nicht erleben. Er will sich rächen. An deinem Vater, an dir. Wir müssen ihm zuvorkommen, das ist die einzige Chance, die wir haben. Und ihn besiegen? Alleine schaffen wir das nicht, wohl war. Wir brauchen Verbündete, aber ich hab eine Idee, ich weiß wie wir es schaffen können. Wir haben noch etwas Zeit, vielleicht nicht viel, aber ein bisschen. Er ist verrückt, wie gesagt und die anderen Clans unsicher, verwirrt, sollen sie ihn absetzen, herausfordern oder ihm doch weiter folgen? Sie wissen es nicht. Sie sind nicht schnell. Wenn du seit Jahrtausenden herrschst, Jahrhunderte lebst, wirst du langsam. Das ist unsere Chance. Mein Plan ist jetzt folgender: Hanna wird so gut wie möglich trainiert, ich organisiere derweil die Verstärkung und dann kommen wir ihm zuvor, locken wir ihn in eine Falle ... und vernichten ihn gemeinsam."

Wieder Stille. Das war jetzt alles ein bisschen viel, eine Nummer zu groß für sie alle. Sie hatten vieles erwartet, vieles Phantastisches, aber so was? Hanna schluckte schwer, dachte nach, Sven kaute auf seiner Lippe und Nicole verzog nachdenklich den Mund.

„Und das Ziel? Der Sinn? ... Was also, was war das mit der Weltherrschaft nochmal? Was hatte Bahlheim gefunden oder herausgefunden ... oder was auch immer?", fragte Nicole.

Anastasia hielt inne, nickte nachdenklich. „Nicht jetzt, nicht jetzt", sagte sie und es war klar, dass sie keine Widerrede duldete. Und es war genau so klar, dass Anastasia etwas Entscheidendes verschwieg. Es stand erdrückend deutlich im Raum, dass Anastasia hier ihr ganz eigenes Spiel mit ihnen spielte und ihr nicht zu trauen war. Aber was für eine Wahl hatten sie? Gab es überhaupt Alternativen?

Sven zog an Hannas Hand. Er wusste, er war definitiv nicht der Richtige, um Anastasia um irgendetwas zu bitten, also versuchte er mit Mimik und Gestik Hanna dazu zu ermuntern.

„Ich hab da, also ich hab da auch noch mal eine Frage", begann Hanna in ihrer gewohnt zögerlichen Art, „dürfen wir. Also, dürfen wir auch Verstärkung holen?"

Anastasia war irritiert. „Ihr Verstärkung holen? Wen denn?"

Jetzt sah Sven seine Chance kommen: „Also, wenn ich mal kurz was sagen darf? Wir dachten uns, also die Polizei ist ja auch hinter Hanna her und der Kreis kontrolliert ja die Polizei – irgendwie wohl oder steckt mit denen unter einer Decke oder was auch immer – und wir dachten uns da, dass wir trotzdem, also auch um zu recherchieren zum Beispiel, über den Kreis und so, und um zu kommunizieren vor allem, mit uns, also untereinander und mit möglichen Verbündeten, also deshalb dachten wir, wir brauchen dringend auch, also dringend eine abhörsichere Kommunikationsinfrastruktur. Für uns alle. Internet, Telefon und so. Und da kennen wir jemanden."

Anastasia sah langsam von Sven zu Hanna und sagte dann kurz, knapp, schneidend: „Wie bitte?"

„Also wir haben da noch ein, zwei Freunde, die wir dringend hier brauchen", sagte Nicole.

Hanna spürte, fühlte, Anastasia war noch nicht entschieden, sie war überrascht, offen. Das ist unsere Chance, dachte Hanna und begann zu reden, begann noch einmal alles zu erzählen. Alles von sich, von der Einsamkeit, dem Hass, der Hölle ihres alten Lebens, vom Forum, von den Kindern der Kirschblüte und dann schloss sie mit der Bitte: „Anastasia, bitte, das ist alles mega crazy was hier passiert und nach dem, was du erzählst, auch mega gefährlich und wer weiß, wer weiß, vielleicht bin ich auch irgendwann bald tot, wenn der Kreis uns findet. Weißt du, wir machen alles mit, was du planst. Aber bitte Anastasia, lass mich ein, zwei Freunde noch holen, lass uns hier unseren kleinen Traum leben. Wenn auch nur kurz. Wir, die Kinder der Kirschblüte, könnten auch helfen. Es würde uns wirklich helfen. Bitte."

Nicole versuchte dabei so lieb und bettelnd wie möglich zu gucken, Sven versuchte nirgendwohin zu gucken und keinen Blick auf sich zu ziehen und Hanna versuchte vorsichtig in Anastasia hineinzufühlen, ihre Gedanken zu erspüren, ja vielleicht sogar sie ein wenig positiv für sich zu beeinflussen.

Anastasia hatte Hanna die ganze Zeit ohne eine Miene zu verziehen hoch konzentriert zugehört. Jetzt musste sie lächeln.

„Lass das Hanna, ich merke das", sagte sie amüsiert und dann: „Ich kenne die Einsamkeit, ich kenne die Hölle der Einsamkeit nur zu gut, ich weiß, wie es ist anders zu sein, allein. Ohne Andrej, wer weiß, ohne Andrej wäre ich sicher schon tot. Ich will, dass ihr vorsichtig seid. Das Chaos im Kreis heißt nicht, dass wir alles machen können, was wir wollen. Ihr geht nicht nach Frankfurt, nicht südlich von Frankfurt, ihr versucht nicht weiter aufzufallen. Dann könnt ihr meinetwegen noch einen Freund hierherholen. Ja wer weiß, Internet ist gut, Recherche, Wissen ist gut. Ist gut. Aber Hanna", Anastasia klang streng, harsch, „und ihr zwei, Nicole, Sven. Keine Dummheiten! Ihr macht keinen Dummheiten. Verstanden?" Alle drei nickten bestimmt, sahen sich an und mussten zaghaft lächeln.

Später, als Anastasia und Andrej alleine waren, fragte er: „Warum machst du das? Warum hast du ihnen das mit den Freunden erlaubt?" Anastasia sah aus dem Fenster, in den Garten „Ach, Andrej. Man weiß nie, man weiß es nie, mal sehen was noch so in ihnen, in Hanna steckt. Sie sind ein bisschen wie wir beide, zusammen scheinen sie viel stärker zu sein als allein. Lass sie doch noch ein bisschen Spaß haben, lass sie doch noch etwas hoffen und träumen. Es ist doch so: Viel zu schnell wird das alles für sie enden." Dann lehnte sie ihren Kopf an seine Schulter. „Lass sie, lass uns noch ein wenig hoffen und schöne Momente erleben, etwas verschnaufen, bevor alles endet."

5

Die langsam aufgehende Sonne tat sich wahrlich schwer damit auch nur das kleinste bisschen Licht und Wärme in diesen Tag zu bringen. Kalte Nebelbänke hingen wie magische, graue Wände zwischen den Bäumen und Felsen. „Schön. Genau so. Es hat etwas Mystisches, etwas Erhabenes. Wie passend", dachte Obersturmführer Horstmann, der etwas abseits stehend, rauchend mit zusammengekniffenen Augen beobachtete, wie sein Trupp von zwölf Männern Kiste um Kiste von den Lastwagen durch die Nebelbänke in eine Höhle schleppte.

Es war die letzte Ladung. In den vergangenen zwei Wochen waren sie bereits fünf Mal hier gewesen, hatten LKW um LKW, Kiste um Kiste, das ganze Beutegut aus den Städten und Dörfern der Region in diese abgelegene, verborgene Höhle mitten im Nirgendwo der Vogesen gebracht. Bisher war alles unbemerkt geblieben, niemandem war es als verdächtig aufgefallen. Wenn zwischendurch Fragen kamen oder andere Befehle, so wusste Horstmann sie geschickt zu umgehen, auszuweichen, nicht zuletzt dank der Kräfte, die ihm sein Artefakt verlieh. Er war sehr gut darin, andere nach seiner Pfeife tanzen zu lassen.

Außer seinem Sturmscharführer Becksberg und seinen Leuten kannte niemand den Inhalt der Kisten: Schmuck, Gold, Juwelen, Edelsteine, Silber, kostbares Porzellan, Geld, Münzen. Alles erbeutet, zusammengestohlen in den letzten Monaten der

Besatzung. Horstmann war kein Idiot, er war ein Opportunist, ein Gewinner. Er hatte mit der Naziideologie nie wirklich etwas anfangen können. Er glaubte nicht an Hitler, an das 1.000-jährige Reich, das Volk, Blut und Ehre und den ganzen Quatsch. Er glaubte an Macht, an Chancen, er glaubte, dass man wandlungsfähig und geschickt sein musste. Und dass man keine Skrupel haben durfte. Dann war man ein Gewinner. Und ein Gewinner, das wollte er sein.

Er war einer der wahren Übermenschen. Er war ein Artefaktträger, wie sein Vater vor ihm und sein Großvater zuvor. Gut, er war nicht außergewöhnlich begabt, hatte bei weitem nicht so starke Kräfte wie manch anderer im Kreis, deshalb hatte er sich dort auch sofort untergeordnet und war später dann soweit wie möglich auf Distanz geblieben. Nein, er sah sich eher als Einzelgänger, einsamer Wolf, der hier im Haufen dieser ganzen Kakerlaken an der Westfront sein Glück suchte, egal mit welcher Ideologie. Früher waren die Pfründe, die Macht, der Einfluss in Europa sehr klar abgesteckt gewesen, zwischen den Artefaktträgern im Kreis. Seine eigene Familie war dabei immer eher ein kleines Licht gewesen. Selbstverschuldet, musste man zugeben. Aber zwei große Kriege so dicht hintereinander, falsch eingeschätzt, falsch koordiniert von den Artefaktträgern, die sie eindämmen, kontrollieren und lenken wollten und schon wurden alle Karten in Europa neu gemischt. Krieg, Chaos war immer eine Chance, das wusste Horstmann und so hatte er sie so gut wie möglich zu nutzen versucht. Dem Kreis Gehorsam, Untertänigkeit vorgaukeln und trotzdem abseits sein eigenes kleines Ding drehen, das war genau nach seinem Geschmack.

Denn auch jetzt spürte Horstmann wieder ganz genau, dass sich das Blatt langsam wendete, wendete gegen das Deutsche Reich, aber nicht gegen ihn. Noch hielten sie Frankreich, weite Teile Europas fest im Griff, aber bald, sehr bald würde sich das ändern, er fühlte es. Wer nicht dumm war, konnte es sehen, spüren, begreifen. Die Alliierten würden Schlachten gewinnen, heftig, mächtig zurückschlagen, am Ende werden sie vielleicht sogar den Krieg gewinnen. Horstmann wollte vorsorgen, Chancen nutzen, ein Gewinner sein.

Seine Vorfahren hatten keine Reichtümer, keinen großen Besitz angehäuft, wie andere Artefaktclans, nein sie hatten alles immer gleich verprasst, verspekuliert, in Gier und Rausch ausgegeben, verpulvert, verbrannt. Nun aber war endlich die Möglichkeit da, wirkliche Reichtümer anzuhäufen. Mit einer kleinen Truppe dummer, skrupelloser, gehorsamen Handlager aus seinem Verband hatte er in den letzten Monaten so viel wie möglich an Schätzen erbeutet, gestohlen aus Häusern, Geschäften, Banken, direkt von den Menschen, den Franzosen und Juden, auf der Straße abgenommen – und heimlich hierher geschafft. Die Lage der Höhle hatte ihm ein alter jüdischer Kaufmann verraten. Zuvor hatte Horstmann ihm vorgegaukelt, er würde ihn verstecken, ihn retten, hatte er seine Kräfte benutzt, dass der

Kaufmann ihm vertraute. Er sollte ihm nur ein gutes, ein absolut sicheres Versteck außerhalb der Stadt zeigen, das möglichst niemand aus der Stadt, aus den umliegenden Dörfern kannte, dann würde er ihn dort verbergen.

Tatsächlich hatte Horstmann den Kaufmann dann aber sofort erschossen, nachdem er die Lage der Höhle verraten hatte. Denn die Höhle war perfekt, genau richtig. Weit, weit draußen, lange vergessen von den meisten. Aus den Dörfern kam selten jemand in diesen abgelegenen Teil der Wälder. Es gab Gerüchte, Sagen, die Wälder wären böse, in ihnen lebten Gespenster, Monster, Hexen. Kein Wunder, dachte Horstmann, denn immer wenn sie hier waren, war es neblig, kalt, einsam und furchteinflößend. Wäre er nicht selbst ein Artefaktträger gewesen, er hätte sich gefürchtet. Gefürchtet, so wie seine Männer. Er sah ihre ängstlichen Blicke in den Nebel, in das Dunkel des Waldes, hinauf zu den paar Sonnenstrahlen die sich mühsam durchs Dickicht kämpften. „Ihr Dummköpfe, ihr kleinen armseligen Dummköpfe. das einzige Monster hier, das ihr fürchten müsst, das bin ich", dachte Horstmann.

Dann endlich war die letzte Kiste sicher in den Tiefen der Höhle verstaut und seine Männer machten erschöpft eine Pause, rauchten bei den Wagen. Horstmann ging, schlenderte fast entspannt zu ihnen herüber, er zwinkerte Becksberg zu, der ganz beiläufig nach seiner MP40 griff. Auch Horstmann ließ nebenbei, vollkommen unaufgeregt sein Maschinengewehr von der Schulter in seine Hände gleiten, während er sprach: „Sehr gut Leute! Das war ein super Job! Und jetzt kommt die Belohnung."

Sofort eröffneten er und Becksberg das Feuer. Gleichzeitig sendete Horstmann einen starken Angstimpuls an den Trupp, verwirrte, lähmte die Männer so zusätzlich. In nicht einmal 15 Sekunden waren alle tot, einfach über den Haufen geschossen. Ein Rabe schrie, ansonsten herrschte gespenstische Stille. Horstmann kniff die Augen zusammen, zog an seiner Zigarette. „Viel zu einfach alles, viel zu einfach", sagte er lächelnd und dann begann er mit Becksberg die Leichen in die Höhle zu schleppen.

Die Männer waren schwer, Horstmann und Becksberg schwitzten. Aber da war noch etwas. War es die Abgelegenheit, die Magie dieses Ortes? Schon die letzten Male und jetzt wieder fühlte Horstmann sich beobachtet, spürte er Blicke in seinem Rücken. Die letzte Leiche. Er sah sich noch einmal um. War das nicht ein Schatten da zwischen den Bäumen im Nebel? Horstmann wischte sich den Schweiß von der Stirn, aus den Augen, sah noch einmal hin. Nein, nichts, eine Täuschung. Das war schon ein verrückter Wald hier, das perfekte Versteck, dachte er.

„Was ist los? Eine Hexe gesehen?", scherzte Becksberg.

Horstmann lachte: „Scheiße sind die Kerle schwer", und gemeinsam trugen sie die letzte Leiche in die Höhle. Hätte Horstmann sich noch einmal umgedreht beim Einstieg, hätte er noch ein letztes Mal nach den spärlichen Sonnenstrahlen hinter sich geschaut, so hätte er einen Schatten, eine schwarze Gestalt gesehen, die langsam, geschickt hinter ihnen in die Höhle kletterte.

Nach 200 vielleicht 300 Metern durch enge, verzweigte Gänge, in denen man jedoch meist aufrecht gehen konnte, sich nur hin und wieder ducken musste, kamen sie in den großen Höhlenraum. Sie warfen die letzte Leiche zu den anderen.

„Und jetzt? Einfach verrotten lassen?", fragte Becksberg

„Klar, ist doch eine schicke Wachgarde für den Schatz", antwortete Horstmann, der schon seinen Revolver in der Hand hatte, um mit Becksberg den letzten Mitwisser zu erschießen.

Doch in diesem Moment entflammte der Leichenberg wie von selbst. Ein gleißendes Feuer überzog alle elf toten Männer, verwandelte sie in einen glühenden, lodernden Scheiterhaufen. Aber die Panik, die Hitze die Horstmann und Becksberg fühlten, kam nicht von dem Feuer vor ihnen, sie fühlten eine bedrohliche Präsenz hinter sich, in ihrem Rücken. Langsam drehten sie sich um. Am Eingang zum Höhlenraum stand eine große, dunkle Gestalt, gehüllt in einen schwarzen Umhang, die Kapuze tief herabgezogen, so dass man das Gesicht nicht erkennen konnte. Man sah lediglich lange, golden schimmernde Haare, die aus der Kapuze links und rechts herausflossen. Horstmann fühlte vorsichtig zu der Gestalt, in sie hinein. Er wurde überrumpelt, erdrückt von einer Welle aus Hass, Verzweiflung und Wahnsinn. Und er spürte eine Kraft, eine Stärke, wie er sie noch nie Gefühlt hatte, nirgends.

Es war das erste Mal, das erste Mal seit Ewigkeiten, dass Horstmann selbst Angst fühlte, panische Angst. Zitternd versuchte er mit seinem Revolver zu zielen, aber es gelang nicht, er spürte, wie die Gestalt selbst in seinen Gedanken suchte, wühlte, ihn davon abhielt abzudrücken. Dann machte die Gestalt kurz eine kleine Geste mit ihrer Hand und Horstmann und Becksberg standen selbst in Flammen.

Becksberg rannte noch kurz schreiend hin und her, planlos, versuchte zum Ausgang der Höhle zu gelangen. Den erreichte er aber nicht. Er sackte vorher zusammen, genauso wie Horstmann, der mit weit aufgerissenen Augen und einem gequälten, langgezogenem Schrei verbrannte, unfähig sich zu bewegen, gefesselt, gefangen von der Macht dieser fremden Gestalt.

Während die Flammen noch loderten, ging Sarah langsam zu den Kisten und begann diese zu öffnen, um sich den Inhalt genauer anzusehen. Ihre Hand glitt durch Perlenketten, Münzen, Gold und Silberringe. Sie sah zu den brennenden Leichen und seufzte, traurig, verbittert.

6

Es war ein unglaubliches Gefühl. Noch nie in ihrem Leben hatte Hanna sich so cool gefühlt. War es das Outfit? War es das Wissen um ihre Kräfte? War es das Gefühl, als Teil einer Gruppe „in geheimer Mission" unterwegs zu sein? Oder war es, dass Sven an ihrer Seite war, ihre Hand hielt, als sie zu viert durch den Bahnhof mit den Menschenmassen Richtung Messegelände gingen? Mit Sicherheit war es eine Mischung aus allem und am Ende: scheißegal was es war, es war der Hammer!

Die Idee war dann eigentlich super simpel gewesen, also wie sie versteckt zur Gamescom anreisen würden: Cosplay. Hanna war sehr schnell auf den Steampunk-Trip gekommen, allein schon des Artefakts wegen. Und weil sie so einen derben alten Ledermantel in einem Zimmer der Villa gefunden hatte, den sie total mochte, war ihr Outfit zusammen mit ein bisschen Jugendstilschmuck, einem Halstuch vor dem Mund sowie einem großen breiten Lederhut schnell perfekt gewesen. Sven hatten Hanna und Nicole eindringlich versucht ein Tuxedo-Mask-Kostüm aufzuschwatzen, er hatte sich dann aber doch sehr schnell für Kakashi aus dem Manga Naruto entschieden, allein schon des Vermummungsfaktors wegen. Andrej erschien als Ezio aus Assassin's Creed, mit tief ins Gesicht gezogener Kapuze – er musste als Aufpasser ja mitkommen. Und Nicole hatte lange überlegt. Es sollte anders sein, so dass sie nicht leicht zu erkennen war, aber jetzt auch nicht so, dass sie alle vier da derbe vermummt aufliefen. Vielleicht sollte sie irgendwie ihre Haare verstecken, oder sie färben. Mhm … wer wollte sie immer schon mal sein? Und dann grinste sie breit und sagte nur: „Ich werde voll oldschool gehen." Am nächsten Tag hatte Nicole ihre Haare dunkelbraun gefärbt, Armeestiefel, olivfarbene Shorts und eine neue runde Sonnenbrille im Ort gekauft – und am Nachmittag stand dann auf einmal Lara Croft im Kaminzimmer der Villa.

„Wir sind so cool", dachte Hanna, als sie die Spiegelung ihrer Gruppe im Vorbeigehen in den Schaufenstern sah.

Wie sie BloodAngel finden, ihn kontaktieren würden, war ihnen dann auch relativ schnell klar gewesen. Die Polizei wusste vom Forum, wusste was darin stand, kannte sicher viele Emails, Chats, vielleicht waren sie sogar hier auf der Gamescom, aber sie wussten bei weitem nicht alles. Die Gruppe hatte Flyer gemacht. Flyer, die für Außenstehende vielleicht als ein Recruiting oder vielleicht auch Marketing-Gag eines Spieleherstellers wirken würden, die aber BloodAngel sofort dechiffrieren würde, weil er realisieren musste, dass nur er gemeint war. Auf den Flyern standen Dinge, die nur er alle zusammen mit Ja beantworten würde: „Wir suchen dich! Du hast in MineCraft Shrapnel City nachgebaut, warum? Warum? Weil du es kannst! Du hörst Samsas Traum in Dauerrotation und du weißt, wer Bupu ist? Dann ruf uns an, du bist unser verlorener

Bruder!" Kurz hatten sie noch mit dem Gedanken gespielt „Du weißt, warum man bei Schulfeiern keinen Kartoffelsalat essen sollte?" draufzupacken, aber das war dann doch zu offensichtlich, zu derbe.

Die Handynummer gehörte zu einem Billighandy, das Andrej ein paar Tage vorher gekauft hatte. Nachdem sie die Flyer überall auf der Gamescom verteilt und angeklebt hatten, warteten sie … und warteten … und warteten. Sie hatten sich in eine ruhige Ecke zurückgezogen, saßen auf komischen grünen Sitzpollern neben einem ausgesprochen unbesuchten Stand irgendeines staatlichen Jugendinstitutes, das auch irgendwas mit Games zu tun hatte oder zu tun haben wollte – was aber keine Sau interessierte, wie so oft.

Andrej stand etwas abseits, hielt Ausschau. Hanna versuchte sich in die Gedanken, die Gefühle der Menschen, die vorbeigingen, zu zoomen, als Training. Es war aber unglaublich anstrengend, in dieser Masse von Menschen klare Gefühle, klare Gedanken zu empfangen. Sie musste noch viel trainieren. Sie hatte sich geschworen, sie hatte versprochen, dies nicht mehr bei Sven und Nicole zu machen, aber es reizte sie natürlich schon ungemein, vor allem bei Sven.

Sie war sich immer noch megaunsicher, was das jetzt zwischen ihnen war. Es war auf jeden Fall anders, ganz anders als früher nachts am Computer. Es war irgendwie nicht so nah, nicht so vertraut, obwohl sie sich ja körperlich viel näher waren, also ohne dass sie jetzt schon miteinander geschlafen hätten oder so was, also das war irgendwie auch noch gar nicht Thema gewesen. Warum eigentlich nicht? Wollte Sven nicht? Fand er sie doch irgendwie unsexy, fand er sie doof? „Also ich würd es ja verstehen, irgendwie", dachte Hanna wieder in alte Denkmuster verfallend. Sie seufzte, da klingelte das Handy.

Bei allen drei war der Puls sofort auf 180, sie konnten ihre Herzen bis zum Hals schlagen spüren, Adrenalin pur. Sven ging ran, eine Stimme am anderen Ende: „Hey geil, was ist das? Shrapnel City? Ich bin dabei!"

„Hallo, wer ist da?" fragte Sven

„Wer ist denn da? Was ist das? Ich mach mit!", fragte die Stimme.

„Was für ein Kind bist du?", fragte Sven, ihm viel auf die Schnelle nichts anderes ein. Tausendmal hatten sie das durchgespielt, durchgedacht und jetzt schwitze er, war sein Mund trocken, sein Kopf leer. Nicole haute Sven mit der Faust auf den Arm. Wie blöd! Wie offensichtlich!

„Was? Was soll das denn? Wieso Kind?", fragte der Junge weiter. Sven legte auf und schüttelte den Kopf. Das war er nicht – aber wohl auch nicht die Polizei. Glück gehabt. Es kamen noch zwei weitere Spaßanrufe aber kein Zeichen von BloodAngel. Vielleicht war er doch nicht hier? Vielleicht hatte er Angst bekommen, versteckte sich oder vielleicht hatte ihn die Polizei doch noch gefunden. Wer wusste das schon? Oder war er am

Ende einfach nur krank und zuhause im Bett? Sie begannen zu zweifeln.

„Ach scheiße", sagte Nicole schließlich. „Er ist hier, er ruft jetzt an! Los, in den nächsten zehn Minuten meldet er sich. Wetten?" Ihre Augen blitzen, sie wollte nicht aufgeben, sie wollte hoffen. Dann vibrierte das Handy. Eine SMS: „Syd, Wendy oder Bernhard?", mehr stand da nicht.

„Geil! Das ist er, das ist ER!", sagte Sven sofort. „Das ist ein Test! Ganz früher haben wir zusammen Maniac Manison durchgespielt, mehrmals. Ist schon ewig her. Es ging immer darum, wer mit welcher Charakter-Kombi wie und wie am besten und schnellsten das Game durchbekommt. Und BloodAngel wollte es immer irgendwie hauptsächlich mit Jeff hinkriegen, weil der ja eigentlich nichts Besonderes kann ... also ... also das ist er. Er ist immer für Jeff gewesen."

„Maniac Mansion? Und wieso Jeff? In der SMS ist von Syd, Wendy und Bernhard die Rede. Ich raff nix", sagte Nicole komplett verwirrt.

„Ach Mensch, das ist so ein altes LucasArts-Game. Wir hatten mal so 'ne Retrophase, da ham wir die alle durchgespielt, Indie, Monkey Island und so weiter. Und das in der SMS sind alles Charaktere aus Maniac Manison und BloodAngel liebte das Game und er war immer für eine Kombi mit Jeff."

„Jeff! Du bist Jeff", tippte Sven als Antwort.

„Chaos! Wo bist du?", kam sofort zurück.

Nicole lächelte breit: „Seht ihr, ich wusste es! Er ist hier!" Sie entriss Sven das Handy und rief die Nummer an: „Hallo? Hier ist VioletPain."

Stille, dann: „Hier … hier ist BloodAngel", antwortete eine Stimme, die überraschend tief klang.

„Wie schön dich zu hören! Wir brauchen dich. Es ist wichtig, schnell, wir treffen uns im Raum 22.34, Halle 4c", sagte Nicole. 22.34 war ein kleiner Raum hinter den Toiletten in einem abgelegen Gang, den Andrej entdeckt hatte.

„Ok, in 15 Minuten", sagte BloodAngel und legte auf.

Sven, Hanna und Nicole drückten sich in dem kleinen Raum eng aneinander, Andrej stand in der Nähe des Eingangs zu dem abgelegenen Flur Schmiere, zur Sicherheit, tat so, als ob er mit seinem Handy spielte. Erst kam niemand, wirklich niemand, es war tatsächlich sehr abgelegen hier. Dann kam ein Junge, eher ein junger Mann, vielleicht Anfang 20, dicklich, klein, unscheinbar, leicht speckige, lange Haare zum Zopf gebunden, mit einem Blind-Guardian-T-Shirt an, Rucksack über der Schulter und einen stoppeligen zwei-Tage-Bart. Er sah sich um, so krampfhaft wie jemand, der äußerst ungeübt nicht wollte, dass man merkt, dass er sich gerad umsah.

„Was haben wir uns da nur für eine Truppe ins Haus geholt?", dachte Andrej, als er dem Jungen hinterher sah, wie er den Gang entlangging und vorsichtig an die Tür von Raum 22.34

klopfte. Hanna fühlte vor der Tür Anspannung, Angst, Unsicherheit und Hoffnung, vage unbestimmte Hoffnung. Die Tür ging auf und zwei Hände schnellten heraus und zogen den Jungen in den kleinen Raum. Stille.

Sie alle standen ganz dicht beieinander, sahen sich an und keiner brachte ein Wort raus. Bis dann irgendwann Sven sagte: „BloodAngel?"

„Ja ... Chaos?", antwortete der junge Mann.

„Ja Mann, alter, geil!", sagte Sven und klopfte ihm auf die Schulter.

„Hallo, ich bin Fehlkonstruktion ... also Hanna", sagte Hanna lächelnd und Nicole sagte breit grinsend: „Ich glaub's nicht, ein kleiner dicker Nerd."

BloodAngel verzog das Gesicht. „Oh Mann."

Nicole grinste und nahm ihn in den Arm. „Sorry, echt schön dich zu sehen, BloodAngel."

Nicole und BloodAngel hatten im Forum oft heftig miteinander diskutiert und sich dabei auch ab und zu beleidigt, gegenseitig aufgezogen, meist mehr als Sport, denn sie mochten und schätzen sich wirklich. Richtig böse war das nie gemeint gewesen, aber es war schon teilweise heftig abgegangen. Auf jeden Fall hatte BloodAngel dabei oft postuliert, dass Nicole sicher ein verwöhntes kleines Modepüppchen sei, das hier einen auf intellektuell macht und sie hatte im Gegenzug gesagt, dass er sicher ein kleiner dicker Nerd sei, der bei Mutti im Keller wohnt.

„Hast du Bock deinen Keller gegen eine Villa zu tauschen?", fragte Nicole.

„Alta scheiße, was ist hier los? Was macht ihr?", fragte BloodAngel. Und unter Zeitdruck, denn sie wollten so schnell wie möglich wieder weg, erklärten sie ihm die Lage, in Grundzügen. BloodAngel überlegte nicht lange, ein bisschen nur, dann sagte er: „Geiler Scheiß, ich bin dabei!"

Später im Auto, auf der Autobahn gen Osten, als sie sicher waren, dass ihnen niemand folgte, wurden sie etwas entspannter, begannen sie wieder zu reden. „Leute, ich wollte euch das vorhin schon sagen ... also ... uhm ... ich hab Angst in engen, geschlossenen Räumen", sagte BloodAngel, der auf die Rückbank gequetscht neben Sven und Hanna saß.

Vom Beifahrersitz drehte sich Nicole um, griff nach hinten, nahm seine Hand und drückte sie fest: „Das ist ok, das ist völlig ok Blood, ein bisschen Angst haben wir alle ... irgendwie."

BloodAngel lächelte angespannt. „Oh Mann, das hätt ich heut früh auch nicht gedacht: Lara Croft hält meine Hand!", sagte er und sie alle mussten lachen.

„Scheiße, ich hab dich vermisst", sagte Sven.

„Ich euch auch ... ich euch auch", antwortete BloodAngel.

Hanna sah sie an und fühlte nur ganz wenig Angst, dafür aber Stolz, Freude, Erwartung und Kraft.

„Wir sind die Kinder der Kirschblüte", sagte Hanna und legte ihre Hand auf die von Nicole und BloodAngel. Auch Sven legte seine Hand darauf. „Wir sind die Kinder der Kirschblüte", wiederholte er stolz.

7

Die ersten Wochen, Monate – waren es am Ende Jahre? – waren ein Ozean aus Dunkelheit, Schmerz und Wahnsinn gewesen. Sarah hatte keine Ahnung gehabt, sie konnte nicht klar denken, nicht begreifen was los war. War es dieses Ding, das Amulett ihrer Mutter, das an ihr klebte, sich in sie gebohrt, gefressen hatte, das sie nicht mehr loswurde? Das sie nicht herausreißen, nicht herausschneiden konnte, so sehr sie es auch versuchte. Oder waren es ihre Taten, die Bilder der Feuernacht, der brennenden Menschen in Paris, die sie immer wieder heimsuchten, die Schreie der Menschen, die erdrückenden Schuldgefühle? Oder war es der Schmerz über den Tod von Sandrine, den Tod ihrer einzigen Hoffnung, ihres einzigen Lichts in dieser Welt? Sarah wusste es nicht, sie konnte es nicht sortieren, nicht klarkriegen. Es rauschte und brannte alles in ihr. Sie lebte, vegetierte verlassen, allein im Wald, im Wahnsinn, im Schmerz.

Sarah versucht sich zu töten, mehrmals. Wenn sie es wieder nicht mehr aushalten konnte, die Bilder, den Wahnsinn, das Rauschen im Kopf, wenn es in ihr explodierte, immer wieder. Sie aß fast nichts, stürzte sich von Felsklippen, von hohen Bäumen, rammte sich einmal in panischer Verzweiflung einen spitzen Stamm in den Bauch – aber sie starb nicht. Sie heilte immer wieder, wurde gesund, kraftvoll.

Es dauerte Ewigkeiten, bis der Wahnsinn nachließ, der Schmerz sich zurückzog, sich irgendwo ganz tief in ihrem Inneren versteckte. Bis das Licht, die Sonne langsam wieder von ihr wahrgenommen wurden, das Zwitschern der Vögel, der Duft des Waldes, die Tiere um sie herum. Die frische klare Luft, das Leben, der Klang, der Rhythmus ihres kräftigen, unbezwingbar schlagenden Herzens.

Was bin ich? Bin ich ein Mensch? Bin ich ein Monster? Bin ich Tod und ist das hier meine Strafe? Sie spürte die Kraft des Artefaktes, die sie leben ließ, sie heilte, schneller, stärker machte, als sie es je bei einem Menschen gesehen hatte. Von so etwas hatte ihre Mutter nie erzählt. Was war mit ihr geschehen?

Eine kleine eingefallene, stark verwitterte Ruine im Wald wurde ihr Zuhause. Mit ihren übermenschlichen Kräften, ihrer Beherrschung des Feuers, schaffte Sarah daraus ein kleines Nest, eine Zuflucht, eine Wohnung für sich. Sie lebte als Eremit, fernab jeglicher Menschen, allein im Wald, spielte dort mit ihren Kräften, trainierte sie, lief mit den Tieren des Waldes um die Wette, sprang von Baum zu Baum, zu den Felsen, im Salto zurück auf den Boden, überschlug sich und ließ dabei Flammenspeere aus ihren Armen schießen. Sie stapelte zentnerschwere Steine zu Türmen, zu Pyramiden, sie schlich sich in die Gefühle der Tiere, begann sie zu manipulieren, zu zähmen.

Das Artefakt hatte ihre Feuergabe unglaublich verstärkt, potenziert, sie konnte riesige Feuerwände erschaffen, gleißende, meterhohe Gemälde aus puren Flammen. Aber sie machte es nicht zu oft, sie wollte die Tiere nicht erschrecken, verstören. Nur einmal im Jahr, im Sommer bei Vollmond, wenn sie dachte, dass es vielleicht Sandrines Geburtstag wäre, da ließ sie meterhoch das Gesicht von Sandrine aus glühenden rotgelben Flammen über dem Wald leuchten.

Sarah spürte, wie das Artefakt ihr zudem unermessliche Lebensenergie schenkte. Im kleinen Bach konnte sie immer wieder bewundern, wie schnell ihr Wunden heilten – und das sie anscheinend nicht alterte. Zumindest nicht besonders. Es waren schon ein paar Winter und Sommer vergangen, seit sie hier allein im Wald lebte, doch das Gesicht, dass sie im Wasser sah, war das gleiche, das sie morgens in Paris im Spiegel beim Waschen gesehen hatte. Die Zeit flog, Sarah war entrückt, außerhalb der Zeit, außerhalb der Menschenwelt.

Über Jahre sah sie keinen anderen Menschen, suchte auch keinen Kontakt. Zum einen, weil sie sich selbst für ein Monster hielt, immer noch zerfressen von den Schuldgefühlen und eingebrannt in ihr Gedächtnis die Worte, die Bitte ihrer Mutter, die Gabe, ja sich selbst zu verstecken, zu verleugnen. Zum anderen, weil sie die meisten Menschen für Monster hielt, für widerwärtigen Abschaum. Was hatten die Menschen schon geschaffen, schon gemacht in ihrem Leben. Nur Zwang, Leid,

Qual und Mord. Die Gesellschaft, die Menschen konnten ihr gestohlen bleiben.

Und doch, hin und wieder dachte Sarah an ihren Vater, ihren Bruder, an die wundervollen Momente versunken in ihren Büchern, an die Umarmung ihrer Mutter – und vor allem an Sandrine. Und dann wurde ihr Herz so schwer, eine Traurigkeit, eine Einsamkeit lähmte und fesselte sie, ließ sie zittern und bittere, salzige Tränen weinen.

Dann, eines Nachts, kam der Donner – und hörte nicht mehr auf. Die Nacht wurde von Lichtblitzen erleuchtet, fern aus dem Nordosten. Es donnerte und grollte in einem fort, es war aber kein Gewitter, nein, Sarah war einmal bei einer Militärparade gewesen, wo zu Ehren des Kaisers Kanonen abgefeuert wurden waren und sie war sich sofort sicher, sie wusste es: Das waren Menschen, das waren Kanonen, das war Krieg. Eine große Schlacht. Zuerst wollte Sarah es ignorieren, weiter in ihrer selbstgewählten Verbannung leben, mit ihren Tieren, ihrem kleinen Zuhause, bei dem kleinen Altar, den sie für Sandrine erschaffen hatte. Doch der Donner ließ nicht nach. Tage-, wochenlang hörte sie die Explosionen, mal näher, mal weiter entfernt. Und eines Nachts zog sie einfach los, in Richtung der Blitze.

Dichter Gefechtsnebel hing über den zerklüfteten, zerfurchten Feldern, zerfetzter Stacheldraht, zerborstene Befestigungen, zerfetzte Menschen überall. In ihrem weiten, abgetragenen schwarzen Gewand glitt Sarah über das Schlachtfeld wie ein Todesengel. Sie hörte die Schreie, die Verzweiflung, das Wimmern.

„Das sind alles Menschen ... so sind Menschen ... alles sterbende, qualvoll verendende Menschen ... und ich, ich bin auch ein Mensch", dachte Sarah.

Entrückt, fassungslos drehte sie sich im Kreis, sah die Vernichtung, die absolute Zerstörung, die Verneinung allen Lebens. Es schien ihr eine dankbare, die einzig mögliche Geste zu sein, das alles zu verbrennen, die in Stacheldraht Hängenden, die Dahinsiechenden, die Leidenden, die Verstümmelten auf den Feldern, in den Gräben, sie alle in Asche zu verwandeln. Und aus Sarahs Armen ergossen sich Flammen über das Schlachtfeld, fluteten die Gräben, erlösten die Sterbenden.

Der Wahnsinn in ihrem Kopf war verschwunden, aber der Wahnsinn in der Welt würde immer blieben. Das wusste sie jetzt. Es dauerte viele, viele Jahre, bis Sarah wieder den Kontakt zu anderen Menschen suchte.

Natürlich war es nicht so einfach, das selbstbestimmte, selbstorganisierte Leben nach eigenen Regeln. Klar, ihre Vergangenheit, ihre Narben, ihre Schmerzen, die Idee der Kinder der Kirschblüte schweißte sie zusammen. Irgendwie. All die Nächte, die sie zusammen im Forum verbracht hatten, alles was sie geteilt hatten, bildete eine solide Basis. Doch es war etwas ganz anderes, ob man die Nächte durch chattete, sich beistand, hunderte von Kilometern entfernt vorm Computer, oder ob man zusammen in einem Haus lebte. Auch wenn es eine abgefahrene Villa war, in der man mehr oder minder machen konnte, was man wollte.

Aber sie waren alle nicht doof und sie waren es gewohnt sich selbst zu analysieren, zu reflektieren, auf unterschiedlichen Niveaus versteht sich. Jeder nach seinen Möglichkeiten, wie Nicole immer sagte. Oft genug erinnerten sie sich selbst entschuldigend, Verständnis einfordernd daran, wer sie waren, woher sie kamen. Sie waren nicht die geselligsten, umgänglichsten, unproblematischsten Jugendlichen, die es gab und das hier war keine Klassenfahrt, auf die sie sehnsüchtig gewartet hatten. Sie hatten alle ihre persönliche Hölle hinter sich, noch bei sich, in sich und sie waren es nicht gewohnt sich jenseits des Internets zu öffnen, zu vertrauen. Sie mussten alle lernen, miteinander, voneinander. Es war oft schwer, ab und zu eskalierte es, aber es gab immer wieder jemanden, der vermittelte, der es einfing. Zunächst.

BloodAngel hatte sich neben dem Kaminzimmer und Anastasias Büro einen Computerraum eingerichtet. Er hatte gar nicht mehr bei seiner Mutter im Keller gewohnt, sondern in einem Studentenwohnheim in Marburg. Seine Sachen waren schnell abgeholt und nun baute er die Kommunikationsinfrastruktur für die Villa auf, abhörsicher. Dafür fuhren er und Andrej auch mehrmals nach Berlin, kauften Computer, Router, Handys, einen Server, den sie aber nicht in der Villa, sondern bei einem Bekannten von BloodAngel in einem Vorort von Leipzig aufstellten.

In Leipzig und Berlin hatte BloodAngel auch zwei Postfächer, für Bestellungen. Die anderen waren sprachlos, er schien sein Leben lang nur auf diese Gelegenheit gewartet zu haben. Und nicht nur das, rein aus Spaß verbaute er in seinen Computerraum noch diverse Leitungen, Rohre, Lichter, Leuchtröhren, die alle keinen Sinn erfüllten, das Ganze aber wie aus einem derben Sci-Fi-Trash-Film aussehen ließen.

Nicole war glücklich endlich wieder Internet zu haben. Sie hatte eine ewig lange Liste mit Büchern, Filmen, Serien und Hörbüchern erstellt, welche sie nun stundenlang abarbeitete, unterbrochen nur vom gemeinsamen Sport und Training mit Hanna und Andrej und den gelegentlichen abendlichen Zusammenkünften im Kaminzimmer. Es war leichter, seit sie wieder Internet hatten, sie konnten wieder miteinander chatten, mailen, das war für sie viel einfacher als zu reden. BloodAngel hatte ein paar simple Sicherheitsregeln aufgestellt, die sie alle zu beachten hatten, um online nicht entdeckt zu werden und zudem hatte er diverse Verschlüsselungstechniken installiert. Nur ins alte Forum trauten sie sich noch nicht, sie waren sicher, dass es derbe überwacht wurde. Selbst BloodAngel surfte da erstmal nicht hin. Er meinte zwar, dass es sicher wäre, dass sie keiner zurückverfolgen könnte, so wie er es eingerichtet hatte, aber trotzdem, es war komisch, er traute sich auch nicht.

Hanna war so sehr in ihr Training vertieft, dass Nicole meinte, man könnte fast schon behaupten, dass Hanna anfangen würde Sport zu mögen. Nee, soweit würde Hanna nie gehen, aber es war einfach zu geil. Es war anstrengend, derbe anstrengend, doch sie spürte jeden Tag, wie sie besser wurde, schneller, kräftiger, kontrollierter. Andrejs Training fokussierte sich sehr auf die telekinetischen Kräfte, auf den Kampf, weniger auf das Telepathische, das Gedankenlesen, erspüren. Das musste Hanna sich mehr oder minder allein erschließen. Andrej forderte sie mit Konditionstraining, begeisterte sie mit Artefakttraining. BloodAngel, der ab und zu bei Sonnenschein mit Laptop auf der Terrasse saß und zusah, meinte nur: „Scheiße, das ist ja echt wie Star Wars."

Hanna lernte, schnell zu sein, schnell zu laufen, zu kämpfen, viel schneller als normale Menschen. Sie lernte mit

Gedanken Gegenstände zu bewegen, fliegen zu lassen, sich selbst mit ihrer Kraft kurze Strecken fliegen zu lassen, Mauern emporzulaufen. Messer zu werfen und dann mit den Gedanken zu steuern, mit einer Pistole zu schießen. Natürlich war ihr Andrej meilenweit überlegen in allem, aber er war ein guter Lehrer, er ließ sie ihre Erfolge haben. Und sie war eine gute Schülerin, sie begann die Kräfte zu meistern, zu entwickeln. Noch nie im Leben hatte sie etwas derart begeistern, fesseln, motivieren können.

Hannas Problem war ein ganz anderes. Es war Sven. Was war los mit ihnen, wo ging es hin? Seit sie wieder Internet hatten, saßen sie oft zusammen im selben Raum und chatteten, das war gut, das war wenigstens schon etwas. Aber das hier, das mit ihnen beiden, das war so komisch, meilenweit von dem entfernt, was sie gehofft hatte, was sie empfunden hatte, was er für sie gewesen war, damals, vor gefühlten hundert Jahren, in ihrem alten Leben. Damals, als er virtuell immer bei ihr war, für sie da war, jede Nacht. Sie hatte noch nie einen Freund gehabt, er nie eine Freundin, vielleicht ging das gar nicht so mit ihnen beiden. Vielleicht waren sie zu lange allein, zu verkorkst, zu sehr mit sich selbst beschäftigt? Oder doch ganz anders: Vielleicht brauchte das alles einfach nur noch viel mehr Zeit? Was auch immer, es war irgendwie … irgendwie waren sie … Hanna suchte nach einem Wort und alles was sie fand war: entzaubert. Ja, irgendwie war alles zwischen ihnen entzaubert, seitdem es nicht mehr „nur" virtuell war. Und was war eigentlich verdammt noch mal mit Sex?

„Warum sucht er keine Nähe und Körperlichkeit, also nicht, dass ich das jetzt aktiv selbst vorantreibe und suche, also ich weiß nicht genau, aber … warum macht er das nicht? Also ich hätte schon Lust irgendwie, mal da so … also, weißt du?", sagte Hanna zu Nicole an einem späten Abend, als sie beide in Nicoles Zimmer saßen, Musik hörten, redeten.

„Ach was weiß ich, willst du meine ehrliche Meinung?" Hanna spürte, dass Nicole angepisst, genervt, auf Krawall war, aber sie wollte hören was sie zu sagen hatte. „Dem reicht es doch vollkommen, dass er sich jeden Abend zu irgendwelchen Internetpornos einen wichst und mehr braucht der nicht, mehr traut der sich nicht, sei froh!"

Hanna schwieg gekränkt. Als Nicole Hannas Reaktion sah, ruderte sie zurück: „Sorry, sorry, oh Mann, ja, ich … ich kann's halt echt nicht verstehen. Es war so scheiße bei mir, du weißt das. Also ich hab so absolut keinen Bock mehr auf irgendwelchen Scheiß in der Richtung, damit bin ich durch, fürs Leben, echt jetzt. Ich werd mich auch nie wieder verlieben. Das weiß ich, das Thema Sex ist so was von durch bei mir. Und es geht mir gut damit, ich vermisse nix! Ehrlich!"

Hanna biss sich auf die Lippe, fühlte sich unwohl. Nicole seufzte. „Ach sorry … ja, und Sven nervt und BloodAngel auch gerad, irgendwie. Also warum kriegen die das nicht hin mal aufzuräumen, abzuwaschen. Ich mein wie ignorant muss man sein, immer wieder leere Milchpackungen einfach zurück in den Kühlschrank zu stellen. Was soll der fuck? Das macht mich wahnsinnig. Nie kommt einer mit einkaufen!"

Hanna schwieg, dachte nach, dachte an Sven und sagte: „Ich wünschte ich hätte nur dein leeres Milchpackungsproblem ..."

„Du meinst ich jammer auf hohem Niveau? Du doch aber auch, Wonderwoman", antwortete Nicole gespielt schnippisch.

Hanna musste lächeln, ganz leicht, sie sagte: „Ach komm, es ist schon komisch. Oder meinst du, ich mach mir das alles schon wieder nur in meinem Kopf kaputt? Ich mein, ich weiß auch nicht. Es macht mich wahnsinnig irgendwie. Ich will das alles hier. Die Villa, euch alle hier, meine Kräfte, die Freundschaft mit dir und dann will ich auch Sven, aber ich will ihn so erleben, so spüren, so wie es bei mir war, als wir damals nur gechattet hatten. Also wie ich es mir dann immer vorgestellt hatte, in meinem Kopf. Ich will den alten Sven, das alte Svengefühl.

Ich weiß nicht, vielleicht sind wir so lange allein, so kaputt, ich glaube fast, der Schmerz ist unsere einzige Liebe. Es geht gar nicht anders, mehr können wir gar nicht echt lieben, außer den Schmerz, das Kaputte, die Selbstzerstörung ... Weil weißt du, früher, so kaputt und scheiße alles war, so kaputt und scheiße ich war, irgendwie war ich da online, also wenn wir gechattet, gepostet haben, da wie ich viel mehr in seinen Gedanken drin, ihm viel näher als jetzt hier. Viel, viel mehr. Warum ist das mit ihm auf einmal so kompliziert hier. Ich will dieses alte warme, geborgene Gefühl wieder. Ist das zu viel verlangt? Liegt es an mir?"

Nicole sah aus dem Fenster in die Dunkelheit, dann wieder auf die brennenden Kerzen auf dem kleinen Couchtisch. „Der alte Sven, den gab es ja gar nicht wirklich, den gab es nur in deinem Kopf, das sagst du ja selbst. Also, du kriegst ja auch so im realen Leben nie den ganzen Menschen mit, aber schon mehr, und es ist härter zu schauspielern, anderen etwas vorzumachen, klar ... Aber also, was ich sagen wollte, online inszeniert sich jeder so derbe wie es gerad passt, da kannst du so viel verstecken und wegdrücken, das ist wie mit den Eisbergen, da siehst du ja oben auch nur ein Siebtel des Eisbergs und alles unter Wasser siehst du nicht und online ist das halt mit den Freundschaften genauso, höchstens, höchstens ein Siebtel des Menschen kriegst du mit und den Rest dichtet dein Kopf dazu, so wie du es brauchst. Also so erklär ich mir das immer.

Was du jetzt hier hast, das ist der richtige, der ganze Sven ... und der ist anders. Vor allem viel, viel komplexer, komplizierter und ich weiß auch nicht ... Na ja, anders halt. Sven war online immer wichtig und richtig für dich und du hast selbst gesagt, du hast viel in ihn reinprojiziert. Hier ist der richtige, echte Sven mit all seinen Problemen, seinen Marotten, seinen Schattenseiten. Und vor ihm steht die ganze Hanna mit all ihren Problemen, Marotten,

Schattenseiten und Zwängen. Und es ist verdammt viel schwerer für dich da zusätzlich was anderes reinzuprojizieren.

Du bist hier viel verwundbarer jetzt ... er auch ... aber nur so könnt ihr heil werden ... irgendwann vielleicht ... irgendwie ... glaub ich."

Sie schwiegen einen Moment, dann sagte Nicole weiter, mit trockener, bitterer Stimme: „Aber am Ende ist es ja so: Das passiert nicht nur dir, nicht nur euch, das passiert nicht nur online. Und es ist ja auch scheiße gefährlich. Es ist scheiße gefährlich zu lieben, sich zu öffnen, zu vertrauen."

Nicole schwieg einen Moment. „Das am wenigsten Schmerzhafte, was mir mein Exfreund gegeben hat, war eine gebrochene Nase ... ich lasse nie wieder, nie wieder wen an mich ran Hanna, nie wieder. Und du, bitte pass du ganz gut auf dich auf. Irgendwie traue ich Sven nicht ganz. Der hat eine äußerst spooky Seite an sich."

Hanna zögerte, legte den Arm um Nicole, bevor sie sagte: „Ja, ja, du hast glaub ich recht, in vielem hast du recht. Aber ich will das so sehr, ich wollte das so sehr, es hatte sich so richtig, so geborgen angefühlt mit ihm. Und für ihn etwas ganz, ganz Besonderes zu sein. Verstehst du das? Er war der Erste, für den ich besonders war ... bin ... Ich hoffe, noch bin. Und was meinst du eigentlich mit spooky?"

„Na ja, spooky halt, ich mein wir alle haben einen Hau weg, Sven aber auch derbe. Ich mein zum Beispiel die Sache mit der

Handgranate? Weißt du, ich glaub Sven spielt oft nur Theater, nur für sich. Aber halt derbe gefährliches Theater. Er will im Mittelpunkt stehen, denkt nur an sich, will sich inszenieren. Sein Gedankengefängnis kreist nur um sich selbst. Vielleicht war er wirklich zu lange allein, vielleicht hat er aber auch eine narzisstische Störung, ich weiß es nicht. Ich habe das Gefühl, für Sven sind andere Menschen nur Accessoires, Statisten in seinem Theaterstück: Wir, die Kinder der Kirschblüte, ja am Ende auch du.

Es kreist bei ihm alles nur um ihn selbst, verstehst du, er braucht dich, uns, nur um sich selbst zu inszenieren als Accessoires halt. Für seine Reden, seine Gedanken, seine Träume, sein Theaterstück. Online geht so was noch viel leichter. Vielleicht kann er gar nicht lieben, andere Menschen wirklich wahrnehmen. Sorry, wenn das jetzt zu derbe ist", sagte Nicole etwas vorsichtiger werdend, als sie Hannas Blick sah.

Hanna sah sehr traurig aus, getroffen, verletzt. „Lieber bin ich für jemanden nur ein Accessoire als immer nur nichts für niemanden."

„Das ist doch Quatsch. Du bist so viel mehr für mich", sagte Nicole und nahm ihre Hand.

Hanna sprach weiter: „Vielleicht mach ich es ja auch wie Sven? Vielleicht wir alle? Vielleicht benutze ich ihn genauso? Benutze ihn nur als Projektionsfläche, will ihn nur zur

Inszenierung meiner Vorstellung von Beziehung und Liebe benutzen? Alles aus meiner Eigensucht."

„Nein, das glaub ich nicht", sagte Nicole, „du sehnst dich nur nach Liebe, Geborgenheit, Verständnis. Nach Zugehörigkeit, wie wir alle am Ende."

Hanna drückte Nicoles Hand: „Ich bin froh, dass es bei uns so gut geklappt hat, weißt du, also dass wir im Real Life so super, eigentlich ja noch viel besser zusammenpassen, klarkommen, als nur online ... das macht mich sehr glücklich gerad." Nicole lächelte. „Es ist nur mit Sven, weißt du, ich will meinen Traum von Sven nicht aufgeben. Ich will nicht, ich kann nicht, ich weiß nicht, warum das alles so schwer ist."

„Wahrscheinlich, weil es genau das ist: Nur ein Traum", sagte Nicole traurig. Sie schwiegen länger, bis Nicole plötzlich fragte: „Was ist eigentlich mit Andrej?"

„Was?" Hanna schluckte überrascht, verständnislos.

„Nur mal so. Also, beim Training, da kommt ihr euch ja auch schon recht nahe, oder?" Nicole zwinkerte hinterhältig.

Hanna wurde knallrot, spürte die Hitze in ihrem Gesicht. „Was? WAAASSSS? Niemals, der ... ich ... also ... du bist doch krank!", entfuhr es Hanna. Und es wurde spät, sehr, sehr spät diese Nacht. Mal wieder.

9

Der Jetlag drückte ihn in seinen Bürostuhl, seine Arme waren schwer, seine Beine wie Gummi. „Tja, was hatte das nun gebracht?", fragte sich Mark Trensing.

Für zwei Tage war er in den USA gewesen, hatte sich mit Chester Coldway getroffen. Am Ende kam es ihm jetzt so vor, als hätte er sieben Folgen AkteX am Stück gesehen, wäre dann eingeschlafen und gerade hier in seinem Büro wieder aufgewacht.

Zuerst wollte Coldway ganz viel über den aktuellen Fall in Deutschland wissen, da gab es aber nicht viel zu erzählen. Und ob es so was schon mal gegeben hatte, früher oder so? Da hatte Trensing insgesamt nichts vorzuweisen, nur das Foto von der Bildzeitung, welches Chester Coldway allerdings sehr begeistert, geradezu elektrisiert hatte. Er hatte Mark dann, nachdem er anscheinend Vertrauen gefasst hatte, durch unzählige Gänge, Türen, Sicherheitsschleusen in einen fensterlosen Raum gebracht, der von gespenstisch blauem Neonlicht beleuchtet wurde.

An der einen Wand hing eine Karte der USA mit zehn, vielleicht fünfzehn roten Pinnadeln, die anderen Wände waren schwarz, leer. Trensing hatte geschnaubt, als er die Karte mit den Pinnadeln sah. „Genau wie bei uns und dann wird uns immer vorgehalten, die CIA ist uns 50 digitale Lichtjahre voraus."

„Es gibt Dinge, die wir wissen und es gibt Dinge, die wir glauben", hatte Chester Coldway seinen Monolog begonnen und er hatte ihn in einem Akzent gesprochen, vielleicht Südstaaten hatte Trensing gedacht, der gerade noch verständlich gewesen war.

„Wir wissen, dass es diese Vorfälle gibt." Und dabei hatte Coldway auf einzelne Pinnadeln auf der Karte gedrückt und jedes mal, wenn er auf eine Pinnnadel gedrückt hatte, waren auf der Wand rechts daneben, welche nichts anderes als ein riesengroßer Bildschirm gewesen war, wie Trensing jetzt mit offenen Mund erstaunt realisiert hatte, Bilder, Online-Berichte, Zeitungsausschnitte, abspielbare Videos zu dem jeweiligen Vorfall erschienen.

„Bei diesen Vorfällen handelt es sich um Morde, Verwüstungen, Entführungen, selten Raubüberfälle. Allen Vorfällen gemeinsam ist, dass erstens die Augenzeugen von Menschen mit übersinnlichen Kräften berichteten. Menschen, die wie Superhelden oder Mutanten aus Comics viel stärker und schneller waren als normale Menschen oder gar fliegen konnten oder Vergleichbares. Zweitens wird in diesem Zusammenhang von merkwürdigen Gegenständen berichtet, die diese Menschen tragen: Armschienen, Beinschienen, Metallstücke über der Hand, am Kopf und so weiter."

Auf dem riesengroßen Monitor hatten sich verschwommene, verwackelte Bilder von Menschen, Armen, Beinen, die Body-Modification-Teile trugen, umhatten, gehäuft, ganz ähnlich – und ja, die Ähnlichkeit war wirklich frappierend – wie der Armreif von der Hanna.

„Das wissen wir. Und wir wissen, dass es diese Vorfälle und diese Menschen wirklich gibt. Was wir nicht wissen derzeit, ist wie stark, schnell und übermenschlich diese Kräfte wirklich sind und was es mit den Teilen, den Geräten – wir nennen sie Waffen – auf sich hat. Aber wir glauben dazu so einiges, und haben auch einiges zusammengetragen, welches diesen Glauben immer stärker zu Wissen werden lässt." Coldway hatte fröhlich gelächelt, während er munter weiter Pinnadeln gedrückt hatte und einzelne Bilder größer werden ließ, kurze Videos abspielte.

„Was wir übrigens bisher nicht wussten, ist, dass es so etwas auch in Deutschland gibt. Wir hatten uns damit auch gar nicht befasst. Es scheint aber komplett logisch zu sein, denn, zurück zum Glauben und Wissen: Erstens glauben wir, dass diese Dinger, diese Waffen dafür sorgen, dass die Menschen, die sie tragen, entweder – unwahrscheinlich – den Menschen um sie herum, den Zuschauern die Illusion vorgaukeln können, dass sie Superkräfte hätten oder aber – wahrscheinlicher und glaubhafter –, dass diese Waffen wirklich dafür sorgen, dass die Träger stärker und schneller sind als normale Menschen." Coldway hatte eine kurze Pause gemacht und Trensing sich sammeln, ihm folgen gelassen.

„Wer sind nun aber die Menschen, die diese Waffen tragen, und wo zum Teufel kommen diese Waffen her? Nun, hier sind wir weiterhin im Bereich des Glaubens und nicht im Bereich des Wissens, denn bisher haben wir weder jemals so einen Menschen verhaften noch haben wir so einer Waffe habhaft werden können. Auch geben uns die Vorfälle, die wir bisher als valide registriert haben, weder irgendein Muster noch irgendeinen Hintergrund preis, der uns verstehen ließe, warum diese Waffenträger was und wann tun. Man muss dazu sagen, dass die validen Vorfälle, bisher mögen es gut über ein Duzend sein, in den letzten 20 Jahren, in keinster Weise größeres nationales Sicherheitsbedenken ausgelöst haben und somit unsere Ressourcen auch verschwindend gering sind."

Coldway räusperte sich. „Wir haben einige Indizien, einige Hinweise, die uns glauben, aber noch nicht letztendlich wissen lassen, dass dahinter eine Gruppe, eine Art Sekte steckt. Im Verborgenen agieren sie aus verschiedenen geheimen Zentren, konspirativen Zelle heraus und machen, was immer sie da vorhaben und machen. Meist geheim und verborgen, manchmal, wenn es eskaliert, wie bei Bandenkriegen vielleicht, dann bekommen wir es mit, dann können wir so einen Vorfall registrieren. Und nun scheint diese Gruppe, diese Sekte wohl auch in Deutschland – wieder? - aktiv zu sein." Chester Coldway hatte Trensing aufmunternd angesehen.

„Wir haben ein paar Hinweise, Indizien, dass diese Sekte gerne junge Menschen anlockt und ihnen etwas von einem tausendjährigen Kult erzählt, sie vielleicht so neue Mitglieder rekrutieren, in ihren Bann ziehen. Tatsächlich glauben wir aber, dass es diese Sekte erst seit ca. sechzig bis achtzig Jahren gibt. Was uns auch gleich zu den Waffen bringt. Was sind das für Waffen? Woher kommen sie? Seit wann gibt es sie? Wer stellt sie her? Wer hat sie erfunden? Wir wissen es nicht, wie gesagt, aber wir glauben. Wir glauben die Hinweise, die wir haben, so richtig zu deuten, dass es sich um Nazi- und/oder russisch-stalinistische Technologie handelt." Tatsächlich war jetzt das erste Mal der Punkt gekommen, an dem Trensing ernsthaft überlegt hatte nach der versteckten Kamera zu suchen, weil das hier eigentlich nur irgend so eine TV-Spaß-Comedy-Verarsche-Show sein konnte.

„Ja, ja, doch, wir haben nicht zu viel Hollywood gesehen. Gucken Sie nicht so. Es gibt Indizien, wie ich sagte, die uns das glauben lassen, dass Forscher, Ingenieure, da Anfang des 20. Jahrhunderts in Russland und/oder in Deutschland wirklich etwas Phänomenales entwickelt haben, was sie dann versteckt haben und was hier nun bei dieser Gruppe, dieser Sekte, diesem Kult noch im Verborgenen zum Einsatz kommt. Vieles spricht dafür. Letztendlich wissen tun wir es aber nicht", sagte Chester Coldway und hatte seinen Monolog beendet, während er noch ein paar Foreneinträge, Internetseiten und Artikel auf dem Monitor präsentiert hatte.

Wieder in seinem Büro in Deutschland wusste Trensing überhaupt nicht, was er mit diesen Informationen jetzt anfangen sollte. Am besten komplett ignorieren, dachte er, erstmal bei den Fakten bleiben, nicht rumspinnen, logisch bleiben. Obwohl, obwohl, der Gedanke das die Kids da in irgendeinem Kult drin hingen, einer Sekte, in so was hineingeraten waren, das fand er verfolgenswert. Als einen Ansatz von vielen.

Aber an magischen Nazi-Technologie-Mumpitz wollte Trensing, konnte Trensing nicht glauben. Das hielt er für absoluten Blödsinn und Chester Coldway hatte ihm auch keinen einzigen halbwegs validen Beweis oder Hinweis diesbezüglich gezeigt. Na ja, das wird schon. Er würde diesen Fall lösen, er hatte bisher jeden Fall gelöst und es würde ein großer, spektakulärer Fall sein. Das spürte er. Das wird seiner Karriere gut tun, da war sich Trensing sicher. Diese Vorstellung freute ihn. Morgen mit frischem Kopf und neuen Ideen werde ich euch schon kriegen, dachte er zuversichtlich. Müde griff er seine Jacke und verließ das Büro.

Draußen auf der Straße musste er auf einmal an Nadja denken. Nadja, immer wieder Nadja, warum zum Teufel musste er denn jetzt auf einmal wieder an Nadja denken? Nadja war Trensings große Jugendliebe gewesen und sie hatten sich schon seit über 15 Jahren nicht mehr gesehen. Soweit er wusste, soweit er googeln konnte, war sie jetzt Mutter mit zwei Kindern in Peine. Wie schrecklich! Er hatte immer die Großstadt gebraucht, das Abenteuer, den Dienst an der Gesellschaft, der große Kampf für das Gute und Richtige. Nadja war schon immer eine langweilige Dorfpommeranze gewesen.

Aber, sie hatte ihn verlassen. Damals. Schluss gemacht, weil er zu wenig Gefühle gezeigt hatte, angeblich zu wenig an ihr interessiert gewesen war. Ja, weil er, also er jetzt, nicht sie, weil er zu langweilig gewesen war. Was für ein Schwachsinn! Er hatte sie geliebt, geliebt wie nichts anderes auf der Welt! Nur aufgefallen, ja, da hatte sie wohl recht, bewusst geworden war ihm das erst Jahre später.

Jahre später, als er immer noch von ihr träumte, alle zwei, drei Monate von ihr träumte, ihre Nähe spürte, ihr Lachen hörte, ihr Haar roch, auch jetzt noch, über 15 Jahre später.

War es der einzige, der große Fehler seines Lebens gewesen, dass er ihr nie seine wirklichen Gefühle gezeigt hatte? Dass er nie zurückgekehrt war und um sie gekämpft hatte? Trensing sackte in sich zusammen und schlich nach Hause in sein Bett, innerlich hoffend, flehend, heute Nacht nicht wieder von Nadja zu träumen.

10

Es gab auch Tage, an denen es gar nicht gut lief in der Villa. Tage, an denen zu viele alte Wunden aufgebrochen waren, alte Dämonen hervorgekrochen kamen. Hanna versuchte es einmal mit Nicole in Worte zu fassen: „So verdammt leicht reißt alles wieder ein, triggern sich die Gedanken durch ... das ist wie ... das ist wie ... also, so geil das alles hier ist, mit dir hier und den anderen. Es ist trotzdem, als ob da in mir drin, ganz tief drin, ein riesiger schwarzer tiefer See ist, ein riesiges, stilles Meer, ein Ozean voll lähmender Traurigkeit. Und ich kann es wegdrängen, unterdrücken, aber ein Blick, ein Gedanke, ein falsch verstandenes Wort kann ausreichen und ich stürze sofort hinab in das Meer, es zieht mich rein und ich muss so derbe strampeln und kämpfen, nicht wieder unterzugehen. Verstehst du? Und das Wasser, das lähmende pechschwarze schwere Wasser, es klebt an mir. Es nimmt mir die Luft zum Atmen."

„Genau, mein Mädchen, ganz genau verstehe ich das", hatte Nicole geantwortet.

An so einem pechschwarzen Morgen versteckten Nicole und Hanna ihre verquollenen Augen unter den Kapuzen und drückten sich so klein wie möglich beim Aufwärmtraining an die Wand. Sie schienen tonnenschwere, unsichtbare Rucksäcke voll Selbsthass zu tragen und sie wollten nicht, dass Andrej diese sah, was natürlich aussichtslos war und das wussten sie. Hanna hatte keine Kraft, keinen Willen. Sie schaffte es nicht sich zu konzentrieren. Sie versuchte eine Stange ein paar Meter in ihre Hand fliegen zu lassen, aber die Stange wackelte nur, dann hob sie sich ein paar Zentimeter in die Luft, trudelte, rollte über den Boden vor Andrejs Füße. Mutlos ließ Hanna den Arm sinken. In ihr brandete wieder Verzweiflung auf, Gewissheit, dass sie eben doch nur ein geborener, nutzloser Loser war, der nix, aber auch gar nichts hinkriegt. Superkräfte hin oder her.

Andrej stoppte die Stange mit seinem Stiefel. Er schien auf einmal aufgewühlt zu sein, wütend. Er atmet schwer, sah die beiden an, versuchte sie mit nadelnden Blicken zu fixieren. Nicole guckte trotzig zur Seite, Hanna beschämt zu Boden.

„Seht mich an. SEHT MICH AN!", sagte Andrej bestimmt und baute sich vor ihnen auf „Ich kenne Leute wie euch. Ich hatte mal eine sehr gute Freundin, die war genau wie ihr. Unendlich viel Kraft, unendlich viel Energie, ja du auch Nicole. Aber ihr richtet die immer nur gegen euch selbst, gegen euren eigenen Körper. Hört auf damit. HÖRT AUF! Hört endlich auf damit, mit all eurer Energie gegen euch selbst zu kämpfen! Sonst kämpft ihr für Bahlheim, jeden Tag! Kämpft für uns, kämpft für euch."

Er machte eine Pause, sah ihnen direkt tief in die Augen, so dass Hanna auf einmal etwas mulmig wurde. Der Blick war einen kleinen Tick zu lang, einen kleinen Tick zu intensiv.

Fast schon flüsternd fuhr Andrej fort: „Kämpft für mich."
Dann drehte er sich um, lauter sagte er: „Wer nicht bereit ist diese eigentlich simple Entscheidung zu treffen, sollte die Villa verlassen! Verstanden?

Eure Hölle liegt hinter euch, ihr seid jetzt frei! Ihr könnt jetzt für euch kämpfen, nicht mehr gegen euch. Ja klar, scheiße, ich bin nicht doof! Das ist hart. Ich weiß, das geht nicht von heut auf morgen. Aber ehrlich, es ist nicht so hart wie die Scheiße, die hinter euch liegt, die ihr überlebt habt. Ihr seid gut, richtig, wundervoll. So, Punkt! Wir sind zusammen hier, wir halten zusammen und beschützen uns. Befehl: ab sofort – all eure Kraft geht auf den Kampf, den Kampf gegen Bahlheim verstanden?

Wenn ihr euch scheiße fühlt, schlecht fühlt, dann kommt ihr zu mir und wir trainieren – sofort! Verstanden? Keiner muss hier irgendetwas vor irgendwem verstecken ... alles ist verziehen ... ja, seid wütend, ja habt Hass, aber nicht gegen euch, sondern gegen die anderen, gegen unsere Feinde, gegen alle, die euch gedemütigt haben und vor allem gegen die, die euch immer noch schaden wollen, die euch fangen und töten wollen! Seid wütend für alles, was euch angetan wurde, aber nicht auf euch selbst, nehmt diese Wut, diese Wut aufs Leben und richtet sie auf den Kreis, richtet sie auf Bahlheim! Lasst uns zusammen kämpfen ... Jetzt!"

In einer schnellen Drehung hob er mit dem Fuß die Metallstange in die Luft und ließ sie direkt auf Hanna zurasen. Die erwachte aus ihrer Lethargie, nahm in einer Drehung das Monumentum der Stange mit, drehte sich im Kreis und ließ wütend die Stange wieder auf Andrej zurückrasen, der sie gerade noch im letzten Moment zur Seite abblocken konnte. Hanna atmete schwer, erschrocken. Andrej lächelte: „Sehr gut!"

Ein kleines, gebrochenes Lächeln breitete sich auf Hannas Gesicht aus. Natürlich war es nicht leicht sich zu ändern, aus den alten Mustern auszubrechen, egal ob mit oder ohne Superkräfte. Es würde dauern, lange dauern, aber gemeinsam, jeden Tag, würden sie dran arbeiten. Das wichtigste war die Erkenntnis, die Entscheidung, der Wille daran zu arbeiten, sich aufzuraffen, zu kämpfen, nicht gegen sich, sondern für sich. Andrej warf eine Stange zu Nicole, nahm selber auch eine und sagte: „Los ihr beiden, greift mich an!" Ein flammender Blick von Nicole, einmal zur Seite gespuckt und die beiden Mädchen stürmten los. Es wurde ein sehr gutes Training.

Danach, bei heißem Tee, fragte Nicole Andrej: „Welche Freundin war das? Von der du vorhin gesprochen hast?"

Andrej verzog den Mund, sah über den Park. „Das ist lange her. Ich kann … Lass uns nicht von ihr sprechen, ok? Lass uns hier bleiben, im Hier und Jetzt."

Hanna sah auch über den Park, verschwitzte Haare hingen aus ihrer Kapuze. „Und mein Vater … Also das ist jetzt auch nicht hier und jetzt, aber kannst du was zu meinem Vater sagen noch?

Etwas, was ich noch nicht weiß? Damals aus dem Kreis? Anastasia hat mir nie erzählt, wie er genau gestorben ist."

Andrej holte tief Luft: „Hanna … ich weiß es nicht. Ehrlich, ich weiß es wirklich nicht. Ich weiß nur, dass er tot ist. Ich war da auch schon auf der Flucht. Wir hatten noch zusammen deine Mutter befreit und danach habe ich ihn nie wieder gesehen."

„Was?", fragte Hanna aufgeregt, „meine Mutter befreit?"

„Ja, es war ein paar Jahre nachdem dein Vater geflohen war. Anastasia und ich hatten auch endgültig mit dem Kreis, mit Bahlheim gebrochen, da erfuhren wir über Kontakte, dass sie das Versteck von deinem Vater ausfindig gemacht hatten. Wir wollten ihn warnen, trafen uns mit ihm, doch in der Zeit wo wir redeten, waren zwei Jäger vom Kreis schon da und nahmen deine Mutter als Geisel.

Wir haben sofort die Verfolgung aufgenommen und nach drei Tagen konnten wir sie gemeinsam mit deinem Vater befreien und die Jäger töten. Aber glaub mir, das war nicht schön für deine Mutter, sie hatten sie gefoltert. Sie wollten aus ihr etwas über das, was dein Vater Bahlheim gestohlen hatte, herauspressen, aber sie wusste natürlich nichts, überhaupt nichts. Dein Vater sah ein, was für ein Fehler, was für eine Schuld es war, sich mit jemanden außerhalb der Artefaktclans einzulassen, er wollte deine Mutter zu ihrem Schutz verlassen, aber sie war gebrochen – und schwanger.

Er konnte sie nicht verlassen, nur immer wieder neue Verstecke für euch finden. Wir trennten uns, sagten Lebewohl, bis vielleicht in ferner Zukunft der Tag, die Chance unserer Rache kommen möge. Doch irgendwann danach muss dein Vater wieder unvorsichtig geworden sein, irgendetwas muss ihn gelockt haben und er wurde vom Kreis erwischt."

Hanna fühlte einen stechenden Schmerz, als sie an ihre Mutter, an die steinernen Augen ihre Mutter dachte. „Was will Bahlheim von ihm? Von mir? Was hat mein Vater mitgenommen?", fragte Hanna.

„Sagt dir Das Herz der Quelle etwas?", fragte Andrej.

Hannas Herz begann zu rasen, sie versuchte aber ganz cool zubleiben, schluckte und sagte: „Herz der Quelle? Nein, nie gehört, was soll das sein?"

Andrej sah sie nachdenklich an: „Ich weiß es auch nicht, ich weiß es auch nicht."

11

Das Dorf lag am Rande des Waldes. Es hatte sich ergeben über die Zeit, dass es Sarah doch wieder zu den Menschen hinzog. Träume waren Schuld gewesen, Träume von ihrer Mutter, wie sie sang, die Wäsche aufhing, wie sie am Sonntag Brötchen backte. Träume von ihrem Bruder, wie sie ihn hielt, wie er auf ihrem Schoß saß und sie ihm vorgelesen hatte und ja, von ihren Büchern, Träume, wie sie las und in den Worten Geborgenheit fand.

Diese Träume trieben sie in die Nähe des Dorfes, erst vorsichtig beobachtend und dann eines Tages forsch heraustretend aus der Finsternis des Waldes. Sie ging zu einer Bäuerin, die sie schon länger beobachtet hatte, die ihr als herzensgut erschienen war. Sie war alleine auf der Lichtung, sammelte Pilze. Kreidebleich vor Schreck erstarrte die Bäuerin in ihrer Bewegung.

„Keine Angst, ich tue dir nichts", sagte Sarah so freundlich wie nur möglich und sie ließ dabei die Bäuerin auch innerlich fühlen, dass sie nichts zu befürchten hatte, so wie Sarah es oft in den letzten Jahren mit den Tieren geübt hatte.

„Du ... Du bist die Hexe aus dem Wald!", stotterte die Bäuerin.

Sarah musste lächeln. Mittlerweile war ihr Umhang eher ein zerfetzter Lumpen, ihre Stimme klang sicher noch rauer, geflüsterter, gespenstischer als sonst. Eine Hexe? Ja, meinetwegen, bin ich halt eine Hexe, dachte sie.

„Ich bin hier, weil ich deine Freundschaft möchte", sagte Sarah. Die Bäuerin starrte sie nur weiter mit aufgerissenen Augen an.

„Dir wird nichts passieren. Hier", Sarah streckte ihre Hand aus und zeigte ihr einen goldenen Kelch mit Edelsteinen, den sie in einer kleinen versteckten Kiste in ihrer Ruine gefunden hatte, zusammen mit ein paar weiteren Schmuckstücken. Bisher war es absolut belanglos, uninteressant für sie gewesen, aber jetzt war es vielleicht nützlich.

„Ich brauche einen neuen Umhang, ein paar Bücher und ein frisch gebackenes Brot. In einer Woche, zur gleichen Stunde, wieder hier", sagte Sarah, ließ den Becher vor die Bäuerin fallen und verschwand wieder im Wald.

Eine Woche später stand die Bäuerin wieder da. Zusammen mit ihrem Mann legte sie ein neues Gewand für Sarah, zwei Bücher und einen Korb gefüllt mit Obst, Brot, einer Wurst sowie einem Kuchen auf die Wiese. Sarah trat langsam aus dem Dickicht des Waldes hervor. Die Bauern wichen ein paar Schritte zurück. Aus dem Schatten ihre Kapuze sah Sarah die beiden lange an, fühlte in ihre Gedanken. Rein, schüchtern, simpel, ehrfürchtig. Gott, wie simpel und rein, dachte Sarah. Sie überlegte, aber nein,

nein, sie wollte keinen Kontakt, sie wollte nicht reden. Diese Welt der Menschen war nicht ihre.

„Danke", sagte sie, „es kann sein, dass ich mal wieder etwas brauchen werde, dann komme ich wieder zu euch. Aber bis dahin", Sarahs Augen blitzten, zwischen ihren Händen ließ sie einen kleinen Feuerball entstehen, „zu keinem Menschen auch nur ein Sterbenswörtchen über mich. Verstanden?" Stumm, verängstigt nickten die Bauern.

Noch ein-, zweimal versorgte sich Sarah so mit ein paar Dingen, die sie brauchte, die sie vermisste. Sie suchte aber keinen weiteren Kontakt zu den Menschen, zu dem Dorf. Eine verbitterte Traurigkeit, ein schneidender Schmerz befiel sie immer wieder, wenn sie sich dem Dorf näherte, die Menschen sah und wusste, ich bin nicht wie ihr. In eurer Gemeinschaft ist kein Platz für mich, hier werde ich nie zuhause sein.

Doch Sarah spürte, sah Zeichen überall, wie die Menschen in ihr Refugium, in ihre Welt einbrachen, wie sie sich nicht ewig würde vor ihnen verstecken können. Das Dorf, die Bauern waren relativ harmlos, aber andere Menschen kamen. Einmal flogen Flugzeuge über den Wald, tief, sehr tief. Sie flogen nach Westen. Auf ihren Flügeln trugen sie das gleiche Zeichen wie die Männer, die Sarah die Woche zuvor bei den Höhlenfelsen nur eine Stunde Fußmarsch von ihrer Ruine entfernt entdeckt hatte. Das Zeichen war ein schwarzes Kreuz, gedreht und am Ende jeweils noch um einen Strich ergänzt, auf weißem Grund. Die Männer trugen es auf einer roten Armbinde zu ihren Uniformen. Sie redeten Deutsch. Deutsche Soldaten mitten im französischen Wald. Sie waren mit zwei Lastwagen gekommen, um Kisten abzuladen und in die Höhlen zu tragen. Sarah hatte Gier, Rohheit, Gewalt, Angst, Scham, Schadenfreude gespürt. Und, ja, sie hatte eine Kraft, ein weiteres Artefakt wie ihres, getragen vom Anführer der Männer, gespürt.

Und dann, ein paar Tage später, kam die Bäuerin zu Sarahs Versteck gerannt. Hatte sie schon immer gewusst, wo es gelegen war? Die Bäuerin blutete an der Stirn, sie hatte geweint, war außer Atem, die Kleider zerrissen, Blut auch an ihrem Bauch, ihren Beinen. Sie brach zusammen, blieb liegen, spuckte Blut.

Sarah eilte zu ihr, stütze ihren Kopf. „Schnell, bitte schnell. Sie töten alle, sie werden alle töten, du musst helfen!", flüsterte die Bäuerin und schloss danach für immer ihre Augen. Ohne weiter nachzudenken, rannte Sarah los, Richtung des Dorfes, sprang über umgestürzte Bäume, tauchte unter Ästen hindurch, flog fast über den Boden und erreichte ihr Ziel – trotzdem zu spät.

Kurz vor dem Ende des Waldes zuckte Sarah zusammen, erschrocken von dem Peitschen mehrerer Maschinengewehrsalven. Langsamer, bedächtiger spähte sie aus dem Wald hinaus und sah aus einer großen Scheune 10, vielleicht 15 deutsche Soldaten kommen, die gerade ihre Gewehre wieder schulterten. Sarah fühlte den Tod, den massenhaften Tod in der Scheune. Sie fühlte den brutalen Rausch, den Zerstörungswillen der Soldaten. Sie fühlte auch Angst, Scham bei einigen, aber die Lust der Zerstörung, der Blutrausch des Tötens überwog.

Die Soldaten begannen die Häuser des Dorfes in Brand zu stecken. Tränen schossen Sarah in die Augen. Wut, Hass, ja, sie fühlte wieder die gewaltige, unkontrollierbare Hitze des Hasses in sich aufbranden. Sie rannte aus dem Dickicht hervor, auf die vor der Scheune stehenden Soldaten zu. Mit ihren Händen schleuderte Sarah im Laufen Feuerbälle auf die Soldaten. Ein paar standen sofort in Flammen, rannten schreiend und wild fuchtelnd umher, wälzten sich auf dem Boden. Andere starrten vollkommen überrascht, fassungslos auf Sarah, bis sie selbst von einem Feuerball getroffen wurden.

Zwei schalteten schneller, griffen ihre Gewehre, schossen auf die Gestalt, die auf sie zu rannte. Die ersten Schüsse trafen nicht, dann ein Streifschuss, der Sarah kurz taumeln ließ. Sie rannte weiter, noch ein Treffer an der Schulter, egal, schon standen die beiden letzten Soldaten auch in Flammen. Da kamen vier weitere um die Ecke gerannt, bei ihnen der Anführer. Mit weit aufgerissenen Augen sahen sie auf ihre brennenden, umherliegenden, sterbenden Kameraden. Ein Soldat griff an seinen Gürtel, zog eine Handgranate, er wollte sie werfen, aber Sarah hielt seine Gedanken und so seine Hand fest im Griff. Von ihr gezwungen, hielt er die Granate an seine eigene Brust gedrückt. Der Hauptmann sprang gerade noch rechtzeitig hinter die Scheunenwand zurück, die anderen drei zerriss es zusammen.

Langsam ging Sarah um die Scheune herum. Der Hauptmann hatte doch etwas abbekommen, er lag an die Scheunenwand gelehnt, blutete am Kopf und hielt sich schmerzverzerrt seine Seite. Um sie herum brannten Häuser. Sarah konnte keine anderen Soldaten mehr sehen und fühlen. Sie spürte die Angst des Hauptmanns, die Angst vor dem Tod. Er war gläubig. Er wandte den Blick von ihr ab, begann zu murmeln, zu beten.

Er sah auf ihre Füße, wagte nicht sie anzusehen. Murmelte etwas von: „Wir hatten keine Wahl, es waren Befehle. Partisanen, verstehst du?"

Sarah sah ihn an, dieses zitternde, schwer atmende Häufchen Elend. Als sie sprach, war es eine raue, flüsternde, aber durchdringende Stimme: „Du bist ein Mensch und du bist ein Monster, so wie ich. Und Menschen und Monster haben immer eine Wahl. Immer. Die Kinder, die Menschen dieses Dorfes zu töten, es war deine Wahl. Egal was du glaubst, was dich zwingt, welche Zwänge du auch immer als Entschuldigung vorschiebst, es ist am Ende deine freie Wahl. Und du hast frei gewählt und du hast es getan … Und so ist es auch kein Zwang, sondern meine freie Wahl, dich jetzt zu töten."

Mit einer unfassbaren Wucht flog ein Mühlstein quer über den Platz und zerquetschte den Hauptmann.

Sarah schritt durch das brennende Dorf, fassungslos, traurig, aber in ihr zugleich auch eine seltsame Stille, eine eisige Klarheit. Der Wahnsinn ist Teil der Menschen. Er ist einfach ein Teil von ihnen. Der Wahnsinn ist auch ein Teil von mir. Ich kann so nicht leben, in so einer Welt nicht leben, aber ich kann auch nicht sterben. Was für ein unglaublich qualvolles Martyrium wurde mir auferlegt? Was soll ich anfangen mit so einer Welt, mit solchen Menschen, mit so einem Leben? Soll ich sie alle töten, immer wieder? Soll ich zusehen, wie sie töten, immer wieder? Ist die Welt, das Leben nur Tod, Wahnsinn, Verzweiflung und Schmerz?

Es war doch mal anders gewesen. Früher war doch auch mal alles anders gewesen, oder? Sie spürte Sandrines Umarmung, ihre Lippen. Sie spürte Sehnsucht, unbeschreibliche, alles verzehrende Sehnsucht nach Sandrines Umarmung.

Zurück auf dem Weg in den Wald kam Sarah noch einmal an der Scheune vorbei, sah durch das halboffene Tor die toten, zusammengeschossenen Dorfbewohner darin liegen. Und dann dort bei dem Tor: schwankend, weinend, ein kleines Kind! Ja, ein Kind, lebendig! Vielleicht anderthalb, vielleicht zwei Jahre alt. Gott, es erinnerte sie so sehr an ihren kleinen Bruder einst.

Sarah rannte zu dem kleinen Jungen, kniete sich vor ihn, gab ihm in Gedanken alles Vertrauen, alle Güte, alle Liebe die sie nur aufbringen konnte. Der kleine Junge fiel ihr um den Hals, klammerte sich an sie und weinte, erschöpft, kraftlos. Sarah stand auf, hielt ihn fest im Arm. Gemeinsam gingen sie zurück in die dunkle Geborgenheit des Waldes.

12

„Diese Hanna und ihre Freunde … bemerkenswert", dachte Anastasia, als sie in dem kleinen Londoner Club stand und das Konzert von Lillie of the Ashes verfolgte. Zuvor war sie in London gestrandet. Ihre alten Kontakte, die Adressen und Telefonnummern, die sie hatte. Sie alle funktionierten nicht mehr. Der Clan der Artefaktträger in Großbritannien, die Ashcloovs, hatte aus Tradition ein äußerst ambivalentes Verhältnis zum Kreis, hatte immer sein eigenes Ding gemacht. Sie waren mal ein paar Jahrhunderte stumme Beisitzer, ein paar andere Jahrhunderte gar nicht mehr dabei und in Resteuropa präsent gewesen.

Als Hans-Christian von Bahlheim an die Macht im Kreis gelangt war und diesen neu, ganz nach seinem Gusto geordnet hatte, hatten die Ashcloovs begonnen nach und nach alle Kontakte abzubrechen und anscheinend auch so einiges anderes verändert, verschleiert, versteckt, so dass Anastasia sie jetzt nicht sofort finden konnte.

Sie hatte dies ratlos in einem Telefonat mit Andrej besprochen, denn eigentlich war der Plan, die Ashcloovs als Verbündete im anstehenden Kampf gegen Bahlheim zu gewinnen. Andrej hatte dann eine Idee gehabt. Er war fasziniert davon, wie die Kinder der Kirschblüte, allen voran BloodAngel, mit dem Internet arbeiteten, herumwerkelten. Natürlich erzählte er Anastasia nicht, was in der Villa gerade alles los war, nein, das hätte ihr sicher nicht gefallen, das musste sie gerade nicht wissen, würde sie schon früh genug erfahren und vielleicht hatte er bis dahin schon einiges wieder eingefangen, vielleicht hatte sich vieles schon wieder beruhigt. Wie auch immer, er hatte die Idee, BloodAngel doch mal mit seinen Computern nach Hinweisen, nach Kontaktmöglichkeiten der Ashcloovs suchen zu lassen. Und es hatte gar nicht lang gedauert, da war BloodAngel mit einer überraschenden Information fündig geworden.

Noch wussten sie nicht, ob es ein wirklicher Treffer war oder einfach nur ein Zufall, etwas ganz anderes, aber BloodAngel hatte einige Blogbeiträge gefunden, die begeistert über eine neue junge Sängerin „Lillie of the Ashes" berichteten. Bei ihren Konzerten verfielen die Zuhörer in eine melancholische Trance, erlebten viele Fans extrem starke Gefühlsausbrüche. Fast das gesamte Publikum musste zu den recht simplen, aber schönen, traurigen Folksongs der Sängerin weinen, wirklich weinen und man hatte das Gefühl, als ob die junge Lillie eine magische Aura umgab, eine Aura, welche die Zuhörer tief in ihrem Herzen berührte.

Ja, das konnte Anastasia bei diesem Konzert nun bestätigen. Alles konnte sie bestätigen. Es waren recht simple, schlicht aber schön arrangierte Folk-Liebeslieder und alle, fast alle im Publikum weinten, tief berührt. Aber nicht wegen der Songs, nein, sondern weil diese Lillie da vorne, dieses junge Mädchen eine Artefaktträgerin war und sie die Gefühle des Publikums manipulierte. Sie flutete die Zuhörer geradezu mit traurigmelancholischen Gefühlen. Natürlich funktionierte das bei Anastasia nicht, sie konnte sich schützen, aber doch, ja, auch sie war ein wenig berührt von dieser zerbrechlichen, traurigen Stimme und ihrem Weltschmerz.

Nach dem Konzerte passte Anastasia die Sängerin im kleinen Backstagebereich des Clubs ab. „Das war gerade wirklich eine sehr beeindruckende Demonstration deines Talents", sagte Anastasia, während sie die Tür zu dem Raum hinter sich schloss. Das Mädchen erschrak, spürte ganz deutlich Anastasias Kraft, ihr Artefakt. Lillie ließ ihre Gitarre fallen, drückte sich hinter einen Tisch.

„Oh bitte, hab keine Angst, ich tue dir nichts. Ich ... Nun, ich bin eine Freundin." Anastasia wollte gerade einen Schritt auf Lillie zugehen, da wurde die verriegelte Tür lautlos von einer unmenschlichen Kraft aufgehebelt und wie in Zeitlupe aus dem Rahmen gedrückt. Ein Mann und eine Frau betraten den Raum. Sie waren älter, hatten graue Haare, trugen viktorianische Kleidung, der Mann einen Spazierstock mit silbernem Griff, einen Zylinder, einen Frack, die Frau einen langen Mantel mit Pelzkragen, dazu einen Schirm mit Spitze. Sie sahen aus, als wären sie geradewegs aus dem London der Jahrhundertwende um 130 Jahre in die Zukunft teleportiert worden.

„Na das wollen wir doch hoffen, dass du als Freundin kommst, liebe Anastasia", sagte der Mann.

„Allein und in guten Absichten. Und nicht in seinem Auftrag", sagte die Frau.

Anastasia lächelte anerkennend. „Theodore, Emma", nickte sie den beiden freundlich zu, „es freut mich sehr euch nach so langer Zeit wiederzusehen und ja, ich komme mit absolut reinem Herzen, in Freundschaft und vor allem ohne sein Wissen, absolut. Es ist einiges passiert, ich muss mit euch reden."

„Nun", der Mann sah sich im Raum um, sah zum Flur hinaus als er sprach und während die Frau zu dem Mädchen ging und ihr beruhigend die Hand auf die Schulter legte, ihr Haar sanft ordnend strich, „nicht hier. Komm mit uns, wir sprechen an einem anderen Ort."

Der andere Ort war eine große Stadtvilla in einem noblen Vorort von London. Es dauerte fast eine Stunde bei dem dichten Stadtverkehr, bis sie die Villa erreicht hatten. Von hohen Steinmauern umgeben, passte das Haus in Baujahr und Erscheinung perfekt zum Kleidungsstil seiner Eigentümer. Auch im Inneren glich es mehr einem Museum. Teppiche, Schränke, Bilder, Geschirr, Lampen, Möbel, einfach alles schien über 100 Jahre alt zu sein, im feinen viktorianischen Stil gestaltet und für alle Ewigkeit konserviert. Wenn sich Anastasia recht erinnerte, waren Theodore und Emma aber erst Anfang des 20. Jahrhunderts geboren worden, hatten wohl dieses Haus, ihr Elternhaus, für sich erhalten und sich so die goldene Zeit

Englands konserviert. Doch nicht alles war antik, wie Anastasia schnell feststellte.

Überall war modernste Technik eingebaut, versteckt. Bilder wurden zu Fernsehern, zu Monitoren, edle Mahagoni-Tische hatten Touchscreens implementiert, mit Reglern an der Wand ließ sich das ganze Haus digital steuern, ließen Schränke und Wände sich öffnen und verschieben. In einem versteckten Arbeitsraum nahm Theodore hinter seinem großen Schreibtisch Platz, während Anastasia und Emma sich auf zwei bequeme Stühle davor setzten. Es gab, ganz klassisch, Tee und Gurkensandwiches.

„Das war ein wirklich im wahrsten Sinne des Wortes bezauberndes Konzert. Sehr talentiert, die junge Dame", sagte Anastasia.

Theodore schnaubte etwas abwertend, Emma lächelte milde. „Lillie ist meine Tochter. Ihr Artefakt wurde schon recht früh aktiviert und jetzt, jetzt mitten in den Feuern der juvenilen Adoleszenz, manifestiert sich ihr Talent derzeit in diese Bahnen des pubertären Weltschmerzes. Ach, wer will es ihr verdenken, so ist die Jugend, schon immer gewesen." Sie zwinkerte ihrem Bruder Theodore zu.

„Lassen wir das Geplauder, meine Lieben", sagte dieser nüchtern, „wir haben natürlich unsere Informanten, aber liebe Anastasia, sag du uns doch einmal in deinen Worten: Wie ist die Lage auf dem Festland und was führt dich zu uns?"

„Hoffnungsvoll. Die Lage ist vielleicht sogar hoffnungsvoll, deshalb bin ich zu euch gekommen", begann Anastasia.

„Wie ihr sicher wisst, hat von Bahlheim nach und nach den gesamten Kreis zu seinem Spielzeug, seinem Instrument der Macht geformt. Wer ihm nicht blind gehorchen wollte, ist im Exil oder tot. Wir hatten uns das Ganze ja noch eine Weile angeschaut, zusammen mit Simeon. Wir wollten sehen, wissen was von Bahlheim vorhatte, um was es ihm wirklich ging." Anastasia machte eine Pause, sah die beiden kurz eindringlich, schweigend an und fragte dann: „Wie gut kennt ihr beiden die Legende des Mutterartefakts?"

Theodore schürzte die Lippen, Emma antworte: „Wir wissen natürlich so einiges. Unser Clan hat die Geschichte der Artefaktträger, ja die Geschichte der Welt immer interessiert begleitet. Zum Glück waren wir nie solch seinsvergessene, lustbesessene Egoisten oder machthungrige Despoten, die nur Leid und Vernichtung über die Menschen brachten, wie so viele andere Clans vom Kontinent." Emma ließ diesen Satz wirken mit einem leicht abschätzigen Blick und Anastasia war natürlich klar, dass Emma damit auch auf die Geschichte, die historischen Verfehlungen von Anastasias Clan abzielte, welche ihr nur zu gut bewusst waren, welche ja auch einen großen Teil dazu beigetragen hatten, dass Anastasia und Andrej, als letzte Vertreter ihres Clans, Verantwortung übernehmen wollten und letztlich mit dem Kreis gebrochen hatten.

Emma sprach weiter: „Was das Mutterartefakt oder auch die Quelle der Artefakte, wie es manche Überlieferungen nennen, betrifft, so wissen wir vom Refugium der Bahlheims in den Alpen und dass sie dort seit Jahrhunderten etwas verstecken, ein besonderes Artefakt. Aber ist es die Quelle der Artefakte? Wir glauben nicht, sonst hätte man es schon eingesetzt, seine Macht demonstriert, viel früher, oder? Wir wissen auch, dass es wohl direkt aus Paddan-Aram stammt und dass ihr – du Anastasia, Andrej und Simeon – im Auftrag von Bahlheim dort in den 80ern gegraben, gesucht habt. Was habt ihr gefunden?"

Anastasia wusste, sie hatte nichts zu verlieren, wusste es war eine historische Chance jetzt Bahlheim zu stoppen und zu besiegen, wusste dass sie dazu Verbündete wie die Ashcloovs brauchte und wusste, dass es ein Fehler war sie zu belügen. Also sagte sie die Wahrheit, nicht die ganze Wahrheit, nicht alles, nein, aber Teile der Wahrheit, das Wichtigste: „Simeon, Andrej und ich wurden von Bahlheim nach Harran geschickt, das ist richtig. Wir sollten suchen, nach Artefakten, nach Artefaktträgern, nach Spuren. Wir kannten die Gerüchte um das Refugium in den Alpen, wir wussten aber nicht, was es mit Paddan-Aram, mit Harran wirklich auf sich hatte.

Hans-Christian von Bahlheim hatte lange Jahre alte Schriften studiert, die Gesichte des Kreises, der Artefaktträger, seiner eigenen Familie. Er hatte geforscht und gesucht. Alte Legenden sagen, dass die Artefakte, alle Artefaktträger aus dem Königreich

Paddan-Aram im Nahen Osten stammen. Es gibt dort eine Stadt Harran, hier wurden in der Antike vielen Schlachten geschlagen, Römer gegen Perser, Kreuzritter gegen Araber. In der Gegend von Harran sollte sich das Mutterartefakt, die Quelle der Artefakte, befinden. Was auch immer es ist und bedeutet. Genau dieses zu suchen, schickte uns Bahlheim, denn im Refugium der Bahlheims in den Schweizer Alpen, da steht bereits seit Jahrhunderten ein Teil, ein kleiner Teil der Quelle der Artefakte.

Doch, was haben wir gefunden in den Bergen von Harran? Was haben wir gefunden? Vor allem Bahlheims Wahnsinn ... und den Tod." Anastasia stockte, machte eine Pause, sprach dann weiter.

„Es liegt mitten in der Steppe, dort wo das Gebirge beginnt, eine trockene, öde, gottverlassene Gegend, eine Ruine, heute kaum mehr erkennbar, eine alte Siedlung, vielleicht war es mal eine Festung gewesen, vor hunderten von Jahren. Wir waren mit 30 Helfern vor Ort, suchten, gruben monatelang, waren immer wieder mit Einheimischen in Kontakt. Wir mussten unsere Aktionen allerdings verschleiern, tarnen, es gelang uns ganz gut. Wir fanden etwas, oh ja, kein Artefakt im eigentlichen Sinne, so wie wir es kennen, nein, wir fanden etwas Größeres, etwas viel Größeres.

Das Mutterartefakt ist ein Haus! Es ist ein Tempel! Ganz aus Metall, in diesem ähnlich wie die Artefakte, die wir tragen, aber riesig, vielleicht 70 Meter in der Länge, 8 bis 12 Meter in der

Höhe, mit Gängen, Zimmern, Nischen, verwinkelt, gebogen. Nach all den Jahrhunderten, vielleicht Jahrtausenden war er beschädigt, dieser Tempel, dieses Mutterartefakt, zerbrochen, zerborsten in mehrere riesige Teile, lag er tief in der Erde vergraben. Wir haben ihn mit den Arbeitern freigelegt … Dann kam von Bahlheim." Anastasias Stimme stockte wieder.

„Er war zu diesem Zeitpunkt schon zu Teilen wahnsinnig, entrückt, vielleicht war er das ja schon immer gewesen. Aber beim Anblick des Mutterartefakts schien endgültig der Wahnsinn über seinen Verstand zu obsiegen. Er wusste, er weiß genau, was das Mutterartefakt ist und wie man es einsetzen, wie man es nutzen kann, aber das hat er uns nicht verraten. Es muss unendliche Macht ermöglichen, es kann eine Waffe sein, eine Waffe, wie wir es uns gar nicht vorstellen können, eine Waffe alles zu beherrschen, alles zu vernichten, das sagte Bahlheim.

Es kann noch so viel mehr sein. Er hielt uns eine flammende hysterische Rede, was der Fund bedeutete, eine neue Zeit, eine neue Ära, die wahre Herrschaft der Artefaktträger über die Welt, nein mehr über die Welten, die Pforte zum Paradies! Er war elektrisiert, unbeschreiblich euphorisiert!

Ich weiß nicht, was es ist, was es kann, was es macht, wirklich nicht. Aber Bahlheim hat es und er darf es nicht einsetzen. Niemals darf er es nutzen! Vielleicht hat dafür Simeon gesorgt, aber dazu später mehr … erstmal ist wichtig: Bahlheim hat mit uns und den Arbeitern damals sicher die riesigen Teile der Quelle der Artefakte in die Alpen, in sein Refugium in der Schweiz gebracht. Dort gab es bereits weitere Teile der Quelle, welche von Bahlheims Vorfahren vor tausend Jahren schon hierhergeschafft hatten. Und dann, als alles sicher im Refugium verstaut war, dann hat er, hat Bahlheim, einfach alle Arbeiter, alle Menschen die nicht Artefaktträger waren und die an diesem Projekt, an der Ausgrabung und an dem Transport beteiligt waren, die hat er alle umgebracht, einfach ausgelöscht, ohne mit der Wimper zu zucken.

Über 40 Menschen. Qualvoll niedergemetzelt. Menschen sind ihm egal, er betrachtet sie als Tiere, als Würmer, als unwichtigen Müll. Ja, das sehen alle Artefaktträger so, das wissen wir, aber Bahlheim treibt das Ganze auf völlig neue Ebenen. Es war grausam. Es waren grausame Jahre, ein grausamer Rausch, das ganze Projekt." Anastasias Augen sahen in die Ferne, in eine andere Zeit.

„Wir mussten ihn stoppen. Wir hatten es schon lange gewusst, jetzt war es vollkommen klar. Im Kreis konnten wir uns zu der Zeit keine Verbündeten mehr erhoffen, es waren alles Diener, Sklaven, Stiefellecker Bahlheims. Nein, nur Andrej, Simeon und ich konnten etwas ausrichten. Nur was?

Bahlheim war zu mächtig. Immer wieder eignete er sich Artefakte an, verschmolz mit ihnen, wurde noch mächtiger. Aber er bekam das Mutterartefakt nicht zusammen, nicht in Gang, nicht in Betrieb. Wir wussten nicht genau, was er da machte in seinem Refugium, sahen ihn nur in den anderen gesicherten Orten des Kreises. Aber er kam nicht voran, er wurde ausfällig, unberechenbar, jähzornig, fahrig. Mehr denn je. Doch er vertraute uns, noch, waren wir doch die einzigen wachen, kritischen, umsichtigen Köpfe im Kreis. Es fehlte etwas beim Mutterartefakt, ein entscheidender Teil. Er holte uns zur Hilfe in sein Refugium – und Simeon wurde fündig. Doch er handelte richtig. Er sagte, er werde Bahlheim stoppen, koste es was es wolle … und verschwand mit dem, was Bahlheim suchte." Anastasia holte tief Luft.

„Kurz darauf tauchten auch Andrej und ich unter, sagten uns vom Kreis, von Bahlheim los. Einige Jahre später sprach ich noch einmal mit Simeon. Er hatte wirklich gefunden, was Bahlheim suchte, das Herz der Quelle, es aber versteckt vor ihm, sicher versteckt, sagte er. Später hat Bahlheim Simeon gefunden und umgebracht, in eine Falle gelockt und bestialisch abgeschlachtet, ich weiß das aber nur aus Erzählungen. Der komplett irre Bahlheim hat sich auch Simeons Körperartefakt einverleibt, doch das eine Teil des Mutterartefakts, das Simeon gesucht und gefunden hatte, es blieb verschollen … Und nun, und nun ist plötzlich die Tochter von Simeon aufgetaucht. Ja, er hat eine Tochter. Sie ist jetzt bei Andrej und mir. Was soll man sagen." Anastasia musste auflachen.

„Sie weiß von nichts, ich habe sie geprüft, sie hat keine Ahnung. Doch auch ich bin sicher, irgendwo, irgendwie hat Simeon eine Spur zum Herz der Quelle hinterlassen. Und Hans-

Christian von Bahlheim weiß jetzt, dass Simeon eine Tochter hat. Er sucht sie, er will sie haben, weil er hofft, durch sie zum verlorenen Artefakt, zum Herz der Quelle zu gelangen. Gleichzeitig ist er irrer denn je und der Kreis löst sich auf. Keiner weiß, was von Bahlheim denkt und plant. Es ist ein guter Zeitpunkt, um anzugreifen, ein guter Zeitpunkt Bahlheim ein für alle mal zu erledigen. Wenn er Simeons Tochter lebend bekommt, wer weiß, was geschieht? Vielleicht schafft er es dann doch die Quelle der Artefakte nutzbar zu machen, sie einzusetzen, die Welt zu beherrschen, uns alle auszulöschen. Er ist total wahnsinnig, das wisst ihr. Jetzt ist die Zeit reif, alles auf eine Karte zu setzen und Bahlheim ein für alle Mal zu vernichten!"

Theodore nickte nachdenklich, hoch konzentriert, fragte aber: „Ihn vernichten? Wieso denn? Das wird nicht leicht, er ist stark, stark und wahnsinnig. Das ist eine sehr gefährliche Kombination. Und er hat noch seine Hunde aus dem Kreis, die ihm zu Diensten sind. Wir Ashcloovs halten uns da raus. Wir beobachten, aber wir greifen nicht ein in die Geschicke der Welt, in die Intrigen und Kämpfe des Kreises. Wir sagen: Lass doch Europa vor die Hunde gehen, die Deprovkas und Huntegaans, die Bahlheims und auch die Desputchis und Freesens, all die stolzen Clans und all die anderen scheren sich immer einen Dreck um uns, um die Welt. Wieso, sag Anastasia, wieso sollten wir jetzt eingreifen, einen schweren, nahezu aussichtslosen Kampf führen? Für was?"

Anastasia schüttelte ihren Kopf, entgegnete spitz: „Nein, wir müssen kämpfen und ihn töten! Das wisst ihr, sollte er einen Weg finden, das Mutterartefakt einzusetzen, zu nutzen, werden wir alle sterben, auch ihr, es wäre Wahnsinn, das können wir den Menschen, der Welt nicht antun! Denkt an Lillie!"

„Die Ashcloovs haben keine Angst vor Bahlheim oder dem Kreis, wir wollen nur nichts mit ihnen zu tun haben! All diese Legenden über die Quelle der Artefakte, wer sagt denn, dass sie stimmen, diese uralten Märchen? Wer sagt denn, dass es diese Macht gibt?", entgegnete Emma trocken. „Und ist das Ganze nicht vielleicht nur ein Plan? Ein Plan von Bahlheim und dir, uns nach Europa zu locken, uns angreifbar zu machen?"

Röte stieg in Anastasias Gesicht: „So ein Quatsch! Wieso sollte es das sein? Was für ein Hirngespinst! Das ist doch …"

„Was sagt Fontane dazu? Wie steht er hierzu?", ging Theodore dazwischen.

Leicht irritiert, ruhiger antwortete Anastasia: „Fontane war immer eine echter Beisteher. Er war neutral, wie sein Clan es schon immer war, seit sie im Mittelalter als Mediatoren, als neutrale Schlichter zwischen den anderen Clans installiert worden sind. Seine Aufgabe ist oder soll ich besser sagen, war es, im Kreis zwischen den Clans zu vermitteln. Er ist doch schon seit

Jahrzehnten arbeitslos. Wer braucht einen Beisteher, einen Mediator, wenn es einen Diktator, einen Alleinherrscher gibt?

Bahlheims Wort ist das Gesetz. Seit Bahlheim an der Macht ist, stand Fontane daneben und hat schweigend beobachtet, was passiert. Niemand brauchte ihn mehr, außer Bahlheim, der Fontanes Wissen wollte. Sein Wissen über die Geschichte, die Geheimnisse der Clans, der Artefakte. Doch ich hörte zuletzt, und das ist schon einige Jahre her, dass es Streit gab mit Bahlheim. Dieser wollte Dinge wissen, die Fontane nicht preisgeben wollte … oder konnte. Vielleicht ging es um das Versteck Simeons, vielleicht um das Mutterartefakt oder das Herz der Quelle. Keine Ahnung, ich habe lange nichts mehr über Fontane gehört. Vermutlich ist er tot."

Theodore hob interessiert eine Augenbraue: „Nein, tot ist er nicht." Er drückte einen Knopf an seinem Schreibtisch und ein Bücherregal an der Seite des Raums glitt leise, wie von Geisterhand, zur Seite. Herein humpelte Fontane, der Mediator des Kreises von Paddan-Aram.

13

Für Andrej war das Training immer eine reine Überlebensstrategie gewesen. Ein Instrument, sich und die anderen zu stärken, vorzubereiten, mit dem Ziel Rache zu üben, so wie es Anastasia wollte und brauchte. Klar, es machte auch Spaß. Es war cool mit anzusehen, wie seine Schüler nach und nach besser wurden, wie Nicole, auch ohne Artefakt, verbissen kämpfen und schießen lernte. Und wie selbst Sven langsam eine Art Kondition entwickelte und beim Training wenigstens mal zwei Stunden seine Klappe hielt. Und wie Hanna immer besser, begeisterter wurde. Wie aus diesem total verschüchterten, unförmigen, tollpatschigen Mädchen eine überaus talentierte, lachende, von innen leuchtende Artefaktträgerin wurde. Eine Kämpferin. Andrej ertappte sich dabei, wie er sie ansah. Wie er Hanna zu oft und zu lange ansah.

Hanna entwickelte einen unglaublichen, nie gekannten Ehrgeiz. Und je mehr Erfolge sie im Training feierte, je unglaublicher ihre übermenschlichen Kräfte und Kunststücke sich entwickelten, je höher sie sprang, kletterte, flog, je heftiger sie Gegenstände, Möbel, durch den Raum fliegen lassen konnte, je kunstvoller sie Angriffe auch von mehreren Seiten abwehren konnte, desto glücklicher, begeisterter, offener wurde sie. Sie wollte kämpfen, es schaffen, stark sein, für die anderen, für die Sache. Es allen beweisen. Ein wichtiger tragender Teil des Ganzen sein. Und sie wollte immer besser werden für ihren Trainer, für Andrej. Aber wieso? Wieso war er ihr auf einmal so wichtig, wieso musste sie jetzt ständig an ihn denken? Wieso kam es Hanna immer mehr so vor, als trainierte sie eigentlich für ihn? Nur für ihn?

In den letzten Tagen kam es immer wieder abseits des Trainings zu Gesprächen zwischen Hanna und Andrej. Es waren eher zufällige und doch intensive Gespräche. Über Hannas Vater, den Kreis, das Leben an sich. Hanna erzählte viel über sich, über früher und wie sie jetzt immer noch Angst hatte, verwirrt war, aber das erste Mal das Gefühl hatte, wirklich richtig zu Leben. Das erste Mal frei atmen konnte, das erste Mal das Leben als lebenswert spürte.

Sven bekam das Ganze natürlich mit, er merkte, hörte, sah, wie Hanna und Andrej sich annäherten. Er reagierte wie immer auf Probleme, auf Bedrohungen, Enttäuschungen: Er ging dem Ganzen aus dem Weg, zog sich zurück, fraß es in sich hinein. Er überspielte und versteckte seine Verletzung, seinen Selbstzweifel, seine Unsicherheit. Er reagierte schroff, spröde, zynisch, schaffte Distanz zu Hanna und versuchte doch gerade auch vor der Gruppe und vor Andrej, demonstrativ seine enge Verbindung zu ihr zu demonstrieren. Was natürlich alles in allem recht hilflos und gekünstelt rüber kam.

Aber auch Hanna fühlte sich Sven immer noch sehr verbunden, war sich über ihre Gefühle zu Andrej überhaupt nicht klar, wollte sich auch nicht klar werden, vermied es darüber auch nur im Entferntesten nachzudenken und sowieso konnte sich gar nicht vorstellen, dass jemand wie Andrej etwas für sie empfinden konnte. Nein, sie und Sven gehörten doch eigentlich zusammen, auch wenn man das hier jetzt gar nicht als zusammen beschreiben konnte. Das war jetzt irgendwie was ganz Anderes, was Komisches, was Falsches. Oh Gott ja, war es falsch? War sie falsch? Fühlte sie falsch?

Sie hatten die Kinder der Kirschblüte, das waren sie gemeinsam, das war Svens Traum, das war Hannas Traum und dafür wollte sie alles geben, alles unterordnen. Es war keine Zeit für anderes, kein Platz, wirklich nicht.

An einem Morgen, ganz früh, als die Sonne schon aufgegangen war, aber fast alle noch schliefen, kam Nicole auf ihrer Joggingrunde am verfallenen kleinen Seitenhaus der Villa vorbei und sah dort drinnen hinter einem Fenster eine Bewegung, einen Schatten. Sie stoppte und spähte vorsichtig hinein. Drinnen sah sie Sven, er trug ein T-Shirt und so konnte sie sehen, wie sein Arm blutete, er zitternd die Fäuste ballte. An seinem Handgelenk trug er blutverschmiert das Artefakt, das Andrej damals der Frau an der Autobahnraststätte abgenommen hatte. Vorsichtig öffnete

Nicole die Tür zum Seitenhaus und trat ein. Sven war bleich, sah sie an, mit hilflosen, verquollenen Augen.

„Ich … ich konnte nicht schlafen … die ganze Nacht nicht … ich … ich will doch nur dazugehören, auch dazugehören, verstehst du?" Sven sah zur Seite als er sprach. „Nur einmal besonders sein, etwas Großes machen, so richtig … Scheiße, scheiße … warum kann dieses Scheißding denn bei mir nicht funktionieren? Warum?"

Er verzog das Gesicht im Schmerz und schleuderte den Armreif in die Ecke. „Warum kann ich nicht einmal besonders, im Mittelpunkt sein? Von allen bewundert, von allen geliebt?", er sah Nicole fragend, hilflos an.

„Junge, du tust mir leid, echt jetzt", sagte Nicole und versuchte ihre Emotionen zu beherrschen, suchte nach Worten. Sie konnte Sven nie so richtig leiden, er war ihr immer etwas suspekt gewesen, zu arrogant, zu selbstverliebt, aber er tat ihr auch leid, unendlich leid und sie fühlte seinen Schmerz.

„Wir sind nicht wie sie. Wir werden nie wie sie sein … aber hey, das ist ok. Sieh doch, was wir jetzt hier haben, was wir jetzt hier machen können … Das war, das ist doch dein Traum. Und jetzt passiert es, jetzt endlich … und du bist doch ein immens wichtiger Teil davon."

Nicole sah in seine traurigen, einsamen Augen. „Ach Sven, ich weiß, es ist nicht leicht, aber weißt du, es ist nie leicht, für uns alle nicht. Ich weiß nicht, was da mit dir und Hanna gerad läuft und wohin es läuft ... Und ich weiß nicht, wohin hier überhaupt alles irgendwie läuft ... Aber ich weiß, dass du, dass wir alle wichtig sind, dass wir eine Gemeinschaft sind, dass wir alle zusammen gehören ... die beste Gemeinschaft, die wir je hatten ... und dass wir es nur gemeinsam schaffen können, wir alle zusammen, wir alle ... mit dir."

Sven schluckte, sackte auf einen alten Sessel und sprach „Ja, danke. Ich weiß. Ich bin nur ... oft ... ich bin so allein ... so scheißallein ... und ihr seid irgendwie alle näher zusammen ... und teilt mehr ... und mit Hanna ... mit Hanna ... Scheiße, ich weiß nicht, was mit Hanna ist ... ich kann das alles nicht ... ich kann es einfach irgendwie nicht ... Es ist noch so oft, so oft wünschte ich einfach ... ich wär tot."

„Ich doch auch", antwortete Nicole, „wir alle ... Ich mein, du musst doch nichts beweisen, nichts vormachen, nichts sein. Wir alle wissen doch, wo wir herkommen, wer wir sind. Und es ist scheiße schwer für uns alle. Und wir alle kämpfen jeden Tag, mit uns. Scheiße Mann, sieh doch mal, was du alles geschafft hast, bis hierher zu überleben, allein das ist doch schon Wahnsinn. Wir mögen dich, wir brauchen dich. Zusammen ... sind wir die Kinder der Kirschblüte." Nicole war leer, sie merkte, ihr fiel nicht wirklich viel ein, was sie Sven sagen konnte. Aber es schien zu reichen, er beruhigte sich.

„Weißt du, was immer ein Traum von mir war?", fragte Sven. Nicole zuckte mit den Schultern. „Die Glorreichen Sieben. Kennst du den Film? Da am Ende … da haben sie die Schlacht geschlagen, alles gegeben, viele von ihnen sind gestorben, sie sind verwundet, haben soviel durchgemacht … und am Ende haben sie nichts gewonnen. Denn es ging nicht um sie. Sie sagen dann so was wie: Wir konnten nicht gewinnen, Typen wie wir gewinnen nie. Es ging um die Bauern, es ging immer nur um die Bauern, wir haben für sie gewonnen … und dann reiten sie in den Sonnenuntergang … allein … weißt du … und dieses Gefühl … das ist irgendwie mein Gefühl. Das bin ich … ich werde nie gewinnen, nie für mich gewinnen … aber ich will einmal die Schlacht schlagen, einmal ein Held sein … für die Bauern."

Nicole lächelte schräg. „Das wirst du, Chaos, das wirst du. Versprochen." Sie legte ihm tröstend, aufmunternd die Hand auf die Schulter. „Lass uns das hier durchziehen, zusammen. Lass uns gegen die anderen kämpfen, nicht gegen uns. Ok? Dann gewinnen wir … zusammen … für die Bauern."

Sven zwang sich auch zu einem Lächeln. „Es tut mir leid", sagte er, „ich weiß auch nicht, was mit mir los ist. Manchmal, manchmal hab ich so ein irres Kopfkino … geht schon … geht schon wieder jetzt … es … Vergiss es bitte, ja? Erzählst du bitte keinem hiervon, bitte?"

„Versprochen", sagte Nicole und reichte ihm ein Tuch für seinen blutenden Arm.

Als sie gerade aus dem kleinen Seitenhaus treten wollten, sagte Nicole: „Wart mal, eine Sache noch. Ich hab noch eine

Frage, wo wir hier gerad so … Also, sag mal, die Handgranate, damals auf dem Rathausplatz. Was sollte das? Was hattest du vor?"

Sven seufzte, fuhr sich mit der Hand durchs Haar, sah aus dem Fenster, als er antwortete: „Ach Mann, das war auch eine schwere Zeit damals." Er lachte verzweifelt. „Ok, es ist immer schwer. Ich war … Hanna wusste das, ich hatte das gesagt, ich gehe nicht in den Knast, niemals. Und ich hatte Hanna … also wir hatten schon öfters … darüber gesprochen … zusammen … also … du weißt schon", er sah zu Nicole, sah ihren versteinerten Blick und fuhr schnell fort, „ich hätte das aber nie gemacht, ich hätte das Ding nie gezündet. Ehrlich nicht … Ich wollte uns nur schützen, weißt du. Glaub mir, das hätt ich nie gemacht."

Nicole versuchte wieder ihre Emotionen zu kontrollieren und möglichst gefasst zu antworten. „Ich urteile nicht über dich", sagte sie, „niemals. Aber Sven, egal was, dreh nicht durch. Wenn du durchdrehst und in deiner Egoshow Hanna etwas zuleide tust, dann schwöre ich dir … dann werde ich dich", sie suchte nach Worten, fand keine. „Tu Hanna nicht weh, tu ihr einfach nicht weh, egal wie. Verstanden?"

„Ey, das will ich nicht, ich würde ihr nie wehtun. Ehrlich nicht! Was denkst du von mir. Ich … ich liebe Hanna", sagte Sven.

Nicole sah ihn durchdringend an und sagte dann nüchtern: „Ok … Ok, lass uns gehen. Das hier bleibt unter uns."

14

Vielleicht sagte er immer „pain" oder „bien" oder so was, aber Sarah verstand immer nur „Ben" und so nannte sie den kleinen Jungen Ben. Es war nicht komisch, es war nicht gewöhnungsbedürftig, es war von Anfang an irgendwie komplett natürlich, dass Ben bei ihr war, dass sie zusammen in dieser Zuflucht im Wald lebten. Hierher kam niemand, keine Soldaten, keine Bauern, niemand. Trotzdem wollte Sarah sich noch besser schützen und so lauerte sie den anderen deutschen Soldaten auf, die sie in „ihrem Wald" bei der Höhlenschlucht entdeckt hatte, als sie dort im Wochenrhythmus Kisten abluden und in einer der Höhlen verstauten. Nachdem Sarah sie erledigt hatte, hatten sie erst einmal Ruhe.

Ben wuchs, wurde größer und größer. Seine Anwesenheit tat Sarah gut, gab ihr eine Aufgabe, einen Sinn und sie genoss doch tatsächlich auch wieder menschliche Gesellschaft. Verrückt, verrückt, sind das Muttergefühle, dachte sie? Oder erinnert er mich nur an meinen eigenen Bruder, an meine Familie?

Sarah wusste nicht, wie man jagt, aber sie konnte die Tier locken, manipulieren und so fangen. Sie konnte rudimentär kochen, etwas zubereiten. Durch ihr Artefakt hatte sie Essen bisher gar nicht so nötig gehabt, war es gar nicht so wichtig gewesen, jetzt jagte, kochte sie für Ben. Sie gab ihren Tagen Struktur, schaffte ein Zimmer für ihn, erzählte ihm alle Märchen, alle Geschichten, die sie kannte. Sie erfand eine eigene Märchenwelt von der wundervollen Prinzessin Sandrine, erzählte ihm jeden Abend davon, wenn sie ihn im Arm hielt, auf seinem Bett aus Moos und Stroh sitzend. Einmal sagte er dann: „Wenn ich groß bin, ein Prinz, dann werde ich Prinzessin Sandrine heiraten!" Ein unbeschreiblicher Schmerz fuhr durch Sarah, ein Stich wie ein Dolch aus Eiskristall mitten in ihr Herz gerammt. Eine Träne lief über ihre Wange, sie hielt Ben ganz fest im Arm, küsste seinen Kopf. „Ja, mein Schatz, ich auch, das wollte ich auch immer."

Sie sah ihn spielen, lachen, im Sonnenlicht beim Bach und eine zentnerschwere Traurigkeit glitt langsam Stück für Stück immer weiter von Sarahs Herz. Einmal sagte Ben zu ihr: „Wenn Du lachst, dann ist das wie, wenn die Sonne einen kitzelt." Und da musste Sarah sofort wieder lachen, laut und da fiel es ihr auch erst auf: dass sie wieder lachte, das sie in den letzten Monaten wieder begonnen hatte zu lachen, etwas, was sie seit Sandrines Tod nicht mehr getan hatte.

Im nächsten Winter feierten sie sogar Weihnachten zusammen, sie erklärte es ihm, erklärte ihm alles, was sie wusste, was sie wichtig fand. Sie ertappte ihn, wie er versuchte Feuer aus seinen Händen zu schießen, das Lagerfeuer wachsen zu lassen, was natürlich nicht funktionierte. Doch er war so konzentriert, dass in seiner Vorstellung, in seinen Träumen sicher die größten Flammenberge entstanden. Hin und wieder sah Sarah Ben jedoch auch traurig an, in der Gewissheit, dass er nicht hierhin gehörte, nicht zu ihr gehörte. Er hatte ihr etwas Wichtiges gezeigt, sie etwas Wichtiges gelehrt. Er hatte ein vergessenes Wissen, eine Gewissheit, die sie verdrängt hatte freigelegt: Es war auch schön mit Menschen. Sie mochte, schätzte, sie brauchte die Gesellschaft von einigen, ausgewählten Menschen. Sie konnte lieben, sie konnte Wärme geben und empfangen. Es tat ihr gut.

Aber Sarah war hier im Wald, in ihrem Exil, nicht nur weil sie Menschen hasste, sondern auch, um die Menschen zu schützen, vor sich und ihren Kräften. Sie war eine Bestie, eine Hexe, sie hatte grausame, unbeschreiblich grausame Dinge getan. Sie durfte nicht zurück zu den Menschen, sie musste sich und die Menschen schützen. Ihre Mutter würde das verstehen. Das Exil hier war ihre Strafe. Ihre wohlverdiente Strafe. Aber nicht Bens.

Sarah wusste, dass Ben zurück zu den Menschen, in die Gesellschaft, in die Schule musste. Jedoch scheute sie diesen Schritt. Sie hatte ihn so unglaublich lieb gewonnen, er bedeute ihr so viel und seine Gegenwart tat ihr so unendlich gut. Aber er wurde immer älter, er war jetzt vielleicht schon sechs, vielleicht sogar sieben Jahre alt. Ihr war jegliches Zeitgefühl entglitten.

Konnte sie ihn zu den Menschen schicken? Was, wenn es überall von deutschen Soldaten wimmelte, wenn noch Krieg war? Menschen waren Monster, meist, aber Ben war keins. Was sollte sie mit ihm machen? Wo sollte sie ihn hinbringen? Hier bei ihr im Wald bleiben konnte er auch nicht ewig. Sarah wusste die Antwort, aber sie sträubte sich dagegen ihn dorthin zu bringen, ihn gehen zu lassen.

Dann, eines Abends, als sie ihm mal wieder aus einem der vier Bücher vorlas, die sie besaßen und Ben fragte: „Wann lerne ich eigentlich endlich lesen? Wann bringst du es mir bei?", da war ihr klar, sie musste ihn jetzt gehen lassen. Natürlich, sie hätte ihm lesen beibringen können, irgendwie. Aber er brauchte noch so viel mehr, es war einfach falsch ihn aus egoistischen Gründen hier zu halten. Sie musste ihn zurück zu den Menschen bringen. Ihm die Chance auf sein eigenes Leben geben.

Am nächsten Morgen ging Sarah zu der Höhle, in der die Soldaten die Kisten versteckt hatten. Sie füllte so viel Gold, Münzen und Juwelen wie möglich in einen Beutel. Wieder zurück, packte sie Bens Sachen zusammen. Er saß schweigend auf einem Stein, blickte ernst, traurig. Er spürte, dass etwas Schlimmes passieren würde.

„Es ist nicht schlimm. Dir wird nichts Schlimmes passieren", sagte Sarah beruhigend, da sie seine Gefühle deutlich spürte. Sie kniete sich zu ihm. „Schau, mein Herz. Ich liebe dich, unendlich.

Aber dein Platz ist nicht mehr hier. Ich bin nicht der gute Mensch, für den du mich hältst. Ich bin ein Monster, ich habe schlimme Dinge getan. Ich lebe hier, weil es meine Strafe ist … Aber du hast nichts Schlimmes getan. Du bist rein und gut. Ich bringe dich jetzt an einen ganz schönen, sicheren Ort. Dort wirst du viele andere Menschen treffen und sie werden nett zu dir sein, für dich sorgen."

Ben begann still zu weinen, es zerriss Sarah das Herz. „Du wirst dort ganz viel lernen. Lesen, schreiben, rechnen. Du wirst Freunde haben in deinem Alter, spielen mit anderen Kindern, ein schönes Zimmer. Bitte Ben, glaub mir, ich liebe dich, aber du darfst nicht hier bleiben. In ein paar Wochen schon ist das alles hier sicher nur noch ein ferner, fremder Traum für dich."

Er warf sich um ihren Hals, klammerte sich mit seinen Armen an sie. Sarah weinte jetzt auch. „Bitte Ben, versteh, versteh doch. Es ist nicht böse gemeint, du hast keine Schuld. Es ist gut für dich."

Sie stand auf, schulterte den Beutel und seine Sachen und trug das weinende Kind mit sich fort.

Das Kloster stand mit seinen riesigen alten Mauern auf einem kleinen Hügel bei einem See am Rande des Waldes. Sarah hatte das Kloster schon vor vielen, vielen Jahren entdeckt, manchmal, selten war sie herangeschlichen, hatte die Nonnen beobachtet, wenn sie am See oder auf den Feldern arbeiteten. Sie hatte es immer als abgegrenzte, heile, ihr gänzlich verschlossene Welt betrachtet. Und bisher war sie auch nie im Entferntesten auf die Idee gekommen, hier Kontakt zu suchen. Aber Sarah hatte bei einigen der Nonnen immer eine grenzenlose Güte, Ruhe und Liebe gespürt, so wie bei noch keinem Menschen zuvor. Also kam sie jetzt mit Ben hierher, ging sie geradewegs auf eine Gruppe Nonnen zu, die in der Sonne auf einer Wiese am See arbeiteten.

Als die Nonnen die Gestalt in dem dunklen Gewand mit dem Kind auf dem Arm entdeckten, hielten sie sofort inne und beobachteten Sarah aufmerksam. Diese blieb in einiger Entfernung stehen und eine Nonne löste sich von der Gruppe, kam zu ihr und Ben herüber.

„Willkommen", sagte die Nonne freundlich, warmherzig lächelnd, „wie können wir euch helfen?"

Sarah fühlte Güte, Offenheit, Ruhe, Wärme, ein offenes Interesse. Ihre Anspannung ließ nach, sie waren außerhalb der Hörweite der anderen Nonnen, welche sie aber äußerst interessiert beobachteten.

„Sind hier Soldaten in der Nähe?", fragte Sarah. Die Nonne sah sie leicht irritiert an, hob eine Augenbraue fragend. „Deutsche Soldaten?", präzisierte Sarah.

Die Nonne überlegte kurz. Dann sprach sie: „Der Krieg ist vorbei, meine Liebe, schon länger. Die Deutschen haben verloren."

Ben hatte seinen Kopf in Sarahs Armen versteckt. Die Nonne versuchte unter Sarahs Kapuze zu sehen, ihr Gesicht zu erkennen.

„Ich heiße Martine", sagte die Nonne.

„Er kommt aus dem Dorf Surlace. Ich habe ihn damals gerettet", sagte Sarah.

Martine verstand sofort und nickte. Sie streichelte Ben vorsichtig durch das Haar. „Und wie heißt du, kleiner Mann?", fragte sie.

„Ich habe ihn Ben genannt. Ich … heiße Sarah", sagte Sarah, während sie Ben vorsichtig absetzte. Dann nahm sie ihre Kapuze ab. Sie bemerkte, wie die Nonne überrascht war bei ihrem Anblick, konnte aber nicht genau erfühlen warum. Sarah seufzte schwer, strich Ben liebevoll über den Kopf. Der klammerte sich an ihr Bein, schielte zu der Nonne.

„Er braucht ein richtiges Zuhause, andere Kinder als Freunde, Menschen. Er muss in die Schule. Ihr müsst euch um ihn kümmern", sagte Sarah bestimmt.

Die Nonne nickte, sie verstand. Martine kniete sich zu Ben. „Wir werden sehr gut auf dich aufpassen, ich weiß schon genau, wo es dir gefallen wird. Da sind ganz viele andere Kinder und den ganzen Tag spielen sie Ritter und Räuber und Gendarme und Fußball."

Ben klammerte sich weiter an Sarah, sie versuchte ihm alle beruhigende Impulse, die nur erdenklich waren, zu geben. Sie hatte Vertrauen gefasst, weil sie bei der Nonne nur freundliche, herzensgute Gefühle und Gedanken wahrnahm.

„Hier. Es soll ihm an nichts fehlen. Du bist verantwortlich", sagte Sarah und blitze mit ihren Augen. Doch sie wusste, dass sie der Nonne nicht drohen musste, drohen konnte. Sarah ließ sie kurz das Gold, die Juwelen in dem Beutel sehen, dann stellte sie die Sachen auf die Wiese und kniete sich zu Ben.

„Ben ... ich trage dich immer in meinem Herzen. Dort wirst du immer bei mir sein, so wie Prinzessin Sandrine. Ich liebe dich, du bist mein Herz, für immer. Vergiss das nicht. Aber Ben, es muss jetzt so sein. Es ist besser für dich. Das einzig Richtige."

Ben hielt seine Tränen zurück, sah Sarah mit zitternder Lippe an. „Hör mir genau zu, das ist jetzt ganz wichtig Ben: Niemals, niemals darfst du jemanden von mir erzählen. Keinem einzigen Menschen darfst du von unserem Versteck im Wald erzählen und vor allem nicht von mir. Kein Sterbenswörtchen, verstanden? Es war alles nur ein Traum, ein außergewöhnlicher, schöner Traum.

Denn wenn die Menschen von mir wissen, werden sie mich jagen, mich fangen, mir sehr böse weh tun. Also darfst du nie von mir reden, verstanden?"

Ben nickte langsam. Sarah gab ihm einen Kuss auf die Stirn, nahm in fest in ihre Arme. Dann stand sie auf und ging, langsam zuerst, doch auf einmal begann sie zu rennen, so schnell sie nur konnte, in den Wald, ohne noch ein einziges Mal zurückzusehen.

15

Sven fragte sich zunehmend, was das alles sollte, wo es hinführte. Da war doch noch so viel mehr gewesen. Seine Idee von den Kindern der Kirschblüte war doch so viel mehr gewesen, mehr als eine WG auf dem Land. Jetzt saßen sie hier und nichts passierte mehr. Was wollten sie nicht alles mal machen, was erreichen?

„Glaubst du das? Das alles mit dem Kreis und dem Bahlheim und dem ganzen abgefahrenen Shit?", hatte BloodAngel ihn einmal gefragt.

„Was weiß ich", hatte Sven geantwortet, „ich glaub, am Ende kann es uns egal sein, oder? Haben wir eh keinen Einfluss drauf. Ich glaub, was ich sehe: Hanna hat Superkräfte. Und ich glaube, das ist sehr nützlich für uns, ein Geschenk. Ja, ich glaube an uns, an die Kinder der Kirschblüte und was wir zusammen damit machen können. Der Rest ist mir egal, kann uns egal sein. Können wir eh nicht kontrollieren. Das glaub ich."

Doch Sven war eifersüchtig. Bewusst eifersüchtig auf Andrej, auf die Art, wie er mit Hanna Zeit verbrachte, mit ihr trainierte. Sven fühlte sich so dermaßen unterlegen, ausgeschlossen, überflüssig, nutzlos, eigentlich genauso, wie er sich schon immer gefühlt hatte. Also was sollte das alles hier, was brachte es ihm, wenn es für ihn persönlich war wie immer? Nur ohne scheiß Schule und scheiß Eltern, dafür aber mit scheiß Andrej. Unbewusst war Sven auch eifersüchtig auf Hanna, auf ihre Kräfte, auf ihre Möglichkeiten, darauf, wie sie das Artefakt zu etwas ganz Besonderem machte und darauf, dass sie sich mit Nicole und Andrej so gut verstand. Nein, so hatte er sich das ganz und gar nicht vorgestellt mit den Kindern der Kirschblüte. So war es einfach nur zum Kotzen. Es musste etwas passieren. Etwas Richtiges, etwas Großes. Und zwar bald.

Seit kurzem kamen sie fast jeden Abend zu „Themenabenden" im Kaminzimmer zusammen. Es hatte damit angefangen, dass Nicole morgens beim Training einmal zu Andrej gesagt hatte: „Hallo, die 80er haben angerufen, sie wollen ihr Breakfast-Club-Outfit zurückhaben." Und dabei stellte sich dann heraus, dass weder Andrej, noch Hanna jemals den Film Breakfast Club gesehen hatten. So wurde der erste Themenabend in der Villa unter dem Motto „Brat Pack Filme" gestartet und es folgten viele weitere, nicht nur Filmabende, auch Musik-Themenabende. Jeder suchte sich abwechselnd ein Thema aus, stellte es vor und alle hatten großen Spaß daran, selbst Andrej machte mit, aber immer nur als Gast. Anastasia war weiterhin viel unterwegs, diesmal in England.

Der aktuelle Themenabend sollte eigentlich der englischen TV Serie The Avengers aus den 60ern gewidmet sein. Blood-Angel hatte alles dafür vorbereitet, natürlich konnten sie nicht alle Folgen sehen, er hatte die seiner Meinung und Recherche in Foren nach besten Folgen rausgesucht. Aber Sven wollte unbedingt seinen Abend vorziehen, er wollte einen Abend zum

Thema Selbstjustiz machen, mit Taxi Driver, Watchmen, Die Fetten Jahre sind vorbei und Harry Brown. Nicole sagte aber, dass sie niemals im Leben vier Filme durchstehen würde, Sven wirkte eingeschnappt, BloodAngel war es egal. Hanna spürte bei Sven Verletzung, Wut, Verzweiflung, Dringlichkeit.

„Was ist los?", fragte Hanna, „worum geht es hier wirklich?"

Sven gestikulierte, suchte nach Worten, rannte etwas auf und ab. „Ja, genau, genau", sagte er, „worum geht es hier eigentlich wirklich? Was machen wir hier? Am Ende geht es doch um Gerechtigkeit. Gerechtigkeit für uns alle. Für alle. Aber was ist gerecht? Wer sorgt für Gerechtigkeit?"

Sven sah sie alle an, alle schwiegen verdutzt. „Die Kinder der Kirschblüte ... das war, das ist doch mehr als eine WG, die Filme guckt. Mensch Hanna, du hast doch jetzt ... du bist doch ... göttlich." Er sagte es ganz sanft, ehrfurchtsvoll, fast schon selbst überrascht von seinen Worten. Hanna wurde rot, Nicole war sich sicher, dass Sven diese Rede lange einstudiert, lange geplant hatte. Der spielt doch hier Theater, dachte sie. Andrej musste sich ein Lachen verkneifen, BloodAngel sah interessiert von seinem Laptop auf, was selten vorkam.

Sven fasste sich wieder und machte weiter „Worum geht es uns hier? Wer sind wir? Was machen wir? Hanna hat jetzt Superkräfte! Und wir?", er ließ seinen Finger kreisen und zeigte auf Nicole, BloodAngel und sich, „wir sind raus aus unserer persönlichen Hölle, aber was machen wir? Was machen wir alle?

Wir trainieren für einen Kampf mit einem imaginären Feind. Wir gucken Filme, Serien, hören Musik, hängen ab. Ist das alles? Alles, was wir jemals wollten?

Schüler, Kinder, Menschen genau wie wir, werden gedemütigt, gemobbt, zusammengeschlagen, gequält, gefilmt, bloßgestellt. Täglich, immer, immer wieder. Leute entführen Kinder, sperren sie in Keller ein, machen sonst was für einen Scheiß mit ihnen. Das ist alles kranke Scheiße, da draußen ... Oder lest doch einfach die Schlagzeilen der letzten zwei Wochen, was da schon wieder für ein Scheiß passiert ist." Er kramte einen Zettel hervor, auf dem er etwas ausgedruckt hatte. „Und das ist nur das, was öffentlich wird: 'Mädchengang verprügelt Opfer (14) und stellt Video ins Internet'; 'Kinder über Jahre missbraucht'; 'Mobbingopfer begeht Selbstmord nach Ankündigung auf Facebook – Mitschüler spotten auch nach der Tat noch online über das Opfer'. Ja wir kennen den Scheiß, wir wissen genau, was los ist und wir wissen auch: Keiner macht was, keiner hält es auf. Keiner macht etwas, was wirklich hilft. Nur wir, wir können jetzt was machen!

Warum wir? Weil wir aufgewacht sind, sensibilisiert, weil uns selber derartige Schmerzen zugefügt wurde ... und nur wir, weil wir nicht zuletzt durch Hanna jetzt die Macht dazu haben ... und nur wir, weil wir nichts zu verlieren haben ... nur wir, weil wir es uns eigentlich geschworen hatten. Kein Lehrer, kein Richter, kein Polizist, kein Erzieher hilft, das wissen wir, scheiß auf

Sozialstunden, Mediationsgespräche, Bewährungsstrafen." Er suchte nach Worten, dann sah er sie nur alle fordernd an. „Ihr wisst ganz genau, was ich meine."

„Ja", sagte Nicole ernst, verständnisvoll nach einer kurzen Pause, „ok, aber was willst du machen? Jetzt wirklich? Selbstjustiz, ok ... selbst alle verprügeln, quälen, töten? Geht doch gar nicht. Einzelne rausgreifen? Was wird das bringen? Und wenn, dann wen, wie?"

„Das ist doch sekundär. Es passiert nix! Geht doch mal zurück, zurück zu unserer Grundidee der Kinder der Kirschblüte. Wir müssen Zeichen setzen! Hatten wir alles schon damals im Forum durchgekaut. Wir ändern nicht die Welt, aber wir ändern kleine Welten von Einzelnen und dann machen wir das bekannt, dann zeigen wir was passieren kann, was wirklich wichtig ist. Wir sagen allen Arschlöchern: Stopp, ihr könnt nicht mehr machen, was ihr wollt, denn ihr könntet bestraft werden. Wirklich bestraft. Von uns", sagte Sven.

Hanna verzog nachdenklich das Gesicht. „Ok, ok ... aber, was ... werd doch mal konkret, wie stellst du dir das vor?"

„Hier", Sven las wieder von seinem Zettel, „Rostock zum Beispiel: Mädchen drei Tage entführt, vergewaltigt, gequält, Täter geständig, Jugendstrafrecht fünf Jahre vielleicht ja auch nur zwei Jahre auf Bewährung. Wir gehen rein und bestrafen die richtig und sagen dann, dass wir, dass die Kinder der Kirschblüte das waren – und dass jeder, der in Zukunft so etwas macht, mit unserer Strafe rechnen muss. Oder hier: Schock beim Gymnasium Grosstedt – ein Jahr lang einen Mitschüler gemobbt, wirklich übelst gequält, in der Umkleidekabine, wie krank sind die Menschen den bitte?! Und was gab's? Sozialstunden, Gesprächskreise, als Strafe?! Wir gehen hin und bestrafen die richtig, dass die wirklich merken, so geht das nicht und setzen so ein Zeichen."

Hanna und Nicole lehnten sich nachdenklich zurück. Ihre Gesichter machten klar, dass sie bei weitem noch nicht überzeugt waren.

„Was das bringt? Ich sag dir, was das bringt: ein gutes Gefühl, Rache für die Opfer, für uns, für alle Opfer. Sei ehrlich, bei dir damals, wenn jemand deine Mitschüler mal so richtig bestraft, so richtig zur Verantwortung gezogen hätte, wie hättest du dich gefühlt? Gut, oder? Wahrgenommen, ernstgenommen, beschützt vielleicht sogar? Es macht nicht alles gut, es macht nicht alles ok, aber es fühlt sich zumindest gut an. Oder bei dir Nicole, wenn jemand deinen Exfreund bestraft hätte, hätte das nichts an deinen Wunden geheilt, ich weiß, aber … aber wie hättest du dich gefühlt?"

Stille.

Sven machte weiter: „So und dann sind da ja noch die vielen, die es dann mitkriegen werden und mitkriegen sollen. Dass es eine neue Kontrollkraft gibt, eine neue Macht, die Leute wie uns schützt. Und dann werden sich viele Arschlöcher zweimal überlegen, was sie machen. Und ich mein jetzt nicht nur die ganz derben Sachen, die ich gerad vorgelesen hab. Ich mein auch die kleinen, tausendfach alltäglichen Demütigungen, Mobbings, Missbräuche. Auch auf die hätten wir sicher einen Effekt. Und darum ging es uns doch auch mal, oder?"

„Der Junge träumt", sagte Andrej belustigt aus der Ecke.

Doch Hanna war dabei, dachte nach, sprach wie in Gedanken: „Es geht ja nicht nur um die Opfer, es geht ja auch darum wirklich zu sensibilisieren, wirkliche Zeichen zu setzen, dieser Verrohung, Verrottung der Gesellschaft entgegenzuwirken. Ja, das hatten wir schon so gesagt, mal, als es noch unmöglich war."

„Eine fixe Idee in verzweifelter Nacht", ergänzte Nicole.

„Keiner kann das so konsequent wie wir jetzt. Wie ich gesagt habe, es ist doch nahezu perfekt: Wir haben nichts zu verlieren, wir haben die Möglichkeiten, was hält uns also noch zurück? Wir … wir haben die Verantwortung etwas zu tun! Allein schon uns selbst sind wir das schuldig!", forderte Sven weiter.

„Und wir machen dazu einen Youtube-Kanal, ein Blog, vielleicht auch ein Tumblr, oder was auf Insta. So verbreiten wir die Message, so verlängern wir das Ganze", sagte BloodAngel fast schon euphorisch.

„Den Kanal werden die doch gleich wieder sperren. Und vergesst nicht, die Polizei sucht uns", sagte Nicole.

„Und der Kreis", ergänzte Andrej und weiter sagte er: „Und was, wenn ihr die Falschen erwischt? Wenn es falsche Anschuldigungen waren oder andere Mittäter oder Haupttäter oder was weiß ich. Die Welt ist kompliziert, die Wahrheit ist kompliziert. Und wer gibt euch überhaupt das Recht dazu? Wie spielt ihr euch über andere auf? Gleiches mit Gleichem, weil ihr die Macht habt? Ganz ehrlich, das klingt für mich nach einem neuen, kleinen Junior-Kreis."

„Ach ist doch scheiße, Ausreden gibt es immer", antwortete Sven genervt. „Die sperren den Kanal? Egal Mann, egal, dann machen wir einen neuen auf und noch einen neuen. Das machen Terroristen auch so."

„Also sind wir dann Terroristen?", fragte Hanna.

„Nein Mann", ruderte Sven zurück, „scheiß Beispiel, sorry. Die Opposition macht das auch so. In Russland, in der Türkei und solchen Ländern. Wir sind die Guten. Während Politiker, Lehrer, Eltern, Sozialarbeiter, Richter schlafen, labern, schlafen, labern, fressen, saufen, grinsen und labern, machen wir was. Ja, Gleiches mit Gleichem, Auge um Auge. Ich bin mir nicht mehr egal, ihr seid mir nicht mehr egal, alle, die leiden, sind mit nicht mehr egal. Das war es doch, warum wir überhaupt aufgebrochen sind, um zu kämpfen! Wehren wir uns, für alle. Wehren wir uns, jetzt! Das da draußen, das da draußen ist keine Welt für Gandhis."

Wieder Stille.

„'Die Kinder der Kirschblüte werden dich bestrafen!' oder 'Die Kinder der Kirschblüte haben dich bestraft' … Das müsste die Losung sein, die wir hinterlassen. Online gibt's dann ein Manifest, unser Manifest als Hintergrund. Und es sollte so weit gehen, dass die Ankündigung schon reicht, um Umdenken, um Einhalt und Menschlichkeit, Empathie mit den Opfern zu erzwingen", sagte BloodAngel begeistert.

„Empathie mit den Opfern erzwingen?", Nicole schüttelte sich, „das hört sich sehr falsch an."

„Aber mal ehrlich, ich denke nur so geht's. Guck doch mal raus, guck doch mal uns an ... unser Leben bisher ... und dann in die Welt, guck in die Foren, in die Chats, haste mal Kommentare auf Facebook gelesen? So viele Idioten, so viele Wichser. Da hilft nur erzwingen, ehrlich, das weißt du auch", konterte BloodAngel.

„Ich glaub einfach nicht, dass man Empathie erzwingen kann", beharrte Nicole.

„Jetzt mal Schluss mit der Wortklauberei. Das ist ja nicht der Kern Erzwingen ... veranschaulichen ... zum Nachdenken anregen ... sensibilisieren ... auf die Agenda setzen – nenn es, wie du willst. Ich hab euch doch schon, ihr wisst doch, dass es richtig ist! Wovor habt ihr Angst? Warum sträubt ihr euch noch? Weil man das nicht macht? Weil es sich nicht gehört, so etwas zu tun? Weil ihr mit den Tätern Mitleid habt? Weil es so schön warm ist auf dem Sofa hier beim Video glotzen? Weil ihr jetzt in vorübergehender Sicherheit seit? Habt ihr Angst vor der Polizei? Was ist los?"

Sven flehte fast, dann sprach er wieder ruhig, einfühlend und sah dabei jeden einzeln an, außer Andrej. „Noch mal: Stell dir vor, als du in deinem Zimmer weinend, ritzend, blutend, gekrümmt vor Schmerz, vor Ekel, Hass und Verzweiflung gelegen hast. Hass auf dich, Hass auf die Welt, Hass auf die Menschen, als du nur noch sterben wolltest, weil sie dich so gequält, so gedemütigt, so maßlos allein gelassen und enttäuscht haben. Was hättest du gedacht, wenn jemand gekommen wäre, dir die Hand gereicht hätte? Jemand endlich erschienen wäre, der gesagt hätte, ich stehe zu dir, ich bin dein Freund, nicht nur virtuell, online im Forum, nein, nicht nur gelabert in Worten, ich gehe raus, ich stehe auf, ich kämpfe für dich, ich werde dich beschützen. Ich werde dich rächen? Wie … wie hätte sich das angefühlt für dich damals?"

Er hatte Hanna eigentlich schon von Anfang an auf seiner Seite gehabt. Es war ja genau das, was sie immer vorhatten, konsequent zu Ende gedacht. Das, was sie geträumt, geplant hatten in den langen Nächten im Forum. Und als sie dann von Zuhause weg war, um Sven zu treffen, da hatte sie ja alles auf eine Karte, auf genau diese Karte gesetzt. Nie mehr Opfer sein. Ok, dachte sie, is' ja nicht alles Schuld von anderen gewesen, dass es mir so scheiße ging, war ja auch vieles einfach meins. Meine Fehler, meine Gedanken, mein Kopf. Aber trotzdem, jetzt nicht wieder nur Entschuldigungen finden, mir selbst an allem die Schuld geben, nein Hanna, mach was, steh auf, wehr dich, auch gegen deinen eigenen Selbsthass!

Mit einem Ruck flog eine antike Axt von ihrer Befestigung an der Wand neben dem Kamin in Hannas Hand. Grinsend, die

Axt auf die Schulter gelegt sagte sie: „Ich bin bereit, wo werden wir zuerst ein Zeichen setzen?"

„Ok, aber wir sind die Guten, die Netten, die Charmanten, die, die zeigen, wie es geht, ok? Nicht zu derbe. Wir sind anders, anders als alle, wir machen es richtig. Ok?", sagte Nicole

Sven guckte etwas verwirrt: „Die Netten? Wir können nicht nett sein! Es ist Krieg! Für viele geht es hier um Leben und Tod. Ja echt. Es werden Leben zerstört. Mit nett gewinnen wir keinen Blumentopf. Entweder wir sind konsequent oder wir lassen es. Ganz ehrlich."

„Ok, aber keine Toten … Klar? Und auch keine Verletzten, ok? Wir verpassen Denkzettel, aber verletzen keinen körperlich. Ja?", fragte Hanna bestimmt.

„Ja natürlich", sagte Sven, „ich will doch keinen umbringen, wo denkt ihr hin? Nein. Aber was klar ist: Es gibt welche, die kannst du beeinflussen mit Worten mit Argumenten und andere, die kannst du nicht nur mit Worten beeinflussen, und das sind die meisten, die riesengroße Mehrheit interessiert sich einen Scheiß für was wir denken, meinen, fühlen. Da hilft nur Angst. Bei den meisten hilft nur Angst, sie können nicht überzeugt, zur Einsicht gebracht werden mit Worten. Weil sie durch ihr Verhalten, durch ihr Mobben, ihr Demütigen einen Status für sich geschaffen haben, weil sie dadurch ein wichtiges Bedürfnis von sich befriedigen, manche gar weil es ihnen Spaß macht.

Sie denken, sie hätten das Recht dazu. Das alles geben sie nicht einfach auf. Die hören nur auf, wenn sie Angst haben, wenn sie dazu gezwungen werden. Und diesen schmutzigen Job, sie dazu zu zwingen, diesen Job müssen wir halt übernehmen. Wie wir das im Detail dann machen, liegt an uns."

„Ok, Hauptsache wir machen was, Hauptsache es geht los und es ändert sich was in der Welt. Wir sind die Kinder der Kirschblüte", sagte Hanna stolz, elektrisiert von ihrem plötzlichen Aktionismus. Und doch mit einer nagenden Stimme ganz tief im Hinterkopf, die sie fragte: „Machst du das jetzt nur, um Sven zu gefallen? Um auszutesten, ob da noch was ist zwischen euch? Um zu sehen, ob es wieder so sein kann wie früher?"

Den restlichen Abend planten und berieten sie, wie und wo sie als Erstes losschlagen wollten. Wie sie sicherstellen konnten, dass sie die Richtigen trafen und nicht auf falsche Anschuldigungen reinfielen. Und wie sie das alles im Internet begleiten wollten, Aufmerksamkeit dafür kriegen, die Botschaft richtig rüberbringen konnten. Und natürlich so, dass sie nicht direkt – am besten nie – von der Polizei gefunden wurden – oder vom Kreis. Wie sie Social Media Profile anlegen und unter anderem über Tor-Server sicher, nicht zurück verfolgbar, gestalten würden. Sie recherchierten, suchten auch nach anderen Opfern, Geschichten und nach Hilfestellen, Initiativen, die wirklich halfen, nicht nur laberten, für ihre Webseite, die sie bauen wollten, die alles bündeln sollte. Und sie schrieben ihr Manifest, ihre Kampfansage.

Sie waren begeistert, aufgeregt, wie damals im Forum. Und es war gar nicht so merkwürdig, gar nicht so anders, eher fast natürlich, jetzt auf einmal solche Dinge real zu planen, in aller Konsequenz. Sie auch umsetzen zu wollen. Klar, sie stritten ganz kurz darüber, ob sie das alles zu locker sähen, nur als Spiel, aber hey, scheiß drauf, das Leben ist ein Spiel und bisher hatten sie immer nur verloren, jetzt hatten sie einen Plan, eine Chance auch mal zu gewinnen. Und wie gesagt: Hauptsache man macht etwas, irgendetwas, nicht immer nur passiv und Opfer sein, dachten sie.

„Und wir werden euch bestrafen!", sagte Sven, „das ist unsere Losung."

„Solange du nicht auch noch etwas vom Mond faselst …", sagte Nicole.

„Was? Wieso Mond?", fragte Sven

„Na solange wir nicht im Namen des Mondes bestrafen, ist das schon ok, ich mein wir kämpfen ja immerhin für Liebe und Gerechtigkeit, oder?", sagte Nicole grinsend weiter.

Sven blickte konsterniert fragend in die Runde, verstand kein Wort. „Sailor Moon", erklärte BloodAngel. „Nicole zitiert Sailor Moon, wie so oft – früher. Aber mal was anderes: Müssen wir da aber dann nicht erst jetzt irgendwie mal noch viel länger alle trainieren? Uns vorbereiten? So kämpfen und Guerillazeugs und anschleichen und so was trainieren? Mit Waffen auch? Also ihr macht das ja schon zwar 'ne ganze Weile, aber auch noch nicht so derbe lange jetzt oder was meint ihr? Reicht das schon?", fragte BloodAngel.

„Alta, ich hab alle Folgen von Buffy gesehen, ich hab alle Folgen The Walking Dead gesehen. Und alle vier Panem-Filme. Plus ich jogge jeden Tag. Ich bin also fit für unsere kleine Guerillagruppe", sagte Nicole.

Hanna ließ die alte Streitaxt wieder mit ihren Kräften durch den Raum fliegen, über ihren Köpfen kreisen, durch das Kaminfeuer fliegen und dann eine Spur Funken hinter sich herziehend krachend mitten im Couchtisch landen und feststecken.

„Also ich bin auch bereit", sagte sie lächelnd. Sie alle fühlten sich wieder verbunden, als Einheit, als Gruppe. Sie hatten ein Ziel, eine wichtige Aufgabe.

Andrej hatte das Ganze sehr skeptisch aus der Ecke des Raumes beobachtet, spürte aber auch Hannas Hoffnung, Hannas Stolz, er wollte ihr das hier nicht nehmen, nicht gleich wieder zerstören, jetzt gerade. Das konnte er ihr einfach nicht antun, wie sie da saß, nach allem, stolz lächelnd, mit glühenden Augen. Er war komplett zerrissen zwischen dem Gedanken, wie sinnlos und bemitleidenswert er diese Initiative, diesen Kampf der Kinder der Kirschblüte fand und zum anderen gefesselt, mitgezogen von der

Energie der Gemeinschaft, der fieberhaften Begeisterung, mit der sie an diesem Projekt arbeiteten.

Als sich die Gruppe für die Nacht auflöste, alle zum Schlafen auf ihre Zimmer gehen wollten, kam Sven an Andrej vorbei. „Aber diesmal keine Handgranaten, klar?", sagte Andrej zu Sven. Dieser bekam sofort einen roten Kopf. Hanna spürte Wut, Schuld, Scham, Verletzung bei ihm.

„Alta, du auch noch. WAS? ... WAS SOLL DAS?", fragte Sven viel zu laut mit sich hysterisch überschlagender Stimme.

„Du weißt schon", antwortete Andrej ruhig, „keine Handgranaten oder irgendwas, keine Tricks. Ich will nicht, dass du mal wieder versuchst irgendwen in die Luft zu sprengen. Verstanden?"

„Das ist ...", Sven rang nach Worten. „DU ARSCHLOCH! Du hast überhaupt keine Ahnung. Du weißt nichts. NICHTS über mich und rein GAR NICHTS über Hanna! Klar?"

Andrej ließ sich nicht in die Defensive drängen. Er baute sich vor Sven auf. Hanna sah nervös zu Nicole. „Ich habe geschworen Hanna zu beschützen. Bei dir weiß ich nicht so genau, was du vorhast. So einfach ist das", sagte Andrej fordernd.

Hanna ging dazwischen, schob Andrej leicht zurück. „Andrej, bitte lass das. Es ist alles gut."

„Was läuft da eigentlich zwischen euch?", fragte Sven auf einmal verletzt.

Andrej grinste. „Nichts, nichts läuft zwischen uns. Genau so wie zwischen euch beiden, oder?" Dann drehte er sich um und ging aus dem Zimmer. Sven rannte aus einer anderen Tür davon. Hanna blieb sprachlos, wie angewurzelt stehen.

„Das ist doch die Nicole Schneider! Aber hundertpro!", stieß Trensing aufgeregt hervor. „Was soll das? Was macht die da?"

„Hier, schon über 356.000 Views", sagte Brockmann.

„Ich verstehe das nicht. Was haben die vor? Was soll das denn? Ich mein …" Trensing dachte mit offenen Mund nach. Er stand mit seinem Team um den Monitor von Brockmann versammelt. Dort lief ein Youtube-Video mit dem Titel „Das Manifest der Kinder der Kirschblüte #kinderderkirschbluete". Zu sehen war ein Mädchen mit verspiegelter Pilotensonnenbrille und einem olivgrünen Parker, dessen Kapuze sie tief ins Gesicht gezogen hatte. Ihre langen blonden Haare hingen zu beiden Seiten aus der Kapuze und ihre Lippen waren ganz blass, blutleer, fast weiß. Auf der Kapuze sah man eine gesprayte, leicht verlaufene Kirschblüte. Das Mädchen saß an einem Tisch und las ihre Botschaft von einem Blatt ab.

„Wir sind die Kinder der Kirschblüte. Wir sprechen für alle geschundenen Seelen. Für alle, die gequält, gemobbt, missbraucht wurden und immer noch werden. Für uns ist das Leben in dieser Gesellschaft einfach nur scheiße und perspektivlos. Ein sinnloses Leiden.

Die Gesellschaft, die Menschen schauen weg und helfen nicht. Es wird Gemeinschaft, Mitmenschlichkeit, Zusammenhalt, Wärme und Herzlichkeit vorgegaukelt, vorgetäuscht, an der

Oberfläche. Dahinter ist diese Gesellschaft aber komplett egoman und verrottet. Egoisten, Abzocker, Mobber, miese Arschlöcher haben das Sagen, bestimmen den Weg. Alle anderen schauen weg, greifen nicht ein, lassen geschehen. So ist es im ganz Großen, in den Zentren der Macht und im ganz Kleinen, in den Schulklassen und auf den Straßen.

Für uns gibt es kein Gutes im Schlechten. Endlich haben wir die Kraft und Stärke gefunden uns zu wehren. Wir sind die Kinder der Kirschblüte und wir werden uns wehren – wir werden alle Täter bestrafen!

Wir wurden selbst lange, viel zu lange, gequält, gedemütigt, geschlagen, ausgegrenzt, gemobbt und missbraucht. Endlich ist Schluss damit, ab jetzt wehren wir uns und bestrafen unsere Peiniger!

Wir wehren uns auch gegen eine Gesellschaft, in deren Kultur, in deren DNA Ausgrenzung, Machtspiele, Machtmissbrauch und Mobbing so tief verwurzelt, eingegraben sind. Wir wehren uns gegen alle Menschen, die dieses Leben unterstützen.

Doch allen, die so sind wie wir, allen, die leiden, sagen wir: Es ist Zeit, dass wir uns wehren! Es ist Zeit, dass ihr euch wehrt! Dass wir gemeinsam aufstehen und kämpfen! Ihr seid nicht allein, ihr habt keine Schuld, an nichts! Es ist nicht eure gottverdammte Schuld! Wehrt euch! Wehrt euch, indem ihr sagt, was euch passiert und passiert ist. Sagt es, schreibt es, postet es, schreit es, sprayt es, verteilt es! Macht es öffentlich, nennt die Dinge und die Täter beim Namen!

Ihr alle habt das Recht, euch jederzeit zu wehren, laut auszusprechen was ist. Ihr alle habt keine Schuld, ihr müsst euch für nichts schämen. Wir sind bei euch. Wenn es nicht anders geht, wehrt euch, indem ihr flieht. Wehrt euch aber immer, auf jeden Fall, indem ihr Hilfe sucht.

Doch was, wenn es keine Hilfe gibt? Wenn es, wie so oft, keinen interessiert, keiner agiert? In dieser grandios gescheiterten Gesellschaft? Dafür gibt es jetzt uns! Wir wehren uns mit euch. Wir kämpfen für euch. Wir sind überall, wir sind im Untergrund. Immer und jederzeit bereit. Online und offline. Sie werden nicht sicher sein, nicht wissen können, wann wir wieder zuschlagen. Wir kämpfen mit euch, für euch. Gemeinsam werden wir sie bestrafen. Ihr seid nicht allein.

Wir sind die Kinder der Kirschblüte!"

Unter dem Video war ein Artikel der Kieler Nachrichten verlinkt, dort konnte man lesen, dass ein zur Bewährung verurteilter Kinderschänder gefesselt und nackt in einem Schlauchboot im Kieler Hafenbecken treibend gefunden wurde. Total verängstigt und verstört, wo er noch den Tag zuvor frech grinsend aus dem Gerichtssaal marschiert war und in die Kameras gesagt hatte: „Ich bin ein freier Mann, mir kann keiner was! Und ich mach auch in Zukunft was mir gefällt! Verstanden?", bevor ihn sein teurer Anwalt weitergezogen hatte.

In dem Schlauchboot fand man einen Zettel auf dem stand „Wir werden euch bestrafen! – Die #kinderderkirschbluete".

„Was machen wir jetzt damit?", fragte Mareike Schuhmann in die Runde.

„Vielleicht ist es also doch eher so eine Sekte", sagte Brockmann.

Es ist eine Kampfansage. Eine Kampfansage an uns, eine Kampfansage an mich, dachte Trensing, aber er wollte es sich nicht anmerken lassen. Er nahm es persönlich und er wusste nicht genau warum. War es, weil sie der Polizei, der Gesellschaft Versagen vorwarfen? Weil er überzeugt war, dass doch er hier der Gute war, der, der alle – vor allem die Schwachen – beschützte? War es, weil er selbst so oft gezweifelt hatte, ob es richtig war, was er tat, ob er wirklich die Richtigen schützte und verhaftete? Sie führen mich vor, sie fühlen sich allmächtig. Gut, gut, wer so was macht, der macht Fehler, dachte er.

„Ok, ok", sagte Trensing laut, „jetzt kriegen wir sie. Dormschek, check mit dem Dezernat in Kiel, was die wissen, was da los war. Brockmann: das Video analysieren, den Account, die Kommentare, alles da. Und Kruse, check was da online geht, unter dem Hashtag. Ich will wissen, was da noch kommt, wo die das nächste Mal zuschlagen und dann sind wir schneller!"

„Puh das wird nicht einfach", sagte Kruse.

„Wieso?", fragte Trensing knapp.

„Na, weil der Hashtag explodiert. Das Internet ist voll davon, alle unter 25 reden darüber, vielen finden es scheiße, denken das ist ein Fake, ein Viral für einen Film oder so was, andere nehmen das total ernst, unterstützen das, wollen mitmachen, hier und da springen Rache- oder soll ich sagen Selbstjustizaufrufe aus dem Boden. Es gibt hunderte Videos, tausende Bilder, zehntausende Beiträge zu dem Hashtag, das geht gerade ganz, ganz derbe ab."

„Mhm ... und wenn das nur eine Nebelkerze ist? Ein Ablenkungsmanöver?", fragte Trensing.

„Ich weiß nicht", sagte Mareike, „es scheint mir, es passt zu denen. Es passt zu ihrer Vergangenheit, zu allem, was wir wissen, was wir im Forum gelesen haben. Ich glaube, die meinen das ernst. Und ich kann mir auch gut vorstellen, dass die gar nicht wissen, was sie da genau tun – und was das alles auslösen kann", sagte sie, während sie die unzähligen Beiträge ansah, die Kruse über den Bildschirm laufen ließ.

„Wie gesagt, das geht derbe ab. Wir kennen den Hass und die Häme im Netz, hier stechen und hauen jetzt auch alle wieder aufeinander ein, aber wie sich gezeigt hat, tragen die selbsternannten 'Kinder der Kirschblüte' das auch offline in die reale Welt. In Kiel hat man Graffitis gefunden am Hafen und den Handzettel."

„Spielen die hier Guerillatruppe oder was? Ist das 'ne neue RAF, was die da wollen?", fragte Trensing in die Runde.

„Wenn, dann eine RAF, die sich gegen Vergewaltiger und Mobber richtet, nicht gegen Banker und Bonzen", gab Mareike zu bedenken.

„Ich kauf denen das nicht ab", sagte Trensing, „wir müssen die kriegen, wir müssen das schnell stoppen."

„Ja, da stimme ich dir zu", sagte Mareike, „denn wie gesagt, ich glaube nicht, dass die wirklich wissen, welche Büchse der Pandora sie da geöffnet haben."

17

Ohne Ben schien Sarah ihr Versteck, schien ihr der ganze Wald so leer, so furchtbar leer. Das erste Mal konnte sie das erdrückende, lähmende Gefühl der Einsamkeit auch wirklich als dieses identifizieren. „Es ist gut so, es ist richtig so", sagte sie sich immer wieder. „Und das hier, das hier ist meine Strafe. Aber warum, warum kann ich nicht einfach sterben ... und dann vielleicht bei Sandrine sein?

Ich muss mir wieder eine Eisschicht, einen harten Panzer aus Eis um mein Herz legen, solange ich lebe. Nie wieder darf ich so etwas fühlen wie bei Sandrine, wie bei Ben. Es quält mich nur", beschloss Sarah einsam, allein auf einem Felsen über dem Wald, den blutroten Sonnenuntergang betrachtend.

Sie wartete ein paar Tage, vielleicht wenige Wochen, dann schlich sie wieder zum Kloster. Sie konnte niemanden sehen, nichts entdecken, doch dann spürte sei einen Gruppe Frauen im Wald. Sie sammelten Pilze und Beeren. Die Nonnen stießen erschrocken spitze Schreie aus, als auf einmal die dunkle Gestalt auf die Lichtung trat. Martine war zum Glück bei ihnen. Sie schickte die anderen Nonnen fort und kam zu Sarah.

„Es geht ihm gut. Er ist in einem Kinderheim, es ist ein gutes Heim, ich habe dort früher gearbeitet, da geht es ihm gut. Ich schreibe mir fast täglich mit Schwester Agnes von dort", sagte die Nonne zur Begrüßung. „Jetzt nach dem Krieg gibt es viele Kinder wie ihn, er hat dort schnell Freunde gefunden. Er ist ein sehr lebendiger, kluger Junge. Er ist gesund. Du hast sehr gut für ihn gesorgt, Sarah."

Eigentlich wollte Sarah nach dieser Information, die alles war, was sie interessierte, sofort wieder gehen, aber irgendetwas hielt sie, ließ sie regungslos am Rand der Lichtung bei der Nonne stehen bleiben.

„Und was ist mit dir, mein Kind?", fragte die Nonne warm, liebevoll, „könnten wir nicht Freunde sein? Was du auch immer gesehen hast, was du auch immer getan hast, was du tun musstest, egal welchen Schmerz du in dir trägst. Gott hat dir verziehen, Gott liebt dich so, wie du bist."

Sarah musste spöttisch auflachen. Es tat ihr sofort danach leid, doch die Nonne lächelte einfach weiter liebevoll und wies mit ihrer Hand auf einem Baumstamm, um sich zu setzen. „Ich ...", Sarah suchte nach Worten, „ich ... kann nicht." Sie drehte sich um, zu gehen.

„Warte", rief ihr die Nonne noch hinterher, „es ist nicht Gottes Wille, dass du einsam bist, dass du dich quälst. Ich bin jede Woche hier, immer zu dieser Zeit. Komm gerne und leiste mir Gesellschaft."

Und Sarah kam tatsächlich, jede Woche. Sie sagte nicht viel, meist redete die Nonne, erzählte von Ben, was sie aus den Briefen erfahren hatte oder sie berichtete von dem Leben im Kloster oder erzählte von Gott, von der Bibel. Und sie brachte Sarah Bücher mit, unzählige Bücher waren es über die Zeit. Die Bücher erzählten Sarah von einer neuen, ihr gänzlich fremden Welt. Von Autos, Fernsehern, von moderner Musik, die sie noch nie gehört hatte, die sie sich nicht vorstellen konnte. Im Impressum des letzten Buches konnte sie lesen, dass es schon mindestens das Jahr 1958 war. 1958! Es war ein Schock für Sarah, als sie zu begreifen begann. Sie war jetzt fast 80 Jahre alt! Was für ein Albtraum, was für eine Hölle ist das, in der ich hier gefangen bin, fragte sie sich.

„Früher, weit früher, da war ich öfters tief im Wald unterwegs, auf Wanderungen, da habe ich dich schon mal gesehen, weißt du", erzählte die Nonne einmal, „und ich habe dich schreien und weinen gehört." Sarahs Hals schnürte sich zu. „Du musst nichts erzählen, aber fühle, ich weiß, du kannst es fühlen. Was immer es ist, Gott liebt dich, es gibt Erlösung für dich."

Wie immer trug Sarah ihre Kapuze tief in das Gesicht gezogen, die Nonne konnte nur ihre Hände und die langen goldglänzenden Haare sehen. Sarah dachte an all das Leid, das sie gesehen hatte, an all das Leid, das sie selbst verursacht hatte und so sehr sie die Nonne auch mochte, so kam sie nicht um hin ein zynisches „Gott liebt mich nicht. Gott soll sich um seine verkommene Schöpfung kümmern, da hat er genug zu tun. Um mich kümmere ich mich schon alleine" herum. Doch Martine hatte einfach nur gütig geschaut und Sarahs Hand genommen.

Schon bei ihrem ersten Treffen war die Nonne etwas älter gewesen. Sarah konnte so etwas schwer schätzen, vielleicht irgendwo zwischen 40 und 50 oder so? Mittlerweile sah Martine wirklich alt aus, das Gehen fiel ihr schwer, sie war viel langsamer geworden, das Leben hatte tiefe Falten in ihr Gesicht gezeichnet. Doch noch immer kam sie jede Woche zu ihrem Treffen mit Sarah, brachte Bücher, hatte diesen gütigen, liebevollen Blick und erzählte hin und wieder, viel seltener als früher, von Ben. Er lebte jetzt in Paris, studierte dort.

Und dann brachte Martine irgendwann auf einmal eine andere, viel jüngere Nonne mit zu ihrem Treffen.

„Liebe Sarah, das ist Schwester Julie. Sie würde dich gerne kennenlernen. Sie würde sich sehr gerne in Zukunft mit dir hier treffen. So sehr ich es auch möchte, ich werde es bald nicht mehr können." Und wie immer war da dieses unglaublich freundliche, dieses alles verzeihende Lächeln. Sarah wurde benommen, schwindelig, ihr Mund wurde trocken. Sie fand keine Worte. Sie wollte keine Julie. Es kam ihr so vor, als wären es erst ein paar Wochen, ein paar Monate gewesen, die sie sich hier mit Martine getroffen hatte. Das Leben im Wald, das Artefakt, es hatte sie so dermaßen entrückt von allem, von den Menschen, der Gesellschaft, der Zeit. Martine, die Bücher waren ihre Verbindung gewesen, ihre Brücke, ihr Fels, der sie vor dem Wahnsinn der Einsamkeit schützte.

Sarah kniete sich vor die sitzende Martine, nahm ihre Hand, küsste sie zum Dank für alles, drückte die Hand an ihre Wange. Mit zittrigen, faltigen Händen schob Martine vorsichtig, beinahe zärtlich die Kapuze von Sarahs Kopf. „Was für ein gefallener Engel bist du nur, mein Kind?", fragte sie liebevoll.

Martine sah vor sich das Gesicht einer wunderschönen jungen Frau, vielleicht 19 Jahre alt, mit bleicher, zarter Haut, die Sonne glitzerte auf ihrem goldenen Haar und in den Tränen in ihren Augen.

„Ich weiß es nicht", flüsterte Sarah, „ich weiß es wirklich nicht."

Einige Tage später, als Sarah wieder bei ihrem Versteck war, ging sie hinunter zum Bach und sah hinein, sah in ihr Gesicht, in ihre Augen. Lange. Ihr war schlecht, sie zitterte. Sie sah sich um, sah den Wald, die Ruine, ihr Refugium. Es ist falsch, es ist alles falsch hier. Nein, nein, nicht falsch, aber es ist vorbei. Sie fühlte es ganz deutlich. Meine Zeit hier ist vorbei. Ich muss diesen Wald, dieses Versteck verlassen.

Über die Jahre hatten die Bücher, hatte Martine, hatte damals zuerst Ben Sarahs Interesse, Neugier am Leben, an den Menschen wieder geweckt. Zu Beginn lange nur als Beobachter. Doch immer mehr wuchs unterschwellig das Verlangen in ihr, selbst zu sehen, selbst zu erfahren, was da draußen an Leben passierte. Gleichzeitig brach die Schockstarre, die sie zwang sich selbst zu bestrafen, sich hier in dieses Exil zu verbannen, diese Schockstarre, die ihre Seele all die Jahre hier gefangen hielt, immer mehr auf.

Sarah spürte eine neue Stärke, eine Dringlichkeit. Eine Dringlichkeit das Leben zu erleben. Hastig packte sie ein paar Sachen, wenige Dinge die sie mitnehmen wollte. Dann holte sie eine große Kiste aus der Höhle, voll mit Gold, Juwelen, Schmuckstücken und Münzen – und verließ ihr Versteck im Wald, für immer.

Sie wusste nicht, ob es einen Gott gab, der alle Geschicke lenkte, so wie Martine es glaubte. Sie wusste nicht, ob es ein Schicksal gab, das alles vorherbestimmte oder ob es nur rein chaotische Zufälle gab in dieser Welt, diesem Leben, diesem Universum und alles, einfach alles purer Zufall war. Sie spürte ein Schicksal, ihr Schicksal, das sie hinauszog aus dem Wald nach all den Jahren.

Sarah war kaum einen halben Tag unterwegs gewesen, da sah sie auf einem schmalen Waldweg, der von der großen asphaltierten Straße her kam, eine kleine Familie suchend durch den Wald wandern. Sarah beobachtete sie, wie der Mann mit einer Karte und einem Kompass in der Hand immer wieder um sich blickte, Orientierung suchte. Er kam ihr bekannt vor, irgendwie vertraut, so wie er sich bewegte. Und dann trafen sich ihre Blicke und eine eiskalte Hand griff mitten in Sarahs Herz. Ben!

Regungslos blieb er stehen. Während Sarah begann langsam auf ihn zu zugehen. Die Frau und der kleine Junge, die bei ihm waren, sahen sie jetzt auch, traten etwas ängstlich hinter Ben. Als Sarah näher kam, begann Ben zu reden, stockend, schluckend, mit den Tränen kämpfend und auch Sarah konnte ihn zunehmend schlechter erkennen, da Tränen ihr die Sicht verschleierten.

„Ich … ich war schon mal hier gewesen. Vor ein paar Jahren, aber ich hatte unser Zuhause nicht finden können. Ich hatte gesucht und nichts gefunden", sagte Ben, als ob er sich für etwas entschuldigen wollte. „Jetzt hatte mir die Nonne Martine einen Brief geschickt, mit einer Karte." Ben schluckte.

Sarah stand einen halben Meter entfernt von ihm, presste ihre zitternden Lippen zusammen. „Das ist Sebastian, mein Sohn … und Emanuele, meine Frau", sagte Ben. Sarah kniff ihre Augen zusammen, musste gleichzeitig lachen und weinen. Dann fielen sie sich in die Arme und hielten sich, lange, ganz fest im Arm.

„Alta, haste gesehen, wie die Schlampe geheult hat? 'Bitte! Bitte nicht!' hat se dauernd rumgeheult. So ein Opfer, ey", lachte eines von drei Mädchen, die spät am Abend durch die Straßen nach Hause zogen.

„Die hat jetzt auf jeden Respekt vor dir", sagte ihre Freundin.

„Die wird jetzt immer sofort nach Hause zu Mami rennen, wenn die mich sieht", sagte die Erste wieder.

Die Dritte war still, sah sich ab und zu um, fühlte sich unwohl. „Habt ihr eigentlich schon mal von den Kindern der Kirschblüte gehört?", fragte sie.

„Alta, was für Kasper, ja. Is' doch voll fake, da kommt sicher bald ein Film inne Kinos", sagte die Erste.

„Fake?", fragte die Dritte, „ich weiß nicht, also das mit dem Kinderschänder da in Kiel? Das fakt doch keiner? Der wär da beinah ersoffen im Hafenbecken. Das war in allen Zeitungen."

„Ach, kannste alles faken heute", sagte die Zweite, „und dann das da in Schwerin, woher willst du wissen, was da wirklich war? Die Lügenpresse schreibt doch alles, was sie diktiert kriegt. Hier für Cash. Bäm. Die erfinden so was, nur um was zu schreiben. Für 'ne krasse Schlagzeile!"

„Ich weiß nicht", die Dritte war skeptisch, „ich glaub schon, dass das echt ist. Also du kriegst doch keine fünf Jungs, die sich freiwillig an ihr Schulhoftor ketten lassen. Das ist doch kein Fake."

„Was sollten die gemacht haben?"

„Einen anderen Jungen verarscht, gemobbt, über Monate, dann auch ausgezogen, über den Schulhof gejagt. Das war jetzt ihre Strafe. Stand auf einem Zettel, der lag da wohl. Hinterlassen von den Kindern der Kirschblüte."

„Ach komm, ich hab das Video gesehen von der Alten. Wo die da ihr Manifest vorliest. Das is' fake. Voll schäbig die Tante. Ich sach euch, das wird ein Film. Das is' gefakte Werbung. Vollspacko … den Film guck ich nicht", sagte die Erste wieder.

„Guckst du den Film auch nicht, wenn du selber drin vorkommst?", fragte eine eisige Stimme aus der Dunkelheit von der Seite.

„Alta, die Schlampe aus dem Video!", stieß die Erste ungläubig hervor. Unter einer Straßenlaterne war Nicole aus der Dunkelheit hervorgetreten. Sie hatte eine langen Parka an, die Kapuze tief ins Gesicht gezogen. Auf der Kapuze und dem Rücken des Parkas war eine Kirschblüte in schwarz und rot aufgesprayt. Sie trug zudem eine verspiegelte Pilotensonnenbrille und hatte einen Baseballschläger in der Hand.

„Wir könnten dir sogar eine Hauptrolle geben", sagte Sven, der von der anderen Straßenseite aus dem Dunkel trat, auch im langen Parka mit Kirschblüten. Die drei Mädchen wichen zurück, rückten zusammen.

„Was wollt ihr Arschlöcher?", fragte die Zweite angriffslustig.

„Wir sind die Kinder der Kirschblüte ... und wir werden euch bestrafen", sagte Hanna fordernd, die wie aus dem Nichts erschienen war und langsam im Straßenlaternenlicht die Straße entlang auf die Mädchen zuging. Die drei Mädchen hatten Angst, stellten sich mit den Rücken aneinander.

„Verpisst euch", schrie die Zweite.

„Ey, ich mach euch fertig", die Erste.

Nur die Dritte sagte nichts, hatte Tränen in den Augen. Vor Schuld, Hanna spürte ganz deutlich ihre Schuld, ihren Scham. Die anderen beiden hatten nur Wut und Angst. Aber nicht genug Angst, bei weitem nicht genug Angst, um ihre Lektion zu lernen.

„Ihr wisst, warum wir hier sind. Das wisst ihr ganz genau", sagte Hanna.

Sven ergänzte: „Mobben, Erpressen, andere Verprügeln, Abziehen, Demütigen ..."

„... das Ganze filmen und in der Schule rumzeigen, ins Internet stellen, immer und immer wieder", ergänzte Nicole seine Aufzählungen und schüttelte dabei traurig den Kopf.

„Wisst ihr eigentlich, wie eure Opfer sich fühlen? Interessiert euch das überhaupt?", fragte Hanna. Die Dritte wollte wegrennen, zurück, die Straße entlang nach hinten, wo noch keiner stand, aber kaum war sie drei Schritte losgerannt, bleib sie sofort wieder stehen und wich langsam rückwärts zurück zu ihren Freundinnen. Denn aus der Dunkelheit hinter ihnen kam Andrej langsam auf sie zu, müde lächelnd, verneinend den Kopf schüttelnd.

„Ramona, so heißt du doch", sprach Nicole die Erste, die Anführerin an. „Ich würde jetzt mal sagen, dass du dir ganz genau, ganz, ganz genau noch einmal unser Manifest anschaust."

„Du Schlampe", rief Ramona und wollte auf Nicole losstürmen, aber sie kam nicht vom Fleck, eine unsichtbare Kraft hielt sie fest, drückte sie und ihre Freundinnen zusammen und dann auf einmal schlug sich Ramona selbst mit ihrer Hand ins Gesicht. Sie schrie vor Schmerz.

„Na, willst du dich nicht für deine vulgäre Sprache entschuldigen?", fragte Nicole.

„Fotze", spuckte ihr Ramona entgegen. Wieder schlug sie sich, zweimal, ihre Nase begann zu bluten, ihre Lippe war aufgesprungen.

„Aua, tut doch weh", sagte Nicole, gespielt mitfühlend.

„So jetzt aber mal im Ernst", sagte Sven von der Seite, „die Scheiße geht nicht mehr. Ihr hört sofort auf damit."

„Ja, ja, machen wir", sagte die Zweite schnell.

„Schnauze", herrschte sie Ramona an. Hanna seufzte. Ramona wurde plötzlich in die Luft geschleudert und blieb dann zwei Meter über dem Asphalt kopfüber in der Luft hängen.

„Scheiße", schrie sie panisch, ihre Freundinnen starrten sie ungläubig und schockiert an. Hanna ging langsam auf Ramona zu, blieb kurz vor ihrem Kopf stehen: „So viel Leid und so viel Schmerz hast du verursacht. Erzähl es mir. Alles." Dabei hielt Hanna ein Handy in der Hand, das ein Video aufnahm.

„Ey Mann, lass mich runter", bettelte Ramona. Hanna schüttelte den Kopf.

„Nein, erst erzählst du alles", insistierte Hanna. Ramona presste ihre Lippen zusammen.

„Aua, aua", machte Nicole, „das tut so weh, wenn so ein Schädel auf dem Asphalt zerplatzt." Ramona fiel 30 Zentimeter und wurde dann wieder in der Luft gehalten, sie bekam Panik, ihre Freundinnen waren erstarrt, trauten nicht, sich zu bewegen.

„Ok, ok, was, was wollt ihr? Ich mach es!", bettelte Ramona jetzt. Hanna reichte das nicht, sie ging tief, ganz tief in Ramonas Gedanken und Gefühle, das war leicht, wenn jemand so panische Angst hatte und sie holte alles hervor. Aus Ramona sprudelten ein Bach, ein Fluss von Worten, eine lange Beichte aller Gemeinheiten, aller fieser Schandtaten, die sie in den letzten Jahren begangen hatte. Sie hing über der Straße kopfüber in der Luft, redete, beichtete wie ein Wasserfall und begann dabei zu zittern, wurde von Heulkrämpfen geschüttelt. Ihre Freundinnen zitterten auch, begannen auch von selbst zu murmeln, zu flüstern, alle krassen Arschlochnummern, die sie anderen angetan hatten – und das waren wirklich nicht wenige. Als Ramonas Kopf knallrot angeschwollen war, sie nicht mehr konnte, nur noch schluchzte, ächzte, da fiel sie noch einmal einen halben Meter in der Luft, wurde abgebremste und setzte fast schon sanft, auf dem Asphalt auf. Gekrümmt zitternd blieb sie liegen.

„So", sagte Sven, „schönes Video. Das behalten wir. Und wenn ihr in Zukunft noch einmal irgendwo irgendwem irgendwie ein Haar krümmt, wehtut, Scheiße baut – Dann veröffentlichen wir das, geben das euren Eltern, Lehrern, der Polizei."

„Und noch viel besser, wir kommen dann wieder. Und dann sind wir nicht mehr so nett. Verstanden?", sagte Nicole, nicht wirklich eine Antwort erwartend.

„Vielleicht kommen wir auch einfach so wieder. Und bestrafen euch noch mal. Verdient hättet ihr's", sagte Sven wieder.

„Aber nein, die drei sind jetzt geläutert. Jetzt können Sie mit ihren Opfern mitfühlen. Oder?", fragte Hanna und sendete einen tiefen Angst-, Scham-, Schuldimpuls in die drei Mädchen.

„Weißt du, was ich glaube? Ich glaube, ab morgen sind die ganz nett. Die wollen nicht, dass wir wiederkommen und das hier zu Ende bringen, oder? Wollt ihr das? Dass wir das hier mit euch zu Ende bringen?", fragte Nicole.

„Nein, sie werden sich bei Ihren Opfern morgen entschuldigen und nett sein und ab heute werden sie anderen helfen, gewiss. Und damit ihr das nicht vergesst, gibt's ein kleines Andenken", sagte Nicole noch, während sie sich schon alle wieder in die Dunkelheit zurückzogen, einfach verschwanden, so plötzlich wie sie erscheinen waren. Die drei Mädchen lagen noch recht lange auf dem Asphalt, zitternd, weinend. Dann rafften sie sich wortlos auf, suchten Orientierung, humpelten, liefen stolpernd nach Hause.

Sie wurden wieder kreidebleich, Panik befiehl sie, als sie Zuhause ihre Handys anmachten und als neuen Bildschirmschoner eine schwarz-rote Kirschblüte sahen und die Worte: „Wir wissen ganz genau, was du machst." Dafür hatte BloodAngel gesorgt.

Als die Kinder der Kirschblüte später im Wagen über die dunkle Autobahn rasten, schüttelte Andrej den Kopf und sagte: „Ihr habt euch echt verändert. Ihr seid nicht mehr die kleinen, hilflosen Mädchen, die ich einmal aufgesammelt habe. Nein. Das ist schon interessant, was Macht aus den Menschen macht. Immer wieder interessant."

Es ging zuerst keiner darauf ein, sie zuckten nur die Schultern, sahen in ihre Smartphones oder aus dem Fenster. Aber es blieb hängen, natürlich, es war Hanna und Nicole massiv aufgefallen, sie hatten drüber gesprochen: Was passiert mit uns? Ist das noch ok, was wir machen? Wollten wir das? Heiligt der Zweck alle Mittel? Je berauschender sich die Rache anfühlte, desto mehr bekamen sie Zweifel. Sie fühlten sich nach den Aktionen unwohl mit ihren eigenen Taten, unwohl damit, dass sie im Machtrausch wie Schauspieler in ihren Rollen in einem Film, einem Theaterstück agierten und mit ihren Opfern spielten. Für einen guten Zweck ja, vielleicht konnte man solche Arschlöcher nur so erreichen, nur so etwas in ihnen ändern ok, aber wie verhielten sie sich dabei? Zu was waren sie geworden?

„Weißt du eigentlich, wie viele E-Mails, wie viele Snaps wir bekommen haben? Wie derbe das online abgeht unter den Videos, in Blogs, auf Insta? Alle sagen Danke! Alle kriegen Hoffnung!", platzte es aus Sven heraus.

„Alle?", fragte Andrej skeptisch, während er durch die Nacht Richtung Villa raste.

„Natürlich gibt es Arschlöcher, die nur trollen, nur haten wollen. Natürlich gibt es Esos die diskutieren, alles zerreden, alles hinterfragen, hier blabla, da blabla, man kann doch nicht, man darf doch nicht. Ist doch alles scheiße! Es bringt was, es ist gut und weißt du was Andrej, weißt du was? Es ist groß! Es wird gerad etwas ganz Großes. Wir verändern Leben und wir verändern die Welt, ob du willst oder nicht! Geh doch mal online, lies doch mal, lies doch mal, was alle schreiben und diskutieren! Informier dich doch mal!", hatte sich Sven wieder in Rage geredet.

„Wisst ihr was", sagte Andrej, „ich will nicht urteilen, nicht über euch, eure Aktionen, aber auch nicht über die armen Mädchen gerad, die meinetwegen weiß Gott was für einen Scheiß gemacht haben. Wisst ihr nur, was ich will? Hanna? Werdet nicht so wie der Kreis. Versteht ihr? Werdet nicht so, wie ich früher war. Denkt mal drüber nach. Das ist meine einzige Bitte."

Danach herrschte Stille und in dem dunklen Wagen konnte Hanna in der Frontscheibe die Reflexion eines leichten Lächelns bei Andrej beobachten.

Ja, sie hatten etwas verändert, etwas angestoßen, in der Welt da draußen und in sich drinnen auch. Doch Hanna war sich nicht mehr so sicher, ob das alles richtig war oder gut. Und sie hatte das Gefühl, es lief in eine völlig falsche Richtung, und das was nötig war um eine Wirkung zu erreichen, war ihr dann doch eigentlich viel zu heftig, war ihr zuwider, so gut sie auch diese Rolle spielen konnte. Scheiß Welt, scheiß Menschen, sie wollte das alles nicht, sie wollte ihre Ruhe.

Doch ob Hanna wollte oder nicht, sie konnten es jetzt nicht mehr aufhalten.

19

Der Zug fuhr langsam in den Hauptbahnhof von Frankfurt ein. In der ersten Klasse machte sich ein Mann mittleren Alters bereit zum Aussteigen. Er streifte sein Jackett über, ordnete seinen eleganten Anzug, nahm eine alte, große schwarze Ledertasche vom Sitz neben sich auf und ging langsam in Richtung der Tür. Es hatte den ganzen Tag geregnet, doch jetzt in der Abenddämmerung tauchte die Sonne die Stadt in ein funkelndes, blutiges Rot. Ein Junge und sein Vater schauten aus den Fenstern und der Vater sagte: „Sieh nur: Frankfurt – das ist das wahre Zentrum der Macht in Deutschland!"

Im Vorbeigehen musste der Mann lächeln und dachte: „Oh ja, wenn du wüsstest, wie recht du damit hast, du lächerliches, kleines, menschliches Würmchen."

Es war ein imposanter Bau, ein Büroturm, mitten in der Innenstadt, viele Stockwerke hoch und selbst an sonnigen Tagen sah er bedrohlich, einschüchternd, dunkel aus. So als ob er alles um sich herum beherrschen und erdrücken würde. Der Mann ging am Empfang vorbei, wortlos, man kannte ihn, ließ ihn die Schranken passieren. Im Fahrstuhl steckte er eine Karte in den vorgesehenen Schlitz und drückte eine Tastenkombination. Der Fahrstuhl setzte sich in Bewegung und raste zum 17. Stockwerk empor, für welches es eigentlich keine Taste gab, welches nirgendwo angezeigt wurde. Ein langer, dunkler Flur, erleuchtet von gedämpftem, bläulich schimmerndem Licht führte vorbei an mehreren geschlossenen Türen zu einem großen Raum. Die Flügeltüren standen offen.

Natürlich hatte dieser Raum Fenster und wenn man wollte, konnte man von hier oben ein äußerst imposantes Panorama der Stadt bewundern. Aber das war schon viele Jahre nicht mehr möglich gewesen, denn die Fenster waren von Schiebewänden verdeckt. Alles Licht der Außenwelt hatte diesen Raum lange, lange Zeit nicht mehr berührt, eigentlich nie mehr seit der Vollendung des Baus. Ein großer, langer Tisch stand in der Mitte des Raumes, er schien zu schweben auf dem bläulichen Licht, doch war dies nur eine architektonische Täuschung. Die Tischplatte war viele Jahrhunderte alt, genauso wie die Gemälde, die Skulpturen, die Waffen, die ringsherum die Wände zierten und dunkle Schatten warfen.

Seit Hans-Christian von Bahlheim die Macht im Kreis übernommen hatte, seit sie ihm geschenkt worden war von diesen verweichlichten, dekadenten, unfähigen Idioten, die sich vorher im Kreis die Führung geteilt hatten, seitdem residierte der Kreis hier, in diesem Zimmer, in diesem Gebäude, das Bahlheim extra hatte dafür bauen lassen. Doch die großen Zusammenkünfte des Kreises waren wenige geworden in den letzten Jahren. Bahlheim verfolgte seine Ziele, seine Pläne direkter. Er lud nur hin und wieder diejenigen, die er brauchte aus dem Kreis, aus den Clans, zu sich hierher und instruierte sie, steuerte sie. Und wer nicht spurte, wer nicht gehorchte oder wer sonst wie etwas tat, was Bahlheim zuwider war, der wurde direkt besucht, aufgesucht, bestraft, vernichtet.

Der Mann aus dem Zug, Freesen, Niklas Freesen, schritt in den Raum, so mutig, forsch und gelassen wie möglich und doch, und doch, es war eher ein zögerliches sich Vortasten, ein nervöses Hineinwagen – in die Höhle des Löwen, der Bestie, des Wahnsinns.

Hans-Christian von Bahlheim stand mit dem Rücken zu ihm, sah auf die hölzerne Wand, hinter welcher sich die Fenster, das Panorama der Stadt versteckten. Wer weiß, vielleicht sah er direkt durch diese Wand hindurch, vielleicht sah er aber auch durch die Zeit, die Jahrhunderte zu anderen, weit entfernten Orten. Man konnte es nie wissen.

Groß war er, sehr groß, schlank, trotzdem kräftig, der Körper unter voller Spannung, imposant, elegant, zeitlos. Eine Aura der Macht strömte von ihm, ohne dass er etwas sagte, sich bewegte, einen ansah. Es war eine flirrende, fast schon erdrückende Energie, die Bahlheim umgab. Niklas Freesen stellte seine Tasche ab auf seinen Platz, seinen Stuhl, an der Stelle der Tischplatte, an der sein Clan seit jeher gesessen hatte. War er noch so stark, selbstsicher, arrogant, brutal, so zerfiel doch seine ganze Kraft, seine Macht, sein Stolz, jedes mal sobald er in die Aura von Bahlheim trat. In seinem Kopf spürte er Bahlheim suchen, wühlen. Freesen ließ es zu.

„Und?", fragte Bahlheim knapp, trocken.

„Ich habe Broschkov erledigt. Er lag noch immer auf der Intensivstation, war nicht mehr zu gebrauchen. Sein Artefakt habe ich dabei." Freesen zögerte kurz, fuhr dann fort: „Von Andrej oder Anastasia konnten wir keine Spur mehr finden. Leider."

Langsam drehte sich Bahlheim um. Sein Blick, seine Konzentration traf Freesen. Bahlheims Gesicht war starr, regungslos, bis auf ein unkontrolliertes Zucken seines linken Mundwinkels, das kurz, in unregelmäßigen Abständen zu beobachten war und welches Freesen noch weit mehr irritierte, ihm weit mehr Angst einflößte als der eisige, erdrückende Blick von Bahlheim, der direkt in Freesens Herz zu blicken schien.

„Wir können also davon ausgehen, dass die Tochter des Verräters bei Anastasia und Andrej ist", dachte Bahlheim während er Freesen weiter stumm fixierte, ohne ein Wort zu sprechen. „Ich brauche sie, lebendig. Ja, lebendig brauchen wir sie. Simeon ist kein Idiot gewesen. Er wird das Herz der Quelle sicher aufbewahrt haben und er wird eine Spur, einen Weg dorthin hinterlassen haben. All die Zeiten, all deine Zeilen, Friedrich, glaub mir, die Spur, dieser Weg, ist seine Tochter. Wir brauchen sie also. Ich brauche sie lebend."

„Was soll ich jetzt machen? Habt ihr einen neuen Auftrag für mich?", fragte Freesen die Stille, den Blick nicht länger ertragend.

Bahlheim schwieg weiter. Sein Mundwinkel zuckte. „Sie sind nicht dumm, die Anastasia, der Andrej und ja, wahrscheinlich auch Simeons Tochter. Sie sind nicht dumm, aber sie sind auch nicht schlau. Darum müssen wir sie locken, vorsichtig, wie scheue Rehe müssen wir sie auf eine Lichtung hervorlocken, damit sie uns zeigen, bringen, was wir suchen und damit wir sie erlegen können. Anastasia kennt uns nur zu gut, sie weiß sich zu verstecken. Anastasia, meine Anastasia. Geistert wieder in der Weltgeschichte rum und sucht nach Verbündeten für ihren lächerlichen Kampf. Gegen mich, gegen ihr Schicksal. Wie sinnlos, wie verschwenderisch. Aber wir haben eine Spur zu Simeons Tochter. Friedrich, ich werde dich nicht enttäuschen. Unsere Kontakte bei der Polizei haben uns die Hinweise zugespielt. Die Hinweise …"

„Hast du schon einmal von den 'Kindern der Kirschblüte' gehört, Freesen?", fragte Bahlheim völlig unvermittelt, laut mit einer kalten, rauen Stimme.

Freesen musste schlucken, wusste nicht wieso, seine Hände schwitzten, fühlte nur die Präsenz, diesen Druck in seinem Kopf und wie kleine Tropfen Blut aus seiner Nase zu rinnen begannen, wie so oft, wenn er direkt mit Bahlheim sprach: „Ja … ja, ich habe gerade heute früh darüber gelesen."

„Das sind sie, das ist Simeons Tochter. Sie macht es uns zu leicht, wir sollten dem nicht gänzlich trauen und doch, und doch hab ich eine kleine Falle konstruiert. Dorvund wird sie für uns auf die Lichtung locken", sagte Bahlheim laut und doch wie zu sich selbst, während er weiterhin regungslos Freesen fixierte.

Dieser war überrascht. „Pietre Dorvund? Also ... Herr von Bahlheim, wie Sie wissen, ist Pietre Dorvund nach seinem Einsatz in Paris damals nie mehr wieder richtig auf die Beine gekommen. Er war – ich denke, er ist – eine Gefahr für uns, wir hätten entdeckt werden können. Wir haben ihn damals auf ihre Anweisung hin in der Nähe von Prag untergebracht, versteckt, eingesperrt. Ich glaube nicht ..."

Geduldig-väterlich belehrend und doch bestimmt unterbrach ihn Bahlheim: „Freesen, Schssssscht. Das weiß ich doch alles. Ich habe ihn schon holen lassen. Er ist schon hier. Wir wissen ganz genau, wie es um Dorvund steht. Was wir an ihm haben."

Bahlheim schwieg wieder, doch seine Gedanken rasten weiter: „Ja, das kleine Treffen mit der Frau Goldmann hat ihn komplett aus der Bahn geworfen damals. Ich weiß ganz genau, wie er gewütet hat, ich kenne ihn, wie alle meine Diener. Ich kenne seinen Hass auf blonde Frauen, Mädchen, nachdem er in Paris gescheitert ist. Ja, all diese psychopathischen Morde, diese Schlachtfeste, die er an den Frauen gefeiert hat in seinem Domizil in Prag. Er hätte uns fast enttarnt in seinem Wahnsinn, seinem Hass. Ich weiß das alles, wir fühlen es, wir sehen es, als wäre es gestern passiert ... Genau das brauchen wir jetzt, genau so einen brauche ich jetzt hier. Und ich hab ja noch dich, du wirst dich um alles kümmern, mein teurer, loyaler Freesen."

Knapp sagte Bahlheim: „Freesen, Du wirst dafür sorgen, dass alles in meinem Sinne geschieht", dann entließ er ihn aus seinem Bann, wandte seinen Blick wieder auf das verschlossene Panoramafenster und ließ durch eine kleine Bewegung mit dem Finger ein Bild an der Wand zu einem Bildschirm werden, auf dem sofort ein Youtube-Video zu laufen begann. Freesen erkannte darauf das schwitzende, wahnsinnige Gesicht von Pietre Dorvund – und musste erneut schlucken.

20

Sie waren erdrückt, entrückt, perplex, ratlos und berauscht zugleich. Das Internet war voll mit Reaktionen, Posts, Geschichten. Alle redeten über die Kinder der Kirschblüte. War es ein Fake? Eine Promotion? War es echt? War es ok, so was zu machen? War es gut und richtig? War es egomane Selbstjustiz? War es gefährlich? War es eigentlich nicht das Gleiche, wie das, was die Mobber machten? War es wirklich so ein Problem? Gab es wirklich so viele Opfer, so schlimme Geschichten? War das Ganze wirklich nötig?

Es gab Geschichten, hunderte Geschichten, von Opfern veröffentlicht, gesammelt, geshared bei Tumblr, Instagram, Facebook, Snapchat, in Blogs und Foren, alle mit dem Hashtag #kinderderkirschbluete. Diverse Youtuber erzählten von eigenen Erfahrungen, ihre Meinung dazu, forderten ihre Fans auf ebenfalls Geschichten zu erzählen, hinzusehen, einzugreifen, Jugendmagazine griffen das Thema auf, in dem Forum unter www.kinderderkirschbluete.de wurden Erfahrungen ausgetauscht, wurde Hilfe gegeben, Ratschläge, Adressen. Die Polizei warnte auf Facebook eindringlich vor Akten der Selbstjustiz und stellte klar, dass die Kinder der Kirschblüte Straftaten begangen hatten. Und die Medien berichteten, ja es wurde sogar Thema in einer Talkshow im Fernsehen.

Aber oft, überall, war natürlich auch alles voll mit Hater-Kommentaren, Leute, die sich lustig machten, sich auskotzten über die Kinder der Kirschblüte oder über Mobbingopfer und ihre Erfahrungen. Leute, die drohten, Lügen erfanden, bloßstellten, beleidigten. Tonnenweise Hass, Ignoranz und Respektlosigkeit, wie so oft im Internet, in der Welt. Und die Medienberichte, die gingen natürlich fast nie um das wirkliche Thema, die gesellschaftliche Tragweite, die Verantwortung, die institutionellen Probleme dahinter, nein, es ging meist oberflächlich um die Kinder der Kirschblüte und ihre Selbstjustiz oder um die Schaulust an besonders schlimmen Mobbingfällen, meist ohne die jeweiligen Hintergründe zu durchleuchten oder gar Lösungen zu diskutieren. Je nachdem, wohin man den Blick richtete, konnte man also ein Körnchen Hoffnung sehen oder einfach nur eine oberflächliche, sensationsgeile, hasserfüllte Welt.

Hanna war verwirrt, sie wusste nicht, was sie dazu denken sollte, wie sie es wirklich finden sollte, und sie hatte Angst davor es durchzudenken, denn sie genoss das Gefühl der Gruppe, das Gefühl ein wichtiger, elementarer Teil von etwas zu sein, etwas Wichtiges zu tun, etwas, was bemerkt wird, was die Welt veränderte, vielleicht.

Nur wie? Wie veränderte es die Welt? Und wie veränderte es sie? Sie genoss es und schämte sich gleichzeitig dafür, ja verabscheute es, wie sie sich während der Bestrafungsaktionen aufgeführt hatte, wie sie die Macht dabei genossen hatte. Fühlten Mobber das manchmal auch? Also manche, also die, die fühlen konnten, die denken, reflektieren konnten?

„Das ist doch großartig! Das ist so super, dass endlich mal breit drüber gesprochen wird! Und das haben wir, wir alle, wir haben das zusammen geschafft!", sagte Sven, „und klar, diese ganze Hater-Scheiße, die ist doch klar, die kann uns doch mega am Arsch vorbeigehen. Hier, seht nur wie unglaubliche viele Opfer, geschundene Seelen sich zeigen, laut aussprechen, unser Zeichen an Wände kleben, posten, sprayen. Das ist doch Wahnsinn!"

„Ich bin ein wenig schockiert, dass es so viele sind", sagte BloodAngel, „also klar, es war ja irgendwo klar, aber dass es so so viele gibt, das also jetzt mal so zu sehen, mitzukriegen, das ist schon ... beeindruckend."

„Aber all die Lügen und Unwahrheiten über uns. Wer blickt da denn bitte noch durch? Und die Medien mit ihren krassen, beschissenen Schlagzeilen – die Leute glauben doch den ganzen Scheiß ... und da frag ich mich, am Ende: Ändert es was? Ist das nicht gerad nur so ein Hype-Aufgeilthema und versandet dann wieder total in ein paar Wochen? Ich weiß nicht, wo geht es hin? Sollten, müssten wir es vielleicht mehr lenken? Nochmal deutlicher ein paar Dinge klarziehen?", fragte Nicole.

„Ich fühl mich nicht gut dabei, ich glaub wir müssen etwas zurückrudern. Ich hab derbe Angst, wenn ich das alles so lese und sehe ... und uns so ansehe bei den Aktionen ... ich habe Angst, dass das zu derbe in die Selbstjustizrichtung geht, dass da ein paar Leute noch mal derbe durchknallen, durchdrehen. Wir waren glaub ich zu heftig. Ich weiß nicht, klar, ich weiß noch, was wir alles besprochen hatten und warum wir das gemacht haben, genauso und es zeigt ja auch Wirkung, genauso. Ich steh da auch hinter. Aber müssten wir nicht jetzt nochmal klarer werden, was wir eigentlich genau wollen? Alle reden fast nur noch übers Bestrafen, über Selbstjustiz, über Extreme, aber gar nicht mehr darum, was dahinter steht, über den gesellschaftlichen Kontext, die Verantwortung eines jeden Einzelnen, also warum wir das überhaupt gemacht haben", sprach Nicole aufgebracht weiter.

Hanna nickte und ergänzte: „Ja und Ich habe auch etwas Angst, was aus uns geworden ist, was wir da machen. Die Macht des Bestrafens, es fühlt sich zu gut an, wir inszenieren es zu cool. Wir sind nicht bei Buffy, das sind keine Phantasiedämonen, gegen die wir kämpfen. Das hier ist das echte Leben, das sind echte Menschen ..."

„Vielleicht sollten wir mehr auf den Punkt kommen, dass es darum geht, dass alle netter zueinander sind und mehr Acht aufeinander geben. Also jetzt mal versimplifiziert gesprochen. Wisst ihr, was ich meine?", fragte Nicole.

„Ach, ging es darum? Geht es wirklich nur darum?", fragte Sven, „die Welt einfach nur ein bisschen netter machen? Ach komm schon, Nicole, du weißt doch was los ist: Die Welt ist scheiße, die allermeisten Menschen sind scheiße. Das sehen wir doch jetzt hier ganz deutlich überall in all dem, was du beschreibst, in all denen, die uns schreiben. Ich glaube, es ist wichtig, dass wir eine Sache verstehen. Dass ihr mich richtig versteht: Zivilisation, Menschlichkeit, ein faires Miteinander ist eine Chimäre, eine Illusion, ein unglaublich fragiles, temporäres, lokales Konstrukt. Ja genau so."

Wie schon im Forum so oft, driftete Sven mal wieder ins Gesamtgesellschaftsphilosophische ab. „Guckt euch die ganzen Kriege an, jetzt gerad in der Welt, Millionen Menschen sterben, Menschen arbeiten zwölf Stunden täglich für Hungerlöhne. Kinder mit blutigen Händen, dass wir T-Shirts für 2,99 kaufen können und man könnte das alles so leicht ändern, so leicht was machen, aber keiner macht wirklich was, alles nur Alibi-Scheiße. Und die tägliche Gewalt, die täglichen Unmenschlichkeiten im Kleinen, überall, überall Bestien. Deutschland vor drei Generationen, alles Bestien, unvorstellbar, was Großeltern, Urgroßeltern von uns gemacht haben, zugelassen haben und die Stasi dann, was für ein Scheiß und jetzt guckt in die anderen Länder ganz nah, ganz fern und guckt in die Geschichte der Menschheit, immer, überall.

Zivilisation, fairer, wertschätzender menschlicher Umgang ist eine Illusion, eine Utopie, es ist kurzfristig lokal in kleinen Gruppen möglich, mehr nicht. Davon bin ich überzeugt. Wir haben etwas angestoßen, das ist doch groß, was richtig Großes. Wir können aber nicht die Welt retten, nicht die Gesellschaft.

Nur uns. Der Welt können wir nur zeigen, wie scheiße sie ist. Und das machen wir gerade, das ist groß!"

BloodAngel hakte ein: „Ähm, also irgendwie klang das neulich für mich noch anders, so 'n bisschen. Wo wollen wir, wo willst du eigentlich hin? Darf ich dich mal kurz fragen, was für ein Menschenbild du eigentlich hast? Ist der Mensch an sich gut oder schlecht?"

Sven hatte sichtlich Freude, in der Antwort seine Gedanken auszuführen und man merkte, dass er immer dann viel freier sprach, wenn Andrej nicht dabei war: „Ich glaube, der Mensch ist ein Tier. Ich glaube, der Mensch ist nicht rational, das ist ein Trugschluss, auch eine Chimäre, ein Irrglaube. Die meisten Entscheidungen, Handlungen sind emotional, sind instinktiv. Der Mensch ist ein Herdentier. Guck dir die Geschichte der Menschheit an, die Evolution. Was ist gut, was ist schlecht? Wer sagt, wann etwas gut ist? Wenn keiner dabei zu Schaden kommt? Wenn es gesetzeskonform ist? Wenn es nach den Dogmen der Bibel oder des Islams ist? Oder wenn es der Evolution dient? Was ist schon gut? Wer definiert das? Ist gut, was sich gut anfühlt? Gut anfühlt für wen? Es gibt kein objektives, allgemeingültiges Gut und Böse.

Aber wir hier, wir alle hier, wir haben uns entschieden, uns darauf geeinigt, was für uns Gut und Böse ist, wir wollen uns und anderen wie uns helfen. Der Mensch ist ein Herdentier, ihr seid meine Herde und ich beschütze meine Herde. Das ist die einzige

Wahrheit, das einzige Gut und Böse, das ich aus der Geschichte der Menschheit, der Evolution, ableiten kann."

Sven sah sie mit feurigen Augen an und sprach weiter: „Aber diese gesamte Gesellschaft da draußen ist verdorben, verrottet, verlogen, nichts wert. Überall nur Egoismus, Leid, alle leben auf Kosten anderer. Entweder direkt hier oder indirekt durch Ausbeutung der dritten Welt. Es kotzt mich alles an. Natürlich ist Extremismus auch keine Lösung – China, Russland, Türkei: alles scheiße. Mexiko: Drogenbanden. Wir müssen uns entscheiden: sterben oder etwas Neues bauen. Ich will kämpfen, ich will versuchen etwas Neues zu bauen. Vom Herzen, mit Liebe. Achtsam, wahrnehmend. Aber wir müssen uns erst des Alten entledigen, wir müssen kämpfen, bestrafen, auslöschen. Es klingt schlimm, es klingt scheiße, es wird schlimm, es ist scheiße. Aber genau darum müssen wir Zeichen setzen, bleibende Zeichen und Massen bewegen, so wie jetzt gerad! Denn wir haben etwas, was es sonst nicht gibt für Leute wie uns: einen Funken Hoffnung. Lasst uns dafür kämpfen!"

Hanna tat sich schwer Sven zu folgen, es gab so viele Punkte, wo sie einhaken wollte, nachfragen, gegenreden, aber Sven sprang so schnell hin und her in seinen Gedanken, dass Hanna am Ende nur verwirrt war und sich fragte, was das noch mit ihrer Idee, Vision der Kinder der Kirschblüte, die sie damals in den Nächten im Forum hatten, gemeinsam hatte. Oder hatte Sven schon immer eine andere Idee, eine andere Vision, als sie?

„Alta ...", sagte Nicole, „du redest ganz schön wirr!"

Auch BloodAngel sagte: „Puh, Chaos, komm mal runter, nimm mal den Gang raus. Du hörst dich gerad ziemlich durchgeknallt an. Wie ich es sehe, haben wir hier was angefangen, was ausgesprochen und bekannt gemacht, was total richtig ist und gerade derbe einen Nerv trifft. Und deshalb so groß wird. Ich stehe auch dahinter, aber ehrlich, es fliegt jetzt derbe los, geht total ab und es ist nicht mehr in unserer Macht oder Kontrolle und wisst ihr was? Das muss es auch nicht sein. Wir können, dürfen, müssen nicht die Welt, die Menschheit und alle Mobbingopfer und geschundenen Seelen retten. Wir müssen auch keinen Krieg führen. Das können wir nicht und das ist nicht unser Job.

Die Welt ist viel zu kompliziert und ich hab auch das Gefühl, viele wollen gar nicht wirklich etwas anderes, als das, was da gerad passiert. Die wollen gar nicht, dass sich wirklich etwas ändert, weil es zu anstrengend für sie selbst ist, weil sie dann selbst was ändern müssten. Das ist zu unbequem. Wir haben geile Zeichen gesetzt, aber ehrlich, wir sollten uns vielleicht ein bisschen zurückziehen und uns wieder mehr um uns selbst, unsere eigene ganz kleine Welt kümmern."

„Wie armselig ist das denn?", fragte Sven aufgebracht, „wir können uns doch jetzt nicht aus der Verantwortung stehlen. Ich sag euch was: Revolution ist nicht die Zeit, in der geschossen und auf den Straßen Blut vergossen wird, um lediglich eine elitäre, herrschende Clique durch eine andere zu ersetzen. Revolution ist der langwierige, lang andauernde Prozess zur Schaffung eines neuen Menschenbildes! Und wir haben damit begonnen, wir haben es angestoßen! Wir können so viel mehr machen. Wir müssen es jetzt weiterführen!"

Nicole rollte nur noch mit den Augen, BloodAngel sagte: „Chaos, du bist nicht Rudi Dutschke, du bist nicht Che Guevara, hör auf sie zu zitieren, wir sind hier nicht in einer Revolution. Ganz ehrlich, wie gesagt, ich helfe im Rahmen meiner bescheidenen Möglichkeiten gerne anderen, ich find die Idee der Kinder der Kirschblüte klasse, aber wir haben Zeichen gesetzt, mehrere, jetzt sollten wir erstmal wieder kleinere Brötchen backen. Lass uns überlegen, wie wir eine sichere, heile Kommune aufziehen können, das wär mein Vorschlag."

Hanna war auf einmal müde, unendlich müde. Gott, war das alles kompliziert und scheiße geworden. Sobald Menschen– viele Menschen– dabei waren, wurde immer alles scheiße, da hatte Sven recht. Sie wollte sich definitiv nicht aus der Verantwortung stehlen, aber was da gerad passierte, das wollte sie alles nicht, das war ihr viel zu viel. Und was Sven da redete, das machte ihr Angst. Sie spürte nur Euphorie und Wut bei ihm, das war ganz und gar nicht gut. Sven war ihr so fremd geworden.

„Vielleicht sind wir ja auch einfach Einzelgänger alle", dachte sie, „vielleicht ist gemeinschaftlicher Scheiß ein blöder Wunsch, vielleicht sind wir alle auch einfach zu kaputt und es geht gar nicht, vielleicht ist unser Zusammenleben, vielleicht sind die

Kinder der Kirschblüte auch nur ein Traum, eine coole Story, ein Hirngespinst, aber in Wirklichkeit nicht machbar." Das dachte Hanna und das sagte sie dann auch laut. Sven sah sie entgeistert, schockiert, enttäuscht an.

Und selbst Nicole war dazu auch ganz anderer Meinung: „Alta, sorry Hanna, ist jetzt direkt, aber ich kotz gleich. Kaum wird's mal 'nen bisschen heavy, etwas anstrengend, und gleich mimimi, alles scheiße, ich geh in mein Schneckenhaus zurück. Kämpfen, auch mit sich, nicht gegen sich, weißt noch? Zusammenreißen, Fehler machen, daraus lernen. Wir hier, das ist doch richtig und was wir da gemacht haben, ich find's ja auch scheiße und richtig zugleich, nur jetzt müssen wir halt schauen, was wir daraus machen, ich stimme zu, jetzt müssen wir Verantwortung übernehmen und ich gebe zu, ich weiß nicht wie! Ich übernehme aber nicht dauerhaft Verantwortung für mehr als mich und meine Handlungen, ich kann nicht die Welt retten.

Also Vorschlag zur Güte: Wir machen keine Weltrevolution, keine Strafaktionen mehr, sondern wir überlegen uns jetzt ganz genau, wie wir noch einmal ein Zeichen setzen können, ein bisschen verdeutlichen können, dass es uns ums Manifest ging, um die Verantwortung von jedem Einzelnen und dass wir keine Selbstjustiz-Depri-Terrorbande sind. Ok?"

„Aber dann führen wir doch alles ad absurdum! Dann hat doch keiner mehr Angst vor uns, dann war alles umsonst!", begehrte Sven auf.

„Find ich nicht", sagte Hanna, „find ich wirklich nicht. Ich will nicht, dass jemand Angst vor mir hat, es fühlt sich nicht gut an, find ich, ich brauch das nicht. Hab ich festgestellt. Ich will, dass es uns gut geht und ok, wir setzen Zeichen und gucken, wie wir uns vielleicht im Kleinen um andere kümmern können, ok, das ist ein Plan, eine Kommune, das find ich gut. Bitte Sven, vergiss die Weltrevolution. Das macht mir Angst."

Sven kam nicht mehr zum Antworten, denn in diesem Moment rief BloodAngel laut: „Ach du Scheiße!" Er war kreidebleich.

„Was ist?", fragte Nicole.

„Scheiße, scheiße, scheiße!", BloodAngel war nicht dafür bekannt schnell hysterisch zu werden, aber jetzt gerade trat sogar Schweiß auf seine Stirn. Wie immer hatte er, während sie zusammensaßen, nebenbei in sein Notebook geschaut, Sachen gemacht, einen Kopfhörerknopf im Ohr. „Habt ihr das Video schon gesehen? Nein, natürlich nicht! Nicht gut, gar nicht gut. Das ist jetzt wirklich nicht gut!"

Nicole war hinter ihn getreten, sah auf seinen Bildschirm, biss sich auf die Lippe, wurde auch kreidebleich und hielt sich ihre Hand vor den Mund – um ihr Entsetzen zu verbergen.

21

Fontane war alt geworden, dachte Anastasia. Er humpelte langsam in den Raum und setzte sich zitternd in einen großen Sessel beim Kamin, in dem ein virtuelles Feuer knisterte. Sein linkes Auge war blind, milchig trüb gefärbt, im Gesicht hatte er Narben, verhärtete Brandwunden. Oh ja, es hatte Streit mit Bahlheim gegeben.

„Liebe Anastasia, wie schön, dass ich noch mal ein Kind der Romanjovs treffe. Ich habe deine Familie immer gemocht, trotz allem immer sehr gemocht. Ich hoffe, deinem Bruder geht es gut?", fragte Fontane mit brüchiger, alter Stimme.

Anastasia konnte ihre Überraschung schwer verbergen. Ihre Überraschung, dass Fontane noch lebte, sowie ihre Überraschung, dass er derart gezeichnet war. Sie besann sich und antwortete freundlich: „Es geht ihm gut, den Umständen entsprechend. Er ist in unserem Versteck ... zusammen mit Simeons Tochter."

Fontane nickte und sprach: „Ja, das Herz der Quelle. Wo ist es? Was ist es? Und was hat Bahlheim damit vor?" Fontane schwieg einen Moment, sammelte Kraft zum Reden. „Ich habe mit Simeon gesprochen. Kurz vor seinem Tod habe ich mit ihm noch gesprochen. Vielleicht war es töricht, aber ich bin nun mal der Mediator, es gibt für mich kein Gut und Böse, keine Verbannten, keine Verräter, kein Jenseits des Kreises. Ihr alle seid meine Kinder und so habe ich versucht Simeon zurück in den Kreis zu holen, mit ihm zu sprechen. Das ist meine Aufgabe.

Als Bahlheim uns überraschte, als ich begriff, dass er mir gefolgt war mit seinen Häschern, da war es zu spät, leider, zu spät."

Fontanes Stimme wurde stockte, eine Träne rann aus seinem blinden Auge. „Ich habe Simeon gemocht, wie alle meine Kinder, ich mag alle meine Kinder, auch Bahlheim. Auch Bahlheim habe ich immer wieder versucht, sanft auf den Weg der Mitte, den Weg des Kreises zurückzubringen. Es war vergebens."

Fontane schwieg, in Gedanken, bis Theodore sich räusperte und der Mediator wie aus einem Traum aufschreckte und weitersprach. „Ich glaube Simeon. Ich glaube ihm, dass seine Tochter nichts vom Herz der Quelle weiß. Ich glaube und hoffe, dass es verloren ist. Denn wenn Bahlheim das Herz der Quelle findet, dann kann er vollenden, was seine Vorfahren vor fast tausend Jahren begannen.

Mit dem Herz der Quelle kann er das Mutterartefakt zu neuem Leben erwecken. Und dann ... dann ist er der Herrscher der Welten."

Fontane sah Anastasia direkt an. „Du kennst es, du hast es gesehen, aber du weißt nicht, wozu es im Stande ist. Es ist eine Waffe, eine unbeschreiblich mächtige Waffe. Mit dieser Waffe kann Bahlheim im Handstreich ganze Städte, Armeen, Länder vernichten, auslöschen. Aber mehr noch, es ist noch viel mehr. Es ist ein Tor, es ist ein Portal in andere Welten. Es steht geschrieben in den alten Büchern des Kreises, dass der Herrscher über das Mutterartefakt der Herrscher über die Welten ist.

Doch du weißt es auch, du hast es auch gesehen Anastasia: Bahlheim ist verrückt. Nach außen wirkt er vielleicht nicht so, er wirkt noch kontrolliert, er hat seine Aura der Macht um sich, die ihn göttlich erscheinen lässt, doch innen drin, innen drin ist er durch und durch wahnsinnig geworden." Fontane machte wieder eine Pause, sammelte erneut Kraft zum Sprechen.

„Ich bin der Mediator des Kreises von Paddan-Aram. Nichts ist mir heiliger als der Kreis, seine Kraft, sein Glanz, seine Integrität und sein Fortbestand. Und seine Kinder. Aber von Bahlheim ist wahnsinnig. Niemals darf er solche Macht besitzen. Er wird den Kreis nicht zu neuem Glanz führen. Er wird den Kreis vernichten, er wird uns, unsere Geschichte, unsere Heimat, uns alle wird er vernichten. Deshalb muss er gestoppt werden. Ihr müsst ihn stoppen!"

Anastasia ließ ihren Blick langsam von Fontane zu Theodore und Elisabeth schweifen. Sie wollte gerade ihren Mund öffnen, da stieß Theodore mit seinem Gehstock heftig auf den Boden auf: „Die Ashcloovs bleiben neutral!", sagte er wütend, sich seiner Angst schämend.

„Was ihr da drüben auf dem Kontinent macht, interessiert uns nicht. Uns ging es immer am besten, wenn wir uns nur um uns, nur um England gekümmert haben. Ja, Bahlheim ist wahnsinnig, mit Sicherheit. Aber das ist euer Problem. Das Mutterartefakt? Von dem, was ich gehört hab, ein antiker Schrotthaufen. Ein Tor in andere Welten? So ein Quatsch. In was für Welten denn? Was für ein Ammenmärchen. Wir wissen nur zu gut, wie viele Märchen, schöne Legenden in den Büchern des Kreises stehen. Sie alle sollen dem Kreis Gewicht geben, Größe, ihm eine Legitimation und eine Relevanz verleihen, die er nicht hat.

Der Kreis ist ein Syndikat, ein Zusammenschluss von Paten, von Verbrechern, wenn man so will, die ihre Gebiete abstecken, nicht mehr und nicht weniger. Und unser Gebiet ist hier, ist England. Ich sage es ein letztes Mal: Die Ashcloovs bleiben neutral!"

Anastasia schüttelte den Kopf, suchte nach Worten: „Aber Theodore, egal was mit dem Mutterartefakt ist, egal ob das Herz der Quelle jemals gefunden wird, Bahlheim wird, wenn auch nicht die Welt, dann doch den Kreis, die Artefaktträger, alles was wir kennen, was wir sind, vernichten. Er ist schon dabei. Tausende Jahre Kreis von Paddan-Aram lösen sich auf, werden bedeutungslos. Das kann euch doch nicht egal sein? Und ich kenne ihn, oh ja, ich kenne Bahlheim. Wenn er mit dem Festland fertig ist, dann kommt er zu euch, er wird hierher kommen und euch finden und euch aufsaugen, auslöschen! Ihr seid nicht sicher! Ihr müsst kämpfen. Jetzt ist eure einzige Chance!"

„Soll er doch kommen!", schnappte Theodore, „wir sind bereit. Das haben schon so viele versucht in all den Jahrhunderten.

Nein, nein, wir haben keine Angst vor Bahlheim, aber wir werden auch nicht wieder den Fehler machen uns in eure Angelegenheiten einzumischen!"

„Unsere Angelegenheiten?", Anastasia wurde wütend, „begreift ihr das denn nicht? Es geht nicht um uns und euch, das alles ist eins. Ihr seid Teil davon, ihr könnt euch dem nicht entziehen! Reicht uns jetzt eure Hand und kämpft mit uns und wir können es endlich beenden, nur gemeinsam. Ohne euch schaffen wir es nicht! Ohne euch sterben wir … und später ihr!"

„Du scheinst nicht zu hören, was ich sage, liebe Anastasia. Und so sage ich es noch ein letztes Mal: Die Ashcloovs bleiben neutral. Punkt."

Es herrschte eisige Stille, Anastasia knetete die Lehne ihres Stuhls, suchte nach Worten, suchte nach einem Argument, um Theodore wachzurütteln, zu überzeugen.

Da ergriff Fontane wieder das Wort: „Lass gut sein, Anastasia. Du wirst Theodore nicht überzeugen können. Es ist in seinem Blut, das Blut der Ashcloovs. Er wird dir nicht helfen, Anastasia. Das ist die Tradition der Ashcloovs. Leider. Aber vielleicht gibt es noch eine andere Option." Fontane schürzte die Lippen.

„Wir Mediatoren des Kreises kümmern uns um die Balance, das Gleichgewicht – und wir hüten die Bücher, die Geschichte des Kreises. Daher wissen wir so viel, oh ja, so viel über euch alle.

Darüber, was ihr macht und warum ihr es macht. Wir wissen alles über all eure Intrigen, über all die dunklen Geheimnisse eurer Familien. Und so wissen wir auch von der einen Familie jenseits des Kreises."

Anastasia hob die Augenbraue, Theodore setzte sich aufrecht an den Tisch. „Der Clan der Feuerkinder?", fragte er.

„Ohne Verbündete werdet ihr es nicht schaffen, liebe Anastasia. Doch die Zeit ist gut für einen Schlag gegen Bahlheim. Vielleicht ist die Zeit ja sogar reif dafür, ein altes Unrecht endlich wieder gut zu machen. Ja, der Clan der Feuerkinder, so nennen wir ihn. Sie wurden verstoßen, damals im finsteren Mittelalter. Es gab Streit, es gab Krieg. Sie waren mächtig, die Feuerkinder, einer der mächtigsten Clans des Kreises und sie wollten mehr, immer mehr und es endete damit, dass sich die anderen Clans alle zusammen gegen sie verbündeten. Es endete damit, dass die Feuerkinder verstoßen wurden aus dem Kreis, gejagt, aufgerieben … aber nicht ausgelöscht.

Sie lebten weiter im Verborgenen. Wir beobachteten sie, so gut wir konnten. Doch sie waren vorsichtig, versteckten sich gut, versteckten ihre Kräfte und im Laufe der Jahrhunderte verloren wir ihre Spur. Nur hin und wieder tauchte mal etwas auf, ein Gerücht, eine Geschichte, eine Person, aber sie blieben im Untergrund, sie blieben meist unentdeckt auf der Flucht vor dem Kreis.

Wisst ihr, warum die Feuerkinder ihren Namen tragen? Nun, man muss wissen, dass die Feuerkinder besonders waren, ganz besonders. Es war ihre Kraft, ihre Macht. Immer wieder gab es in den Generationen ganz besonders mächtige Feuerkinder. So begabt, dass sie selbst ohne Artefakt schon ihre Kräfte einsetzen konnten."

„Ohne Artefakt?", fuhr Anastasia ungläubig dazwischen.

„Ja. Selten, wie ich sagte, aber es kam vor, dass ihre Kinder ganz ohne Artefakt bereits in der Lage waren das Feuer zu kontrollieren. Daher der Name. Und mit Artefakt, da waren diese besonderen Artefaktträger dann die mit Abstand Mächtigsten im Kreis. Doch Macht führt zu Angst und Missgunst", Fontane schwieg, dachte nach, war versunken in Legenden.

Vorsichtig fragte Anastasia: „Und … du weißt aber, wo sie heute sind? Diese Überlebenden der Feuerkinder? Wo sie sich verstecken? Und gibt es gerad so eines, so ein besonders mächtiges Feuerkind? Und könnten sie unsere Verbündeten sein?"

Fontane sah Anastasia an: „Ja … und nein. Es gibt keinen Clan mehr. Wie ich sagte, sie sind verstreut worden, aufgerieben, gejagt vom Kreis. Aber sie leben noch. Alleine. Wir haben eine Nachfahrin des Clans gefunden, ein echtes Feuerkind. Sehr mächtig. Doch es war Bahlheim, Bahlheim hatte sie entdeckt. Er hatte nach den Feuerkindern suchen lassen, er war besessen davon sie zu finden, sie in den Kreis zurückzuholen, ihre Macht zu spüren, sich mit ihnen zu verbinden.

Dann hatte er eine letzte Nachfahrin gefunden. Sie ist mächtig, so hört man, sehr mächtig. Bahlheim wollte sie für sich gewinnen, er wollte sie für seine neue Welt. Er hält die Feuerkinder neben den Bahlheims für den einzig reinen Artefaktclan."

Eindringlich sah Fontane Anastasia an: „Ich weiß nicht, ob sie noch lebt, ich weiß nicht ob Bahlheim sie bezirzen oder besiegen konnte. Aber wenn sie noch lebt und wenn sie deine Verbündete wird, Anastasia, dann hast du eine Chance."

Er kramte einen alten Zettel aus seiner Tasche und hielt ihn Anastasia mit zitternder Faust hin: „Ich habe hier etwas, eine Adresse, eine Adresse in Frankreich, die ich damals von den Observaten bekommen habe, kurz bevor Bahlheim seinen ersten Kontaktmann schickte. Geh, Anastasia, geh und finde sie. Mache das alte Unrecht ungeschehen. Ich hoffe für uns alle, dass sie noch lebt und dir helfen wird. Finde sie. Ihr Name ist Sarah. Sarah Goldmann."

22

„Es ist eine Falle", sagte Andrej, „es ist ganz klar eine Falle vom Kreis. Der Typ in dem Video, das ist Pietre Dorvund. Ich kenne ihn, er ist ein Artefaktträger. Der Kreis will uns locken – und wir werden nicht wie dumme, blinde Opfer in die Falle rennen!"

„Ja natürlich ist das eine Falle", sagte Nicole, „ich mein er spricht uns direkt an, er lockt uns, er fordert uns, aber was können wir machen? Scheiße Mann, was können wir machen? Wir müssen was machen! Wir müssen da hin!"

Das Video war nicht besonders lang, verwackelt mit dem Handy gefilmt. Es war an die E-Mail-Adresse geschickt worden, die BloodAngel im Netz lanciert hatte, damit man die Kinder der Kirschblüte kontaktieren konnte. Eigene Geschichten, Schicksale, Erfahrungen teilen konnte. Das mit der Mail war natürlich auch eine theoretisch gute, praktisch äußerst schlechte Idee gewesen, denn sehr schnell wurden sie überflutet mit unzähligen Mails, Hilfegesuchen, Hilfeangeboten, Erfahrungsberichten, Beschimpfungen, Drohungen, Scherzen und, und, und. Sie konnten das alles gar nicht lesen, beantworten, sortieren, fassen, bearbeiten.

Aber das Video war ganz simpel mit „Eine Nachricht für Hanna" betitelt. Es zeigte einen Mann in einem dunklen Raum, sein Gesicht halb ausgeleuchtet, er schwitzte, redete schnell: „Hallo liebe Kinder der Kirschblüte, Hallo liebe Kinder. Liebe Hanna ... Wir müssen uns treffen, wir wollen uns sehen. Ihr müsst zu mir kommen, ja? Kommt ihr zu mir? Wir wollen doch das Gleiche."

Der Mann kicherte, er war entweder komplett psychotisch oder er spielte es nur. „Ihr macht so viel Wirbel ... so viel Wirbel ... alle reden über euch ... kommt her ... kommt hierher zu mir. Ihr wollt doch die geschundenen Seelen retten ... die armen, die armen geschundenen Seelen. Ich habe ein Geschenk für euch ... eine wahrhaft geschundene Seele ... holt sie euch ... rettet sie ..." Auf einmal wurde seine Stimme ganz ernst, direkt: „Holt euer Geschenk ab, ihr habt zwei Tage Zeit. Zwei Tage! Sonst werde ich das Geschenk töten und entsorgen."

Dann schwenkte die Kamera mit dem Licht in eine Ecke des Raumes, ein Mädchen war zu sehen, gefesselt und geknebelt, wimmernd, verängstigt, blutverschmiert am Boden liegend. Man hörte wieder das Kichern des Mannes und das Video war zu Ende. Eine Mailadresse war als Kontakt angegeben, um den „Weg zum Geschenk" zu finden.

„Haben wir denn irgendwie eine Chance gegen den Kreis?", fragte Hanna Andrej.

„Wir? Also nur wir hier?", fragte Andrej belustigt zurück und sah sich im Raum um. „Keine Chance, niemals, wir brauchen Anastasia und Verbündete, sonst haben wir keine Chance. Und selbst wenn wir Verbündete haben ... nicht in einer vorbereiteten Falle."

„Aber wir können nicht nichts machen!", rief Nicole aufgebracht, „das Mädchen, wir müssen es retten, scheiß auf alles, wir müssen da hin!"

„Was will der Kreis denn eigentlich? Warum machen die das?", gab Sven zu bedenken.

„Hanna, sie wollen Hanna, das ist doch klar", sagte BloodAngel.

„Die werden sie aber nicht kriegen!", sagte Sven enthusiastisch.

„Gut", sagte Nicole impulsiv, „ dann gehen wir einfach ohne Hanna, aber egal was, ich geh da hin und hol das Mädchen da raus. Ich versuche es wenigstens. Die hat damit nix zu tun, die ist wegen uns da drin. Wir müssen die da rausholen."

„Ja, das arme Mädchen", sagte Andrej, „aber weißt du was? Pietre ist ein Psychopath, der ist total durchgeknallt, er hasst blonde Mädchen, er hat unzählige schon gefangen, gefoltert, umgebracht. Ja, es ist schlimm, schlimm um jedes einzelne, aber glaub mir, dieses hier, dieses hier werden wir nicht mehr retten können, wir werden uns nur sinnlos opfern. Hart, aber so sieht's aus."

„Dann ist es halt so!", sagte Hanna plötzlich, „ich mach da nicht mit, ich bleib nicht hier hocken. Nicole hat recht, es ist unser Kampf, nicht der von dem Mädchen. Wie war das nochmal? Wir müssen Verantwortung übernehmen. Wir gehen da hin und holen sie raus!"

Andrej sah sie überrascht, ein wenig verzweifelt an. „Wie denn, wie soll das gehen? Ihr ... wir haben doch keine Chance! Und das Mädchen ist sicher eh schon längst tot!"

„Was ist mit Anastasia? Wann kann sie wieder hier sein?", fragte Hanna.

„Keine Ahnung, in zwei, drei Tagen."

„Das ist zu spät", sagte Nicole knapp.

„Gibt es noch andere Verbündete? Jemanden den wir dazuholen könnten?", fragte BloodAngel.

Keiner antwortete, sie alle sahen schweigend vor sich hin, dachten nach. „Scheiß drauf, wir leben so, wie wir leben wollen, unser Leben, keine Opfer mehr. Und wenn's sein muss sterbe ich so, wie ich sterben muss, ich geh da jetzt hin und rette das Mädchen", sagte Hanna resolut.

Nicole lächelte bitter: „Genau, ich bin dabei!"

„Ich auch, ich komme mit!", sagte Sven auf einmal.

„Nein, nein!", intervenierte Andrej, „das geht nicht, ich kann das nicht zulassen, ich kann euch nicht gehen lassen."

Hanna sah ihn an, freundlich, verständnisvoll und ganz klar sagte sie: „Ich verstehe, dass du nicht willst, dass wir gehen, das verstehe ich wirklich, Andrej. Aber du kennst uns doch, du kennst uns doch wirklich. Also verstehst du, dass wir gehen werden, gehen müssen. Du wirst uns nicht zurückhalten können. Aber du musst nicht mitkommen, wirklich nicht."

„Oh Mann, Hanna", sagte Andrej ratlos, kapitulierend.

„Die Dämonen, die ich rief", sagte Sven nüchtern. „Wir müssen Verantwortung übernehmen, für uns, für andere, für die geschundenen Seelen. So ist das halt."

Nicole klopfte Andrej ermuntert auf die Schulter. „Es ist nicht leicht mit uns, ist es nie. Aber ich verspreche dir, wir werden nicht wie Opferlämmer ins offene Messer rennen."

„Ja und wir könnten vielleicht noch ein paar Feuerwerke anzünden, die sie etwas überraschen", sagte BloodAngel und grinste.

„Was meinst du Blood?", fragte Sven.

„Wartet mal ab, ich hab da so eine Idee. Ich verspreche nicht, dass sie uns retten wird, aber sie wird verwirren, uns Zeit verschaffen, wer weiß, wer weiß … wir werden kämpfen …"

„… denn wir sind die Kinder der Kirschblüte!", vollendete Hanna seinen Satz.

Andrej schüttelte traurig den Kopf. „Ich kontaktiere Anastasia", sagte er, „ich bete, sie kann rechtzeitig hier sein und Verstärkung mitbringen."

23

Die Pariser Gesellschaft liebte derartige Geschichten, solche Gerüchte. Über dieses merkwürdige Mädchen, diese reiche Deutsche, die zuerst den alten Blumenladen in der Rue Suerla-Monde gekauft hatte, dann das ganze Haus. Sie war immer verhüllt in weite große schwarze Mäntel und Roben. Man sah sie ab und zu in den Museen, in den Parks der Stadt, in der Oper, im Theater. Sie schien ein inniges Verhältnis mit dem Anwalt Ben Voursavage zu haben. Einige munkelten, er wäre ihr Vormund, sie hätte ein riesiges Vermögen geerbt. Oder war sie vielleicht gar seine uneheliche Tochter? Niemand wusste etwas Konkretes, genauso wenig wie niemand wusste, wie es dazu kam, dass trotz aller Bauverbote und Genehmigungsbestimmungen auf dem alten Teil des Friedhofs Père Lachaise ein kleines, neues Mausoleum errichtet wurde. „Sandrine" stand in goldenen Buchstaben über dem Eingang und hier sah man das merkwürdige Mädchen sehr oft verweilen, Bücher lesen, träumen.

Für Sarah war ganz Paris, die Menschen, das Gewusel ein Theater, ein Schauspiel, ein Zoo, den sie betrachtete, als Außenstehende. Mal amüsiert, mal fasziniert, mal belustigt, mal gelangweilt und oft jedoch auch traurig und angewidert.

Es reichte ihr zu wissen, dass da draußen Menschen waren, dass da Leben war, an dem sie – theoretisch – jederzeit teilnehmen könnte, wenn sie nur wollte. Aber meist, fast immer, wollte Sarah das gar nicht. Die Stadt, sie war lebendig, pulsierte, aber Sarah war nur Gast, Zaungast, das reichte ihr, mehr wollte sie nicht. Bücher und Musik, ein einsamer Platz im Sonnenlicht im Park, eine warme Wohnung mitten in der Stadt, das war alles was sie brauchte, das war ihr Leben. Nein, sie würde nie Teil dieser Menschen, dieser Gemeinschaft sein, sie würde nie ein Freund der Menschen werden. Sie hatte einen tief sitzenden Zynismus kultiviert, nur in kleinen Teilen für sich selbst Lust und Freude am Leben geschaffen. Ben und seine Familie waren die einzigen Menschen mit denen Sarah näher, regelmäßig interagierte, doch auch hier hielt sie sich, zumindest bei der Familie, zurück, war immer auf Abstand, außer bei Ben.

Was war sie? Was sollte das alles hier, was sollte sie nur damit anfangen, mit diesem unendlichen Leben, das sie zu haben schien? Was anfangen mit dem Schmerz, der Einsamkeit, ihren Kräften? Sie versteckte ihre Gabe, so wie es ihre Mutter immer gewünscht hatte, um sich, um andere zu schützen. Ihre Mutter hatte ja so recht gehabt, dachte Sarah in ihrer Wohnung auf dem Boden liegend, laute Musik hörend, die Decke anstarrend. Sie stand auf, ging zum Fenster, sah über Paris. Die Wolken brachen auf, die Sonne färbte sie glühend, gleißend golden. Sarah seufzte, sah ihre Reflexion im Spiegel. Du armes, einsames, unsterbliches Mädchen, dachte sie und lächelte bitter. Ihr war so, kurz glaubte sie, sie würde den Geruch von Sandrines Haaren vernehmen. Sarah biss sich auf die Lippe, nahm ein Buch vom Stapel, Northanger Abbey, warf sich den Umhang über und machte sich auf den Weg zu ihrem Lieblingsplatz, der Parkbank bei Sandrines Mausoleum auf dem Père Lachaise.

„Frau Goldmann?" Sarah zuckte zusammen. Sie lebte nun schon so lange in Paris, dass sie unvorsichtig geworden war, geradezu nachlässig. Sie spürte nicht mehr permanent in alle Richtungen nach Gefahren, nach bedrohlichen Gedanken und Menschen – und schon gar nicht nach anderen, die wie sie waren, die auch so merkwürdige Kräfte besaßen, so ein Ding trugen, das sie nicht loswurden. Nein, nach denen suchte Sarah schon lange nicht mehr. Es hatte den einen gegeben, diesen deutschen Soldaten bei der Höhle, sonst hatte sie nie wieder jemanden getroffen und gefunden wie ihn, wie sich. Aber jetzt ließen sie zwei Donnerschläge auf einmal erschaudern: ihr voller, echter Name, den sie seit unzähligen Jahrzehnten nicht mehr gehört hatte und die klare Präsenz eines anderen Artefaktträgers. Er kam zu ihr, den verschlungenen Weg auf dem Père Lachaise entlang, zu der Bank auf der sie saß.

„Wie schön, dass wir uns hier einmal treffen, Frau Goldmann." Sarah blieb äußerlich ganz ruhig, klappte ihr Buch zusammen und legte es neben sich. Sie fühlte, wie der Fremde versuchte in ihre Gedanken, ihre Gefühle einzudringen, darin zu wühlen, konnte dies aber relativ leicht abblocken. Im Gegenzug war sie allerdings auch nicht in der Lage tiefer, kontrollierend in seine Gedanken vorzudringen, sie spürte nur Arroganz, Überheblichkeit, Lieblosigkeit, Gier.

„Entschuldigung, erlauben Sie, dass ich mich setze? Mein Name ist Dorvund, Pietre Dorvund", sagte der Fremde und wartete. Sarah rührte sich nicht, ließ die Kapuze tief über ihr Gesicht gezogen, musterte ihn stumm aus dem Schatten.

„Nun gut", sagte er und setzte sich einfach. „Wir haben Sie gesucht, Frau Goldmann. Lange gesucht. Sie waren schwer zu finden … Sarah. Ich kann verstehen, dass Sie vielleicht verwundert sind, dass Sie ängstlich sind sogar, vielleicht auch das, ich weiß es nicht. Ich weiß auch nicht, was Sie erlebt haben bisher, wohin es Sie überall verschlagen hat, aber lassen Sie mich sagen, ich bin hier, um Ihnen ein Angebot zu machen, um Ihnen eine Heimat, ein Zuhause unter Gleichgesinnten zu bieten." Er wartete auf eine Reaktion.

Mit ihrer geflüsterten und doch zugleich durchdringendpräsenten Stimme antwortete Sarah: „Ich habe keine Angst vor Ihnen."

„Nein, nein, natürlich nicht." Der Mann zwinkerte ihr zu. „Sie sind nicht allein, wissen Sie, es gibt viele wie Sie. Wir nennen uns Artefaktträger. Wir arbeiten alle zusammen, wir haben ein Zuhause, wir nennen es den Kreis. Ihre Familie, Ihr Clan der Artefaktträger hat den Kreis leider verlassen, vor vielen, vielen hundert Jahren schon. Aber der Kreis ist nicht nachtragend, die Welt hat sich geändert und heute bin ich hier, um Ihnen das Angebot zu machen, nach Hause zu kommen."

Wieder wartete der Mann auf eine Reaktion, wieder flüsterte Sarah nach einer Pause: „Ich habe bereits ein Zuhause. Ich suche kein anderes."

„Aber was ist das denn, was ist das denn für ein Zuhause? Hier unter gewöhnlichen, ordinären, kleingeistigen … Menschen", er spuckte das Wort angewidert aus. „Sie wissen es doch, Sie fühlen es doch, Sie sind anders, Sie gehören hier nicht hin, hier nicht dazu. Sie sind so viel mehr, so unglaublich viel mehr als diese … Menschen. Die Welt, wie wir sie kennen, wird vergehen, Großes wird passieren, wirklich Großes. Vor allem für uns, für die Artefaktträger.

Hans-Christian von Bahlheim schickt mich persönlich Sie zu holen. Sie nach Hause zu holen. Er leitet den Kreis. Er braucht Sie, er möchte Sie gerne kennenlernen, Ihnen Ihre Wünsche erfüllen. Er hat gelesen, in Ihrer Artefaktfamilie war die Kraft immer besonders stark und ja, ich fühle es, Sie wissen es, Sie sind stark. Außergewöhnlich stark, dafür dass Sie wahrscheinlich auch gar kein Training hatten bisher. Hans-Christian von Bahlheim wird die Welt verändern, für alle. Ein neues Zeitalter bricht an. Diese Menschen hier", er ließ seinen Arm über das Panorama von Paris gleiten, „diese Menschen sind doch nur Würmer, schleimiges, dummes Getier, Ungeziefer. Sie sind kein Umgang für uns. Das bringt doch nichts, unter gewöhnlichen Menschen zu leben.

Ein neues Zeitalter der Artefaktträger bricht an und Sie, Sarah, Sie können ganz vorne mit dabei sein. Mit uns allen zusammen, unter Ihresgleichen. Kommen Sie einfach mit mir." Seine Augen glühten eindringlich, seine Stimme war fordernd, befehlend geworden, fast hätte er ihre Hand gefasst.

Sarah blieb gerade sitzen, rührte sich nicht, sprach bedacht: „Einmal, einmal da habe ich einen getroffen, der war genau wie Sie. Der trug auch ein 'Artefakt'. Und der dachte genauso. Genauso, wie Sie jetzt reden. Wissen Sie was? Dieser Mann hat unser Aufeinandertreffen nicht überlebt." Sarah sagte es in einem gespielt freundlichem Tonfall, welcher das Gesagte ganz unmissverständlich als Drohung zu verstehen gab.

Der Fremde sprang auf, ging auf Abstand. „Sie machen einen Fehler", er lachte ein wenig hilflos, hysterisch, „einen gewaltigen Fehler."

„Sagen Sie Ihrem Herrn Bahlheim: Ich bin nicht interessiert." Sarah nahm wieder ihr Buch in die Hände. Da spürte sie ein Kitzeln, ein Kribbeln, eine Anballung von Macht. Sie sprang gerade rechtzeitig zur Seite, als ein Energieball die Bank, auf der sie eben noch gesessen hatte, in tausend Splitter explodieren ließ. Der Mann stand ihr direkt gegenüber, er hatte seine Hand ausgestreckt, konzentrierte sich. Sarah hielt dagegen, konzentrierte sich ebenfalls ganz auf die Hand des Fremden. Von ihm aus, von der Hand aus, durfte keine Macht entweichen, keine weitere Manipulation der Welt geschehen. Energiewände drückten gegeneinander, schoben sich, erfüllten die Luft mit Spannung, es knisterte, rauschte. Der Mann war stärker als der aus der Höhle damals, Sarah musste sich mehr anstrengen, noch stärker konzentrieren. Auf der Stirn des Mannes trat eine dicke Ader zu Tage, er schwitzte, sein Kopf wurde tiefrot. Er verlor!

Langsam, aber sicher gewann Sarah die Oberhand, drückte, schob ihre Energiewand weiter und weiter nach vorne. Die Haut an der ausgestreckten Hand des Mannes begann sich in Fetzen zu lösen, abzufallen, dann das Fleisch, die Adern. Wie in Zeitlupe schälte sich, zerplatzte die Hand, der Unterarm des Mannes in Tausende Stücke, die Fingerknochen, die Handknochen, der Armknochen, sie zersplitterten lautlos. Der Mann brach wimmernd zusammen, kauerte schmerzverzehrt vor Sarah, hielt seinen Armstumpf in einem fassungslosen, stummen Schrei. Sarah atmete tief durch. Sie steckte ihr Buch ein, ging an dem Mann vorbei und sagte noch einmal ganz ruhig, fast beiläufig: „Sagen Sie ihrem Herrn Bahlheim, ich bin nicht interessiert."

24

Die Koordinaten führten zu einem verlassenen Fabrikgelände etwa 20 Minuten vor Frankfurt. Angespannt, mit brennender Angst im Blut, verzweifelt und doch zu allem entschlossen saßen Hanna, Nicole, Sven und Andrej im Auto kurz vor dem Ziel. BloodAngel war in der Villa geblieben, unterstützte sie von seinen Computern aus mit all seinen Möglichkeiten, so gut er konnte. Auf einem Handy sahen sie noch einmal die Bilder der alten Fabrikanlage, die eine von BloodAngel gesteuerte Drohne vor einer Stunde aufgenommen hatte. Zwei große, verfallene, mehrstöckige Gebäude, eine Halle, zerbrochene Fenster, überall Schutt, Geröll, ein riesiger verrosteter Kran, Abfall. Menschen waren nicht zu sehen.

„Nein, halt sie auf, Andrej!", hatte Anastasia gesagt, „wartet auf mich! Ich bin gerade unterwegs nach Paris, ich hoffe dort Verstärkung zu finden, wirkliche Verstärkung. Ich bin in drei, vier Tagen wieder in der Villa, wartet auf mich. Andrej, höre, lass sie da nicht hin!" Aber die Kinder der Kirschblüte konnten nicht warten, Nicole und Hanna drängten, sie wurden angetrieben von einer Angst, einer Panik, einer Schuld um das gefangene Mädchen, sie konnten beim besten Willen nicht drei Tage warten. Und Andrej? Andrej konnte sie nicht zurückhalten, er konnte nur mitgehen und versuchen das Schlimmste zu verhindern.

„Kennt ihr das Gefühl, wenn man ganz genau weiß, dass man gerad eine riesengroße Dummheit begeht? Wenn man weiß, dass es sehr, sehr wehtun wird – und man es trotzdem macht, es machen muss?", fragte Hanna trocken, keine Antwort erwartend.

Alle schwiegen, sahen auf das Fabrikgelände in der Ferne. Dann holte Nicole tief Luft und sagte durch gepresste Lippen: „Ok?"

Sie nickten stumm.

Andrej sagte: „Scheiße, also los."

Sven und Andrej stiegen aus dem Wagen, Nicole setzte sich ans Steuer. Sven drehte sich noch einmal um, versuchte Hanna aufmunternd zuzuzwinkern, aber sie spürte seine Angst, seine Anspannung. Geduckt liefen er und Andrej in Richtung des Fabrikgeländes, während Nicole ihre Sonnenbrille aufsetzte und langsam im großen Bogen über eine Seitenstraße von einer anderen Richtung her darauf zufuhr. Vor dem alten Gittertor der Fabrik hielt sie den Wagen an.

„Was machen wir? Einfach durchbrechen?", fragte sie Hanna.

„Ich mach das", sagte diese konzentriert. Sie hob ihren Arm, ließ die Kette vom Tor springen und die Torbögen sich langsam, wie von Geisterhand öffnen.

„Schick!", sagte Nicole anerkennend und fuhr langsam auf das Gelände.

„Dahinten, in der Halle. Ich spüre sie. Drei Artefaktträger", sagte Hanna.

„Na, dann wollen wir doch mal nett Hallo sagen", antwortete Nicole und parkte den Wagen in der Nähe der Halle. Sie stiegen aus und gingen langsam zu einem großen, stählernen Schiebetor. Mit ihren Kräften ließ Hanna das Tor zur Seite gleiten. Drinnen sahen sie im Halbdunkel drei Männer wartend bei einem Wagen stehen. Langsam drehten diese sich um. Hanna und Nicole gingen nur wenige Meter in die Halle.

„Wo ist das Mädchen?", rief Nicole.

„Oh, unsere Gäste! Die Kinder der Kirschblüte!", sagte einer der Männer belustigt.

Soweit Hanna und Nicole es sehen konnten, war der Mann aus dem Video, war Pietre Dorvund, nicht dabei. Die Männer trugen Anzüge, wirkten muskulös, wie eine Mischung aus Bodyguard und Banker.

„Ich bin hier, lasst das Mädchen frei!", rief Hanna.

„Ganz ruhig, wir haben Zeit, entspannt euch", antwortete der Mann und langsam gingen die drei auf Hanna und Nicole zu, die jetzt nervös am Eingang der Halle wieder vorsichtige Schritte rückwärts machten.

„Stopp! Bleibt stehen! Lasst sofort das Mädchen frei! Wo ist sie?", insistierte Hanna.

Es trennten sie vielleicht noch 20 bis 30 Meter von den Männern, die langsam weiter auf sie zukamen, während der eine redete: „Soll ich dir was sagen Hanna? Simeons Tochter? Es geht hier nicht um das Mädchen, das Mädchen ist doch gar nicht hier. Das war doch klar." Er lachte. „Es geht hier nur um dich."

„Bist du Bahlheim?", fragte Nicole wütend.

„Was? Ob ich Bahlheim bin?", antwortete der Mann überrascht, und fuhr dann lächelnd fort: „Nein, nein, meine kleine Kirschblüte. Ihr habt ja überhaupt keine Ahnung. Bahlheim ist nicht hier. Er wartet aber, er wartet auf dich, Hanna."

Hanna und Nicole waren gerade in ihrem Rückwärtsgang einen Schritt aus der Halle heraus, da klopfte der Kettenanhänger von Nicole leicht gegen ihre Brust, das war ein vereinbartes Zeichen.

„Arschlöcher!", rief Hanna und ließ mit ihren Kräften das Hallentor zuknallen, während sie und Nicole sich umdrehten und in Richtung ihres Autos rannten. Auf einmal kamen von der Rückseite der Halle zwei Wagen angerast, direkt auf ihr Auto zu, bereit es einzukeilen. Hanna zog an Nicoles Arm und sie schlugen eine Haken, rannten in Richtung eines der größeren Gebäude. Das Tor der Halle flog zur Seite und die drei Männer nahmen die Verfolgung auf. Einer der Wagen parkte direkt neben dem Auto von Hanna und Nicole und eine Frau sprang heraus. Mit einem Dolch schlitzte sie die Reifen des Wagens auf. Das andere Auto hielt direkt auf Hanna und Nicole zu. Hanna und die anderen

Männer waren als Artefaktträger viel schneller als Nicole, also stoppte Hanna immer wieder kurz, drehte sich um und ließ Schrottteile in den Weg des Autos und der Männer fliegen. Die Männer stolperten, wehrten den Schrott mit ihren Kräften ab, die Windschutzscheibe des Wagens splitterte, aber er hielt Kurs.

Ein Verfolger stoppte kurz und ließ ein paar Tonnen von einem Stapel durch die Luft fliegen und neben Hanna und Nicole einschlagen. „Vorsichtig!", brüllte da ein anderer Verfolger, „Bahlheim will sie lebend! Das ist ganz wichtig: lebend!"

Der Wagen gab Gas, hatte Hanna und Nicole fast erreicht, da schlug ein großer Container mitten in die Fahrbahn ein und versperrte den Weg. Der Wagen hatte keine Chance zu bremsen und raste frontal dagegen, fing Feuer. Man hörte den Fahrer in höllischen Schmerzen aufschreien. Aus einer Tür taumelte der Beifahrer, fiel hin und blieb regungslos, blutend liegen. Mit einem übermenschlichen Sprung landete Andrej oben auf dem Container und schoss aus einer Pumpgun auf die drei übrigen Verfolger. Diese mussten stoppen, um die Projektile abwehren zu können.

„Andrej! Der gehört mir!", brüllte einer von ihnen und sprang mit einem waghalsigen Anlauf, den brennenden Wagen als Sprungbrett nutzend, auf den Container.

Hanna und Nicole hatten in der Verwirrung und der so gewonnen Zeit eine Tür des großen Gebäudes erreicht und verschwanden jetzt darin. Kurze Zeit später stürmten ihre restlichen zwei Verfolger hinterher, während ein weiterer Wagen an einem anderen Ende des Gebäudes scharf abbremsend anhielt. Ein Mann und eine Frau sprangen heraus und sprinteten ebenfalls in das Gebäude.

Drinnen schien gebrochenes Sonnenlicht durch kaputte Fenster und Löcher in den Wänden. Hanna und Nicole rannten durch eine Eingangshalle, eine Treppe empor, ehemalige Büroflure entlang, durch Türen, Treppen rauf, Treppen runter, sprangen über Schutt und Abfall und gelangten schließlich in einen größeren Raum mit unzähligen Tischen und Stühlen. Vielleicht war es einmal eine Kantine gewesen. Sie mussten anhalten, verschnaufen, Nicoles Lungen brannten, ihre Herzen hämmerten in ihren Kehlen. Doch da kamen schon die beiden Männer durch die entgegengesetzte Tür der Kantine. Hanna wollte umdrehen, zurück den Flur entlang, da sah sie hinten im Gang eine Frau und einen Mann angerannt kommen. Hanna ließ augenblicklich die Tür zuknallen und mit ihren Kräften Tische und Stühle als Barrikade davor fliegen.

Von der anderen Seite des Raumes her kamen die beiden männlichen Verfolger langsam auf sie zu. Mit lässigen Handbewegungen ließen sie dabei die Tische und Stühle, die im Weg standen, zur Seite gleiten. Nicole atmete immer noch schwer, griff aber vorsichtig, zitternd nach der Pistole, die sie versteckt trug. Hanna sah sich panisch um, suchte nach Fluchtmöglichkeiten, sah eine Seitentür ein paar Meter entfernt. Sie ließ ein, zwei Stühle auf die Männer fliegen, die diese jedoch lässig abwehrten.

„Bahlheim will nur dich Hanna, nur dich lebend. Die anderen dürfen wir alle töten", sagte einer der Männer trocken. „Also was ist, kommst du freiwillig oder muss erst deine kleine Freundin sterben?"

Ein flirrendes Geräusch schwoll langsam an, wurde lauter, bedrohlich laut. „Scheiß drauf, lass uns kämpfen!", zischte Nicole zu Hanna. In diesem Moment zersplitterte die gesamte Fensterfront der Kantine, 20, 30 Drohnen rasten hindurch in wilden Flugmanövern, wie ein perfekt choreografierter, wahnsinnig gewordener Vogelschwarm direkt auf die Männer zu. Die Drohnen wurden von BloodAngel gesteuert. Mit wenigen Gesten, einer kurzen Anstrengung hatten die beiden Männer die Drohnen mit ihren Kräften abgewehrt, an den Wänden zerschmettert. Aber die Aktion gab Hanna und Nicole genug Zeit.

Während Hanna losrannte, über Stühle und Tische sprang, Salto schlug und dabei blitzschnell ein Messer in den Bauch eines der abgelenkten Männer schnellen ließ, rannte Nicole ihr hinterher Richtung Seitentür, schoss dabei und traf den anderen Mann ins Bein. Er schrie vor Schmerz und Überraschung auf, konnte mit seiner Hand aber noch die nächsten zwei Kugeln in Richtung Decke ablenken. Hanna ließ mit wilden Kraftimpulsen Tische in Richtung der Männer fliegen, packte Nicole und verschwand mit ihr durch den Seiteneingang.

Draußen kämpfte Andrej auf dem Container. Er schlug mit seiner Pumpgun auf seinen Gegner ein, der wehrte sich mit dem Teil eines Stahlträgers in seinen Händen. Sie verkeilten sich, drängten sich an den Rand des Containers, traten sich, drückten, schoben. Ein Ellenbogen brach beinahe Andrejs Nase, ein Schuss, der sich aus der Pumpgun löste, streifte den Verfolger und ließ ihn zurücktaumeln. Heftig schlug dieser wieder mit aller Kraft auf Andrej, der blockte mit der Pumpgun ab, doch verlor dabei seinen Griff, die Waffe flog ihm aus der Hand und rutschte über den Rand des Containers. Mit einem Schrei und zwei, drei mit der Kraft der Verzweiflung getriebenen Schlägen drängte Andrej seinen Gegner zurück, ließ ihn ebenfalls seine Waffe aus der Hand verlieren. An der einen Seite des Containers loderte das Feuer des Wagens und immer wieder kamen sie jetzt gefährlich nahe, versuchte der eine oder andre seinen Gegner ins Feuer zu drängen, zu schleudern.

„Lass es Andrej, ihr habt doch keine Chance", rief der Mann, der mittlerweile aus dem Mund und einer weiteren Wunde am Bein blutete.

„Du weißt doch", keuchte Andrej, „keine Chance haben ist mein Lieblingshobby."

Andrej ließ mit seinen Kräften eine Tonne emporfliegen und auf seinen Gegner zurasen, der diese aber mit einer lockeren Handbewegung abblockte und in die Wand des Gebäudes hinter ihnen krachen ließ. Im Hintergrund sah Andrej, wie sich

BloodAngels Drohnenarmada vom Dach des großen Gebäudes in Bewegung setzte. Andrej hoffte, dass sie Hanna zu Hilfe kamen. Wo war eigentlich Sven?

Genau in diesem Moment passierten zwei Dinge gleichzeitig: Eine spitze Stahlstange wurde hoch auf den Container zu Andrej geworfen und jemand schoss mit der Pumpgun auf Andrejs Gegner. Dieser war verwirrt, versuchte die Kugel abzulenken, genug Zeit für Andrej, die Stahlstange aufzunehmen und mit Schwung direkt durch die Kehle des Mannes zu stoßen. Sofort sprang Andrej vom Container, landete neben Sven und sagte: „Gut gemacht!", dann rannten sie in Richtung der Frau, die noch bei dem Wagen von Hanna und Nicole stand.

Hanna war jetzt auch schwer am atmen und schwitzte, Nicole sowieso. Hinter sich hörten sie, wie Tische flogen und an der Tür zur Kantine gerüttelt wurde. Diese hatten sie notdürftig mit einem größeren Schrank verbarrikadiert. Sie rannten weiter, die Flure entlang, Treppen rauf, Treppen runter, durch Türen. Auf einmal endete der Gang in einer Art Galerie. Direkt vor ihnen ging es drei Stockwerke in die Tiefe, so wie es aussah, wieder zur Eingangshalle.

Hinter ihnen hörten sie entferntes Fluchen, sahen sie jetzt durch zwei zersplitterte, gläserne Flurtüren die beiden Männer humpelnd auf sich zukommen. Nach rechts ging der Flur neben ihnen weiter, war dann aber durchgebrochen, eingefallen. Ein gähnendes Loch führte auch hier direkt in die Tiefe. Sie waren in einer Sackgasse gefangen. Hanna sah nach unten, sah zurück zu den Männern, von denen der eine nun auch eine Pistole zog.

„Es tut mir leid, wir hätten nicht herkommen sollen! Fuck, es war so klar, dass es eine Falle war. Nutzlos, dumm. Sorry, dass ich so gedrängt hab", keuchte Nicole verbittert.

„Nein, du hattest recht, wir mussten herkommen, wir hatten keine Wahl. Wenn es auch nur eine einprozentige Chance gegeben hatte das Mädchen vielleicht zu retten, das waren wir ihr schuldig, das waren wir uns schuldig. Wir hatten keine gottverdammte Wahl, du hattest recht. Ich bereue nichts", sagte Hanna, während sie mit ihren Kräften versuchte eine der Flurtüren zuzupressen, gegen die die Verfolger von innen drückten.

„Na, ich bereue so einiges, Herzchen", sagte Nicole, „aber … nichts seitdem wir uns so richtig kennen, nichts was wir gemeinsam erlebt haben."

Hanna verzog ihr Gesicht im Schmerz unter der Anstrengung, die gläserne Tür weiterhin zuzuhalten. Der eine Mann war jetzt zurückgetreten, konzentrierte seine vollen Kräfte auf die Tür. Hanna sah zu Nicole, schielte die drei Stockwerke hinab in die Eingangshalle.

„Du bist die beste Freundin … ach scheiße, die einzige Freundin, die ich je hatte, weißt du." Hanna atmete schwer, die Tür sprang auf.

„Es ist noch lange nicht vorbei. Versprochen", sagte Hanna. Sie lächelte bitter und schürzte die Lippen trotzig. Dann nahm sie einen Schritt Anlauf, rief: „Halt dich ganz doll an mir fest!" und packte Nicole um die Hüfte.

„Ach du scheiße", sagte Nicole, schlang sich um Hanna und während diese mit Nicole im Arm mit Anlauf über das Geländer sprang, schoss Nicole ihre letzten zwei Kugeln nach hinten in Richtung der Verfolger.

Hanna schrie im Sprung, versuchte mit einer Hand Nicole zu halten und mit der anderen sich mit ihren Kräften vom Boden abzustoßen, den Fall zu dämpfen. Sie rasten die Stockwerke herunter und es gelang Hanna auch ganz gut mit ihren Kräften der Gravitation ein Schnäppchen zu schlagen, aber trotzdem war der Aufprall heftig. Die Mädchen fielen zu Boden, rollten ein Stück und blieben liegen.

„Alles ok?", fragte Hanna besorgt, sich das Bein reibend. Nicole hatte ein schmerzverzehrtes Gesicht, bewegte sich langsam im Liegen. „Ah, scheiße, es tut hölle weh, aber ich glaube bei mir ist nichts gebrochen."

„Noch nicht", sagte eine eiskalte Frauenstimme und ein Stiefel trat auf Nicoles Arm, in dessen Hand sie noch immer ihre Pistole hielt, pinnte ihn an den Boden. Die Frau hatte selbst eine Waffe in der Hand und zielte mit dieser direkt auf Nicoles Kopf. Es war keine Artefaktträgerin, das spürte Hanna sofort. Vielleicht konnte sie die Frau überlisten, war schneller als sie, doch da kamen zwei weitere Männer mit Waffen in die Eingangshalle gerannt.

„Es ist vorbei Hanna. Zeit, dein Schicksal zu treffen!", sagte einer von ihnen und holte aus seiner Jackentasche eine Flasche und ein Tuch.

Es war leicht die Frau am Wagen auszuschalten, denn sie war eine sehr unerfahrene Artefaktträgerin gewesen. Andrej nahm ihr die Schlüssel zu ihrem eigenen Wagen ab. Doch als er sich umdrehte, sah er hinten beim großen Gebäude, wie Nicole gerade bewusstlos herausgetragen und in einen schwarzen BMW verfrachtet wurde.

„Los", rief er zu Sven und sie sprangen in das Auto. Sie rasten aber nicht dem Wagen mit Nicole hinterher, sondern parkten auf der Rückseite des Gebäudes, denn Andrej spürte, dass Hanna noch darin war. Vorsichtig schlichen sie hinein. Aus einem Versteck hinter einem Tresen sahen sie die bewusstlose Hanna auf dem Boden in der Mitte der Eingangshalle liegen, daneben drei Männer, zwei Artefaktträger, einer davon mit einer offenen Bauchwunde, und ein Sicherheitsmann.

„Die Blonde ist ein Geschenk für Dorvund, zum Spielen. Huntegaan bringt sie ihm. Aber Simeons Tochter hier, die bringen wir direkt zu Bahlheim. Warte du hier bei ihr, ich hol den Wagen und versorge Engslundt", sagte der eine Artefaktträger zu dem Sicherheitsmann und verschwand dann mit dem Verwundeten.

Komisch, irgendwie komisch dachte Andrej, aber er wollte sich die Chance nicht entgehen lassen, lautlos glitt er auf den Sicherheitsmann zu und brach ihm blitzschnell das Genick. Ein kurzer Blick, aber niemand kam. Andrej nahm Hanna in seine Arme und rannte mit ihr zu Sven. Gemeinsam stiegen sie in das Auto und rasten von dem Fabrikgelände. Ah, doch nicht ganz so einfach, dachte Andrej, als zwei Wagen die Verfolgung aufnahmen.

Es wurde eine kurze, brachiale Verfolgungsjagd. Die Wagen fuhren schnell, versuchten Andrejs Auto zu rammen, es abzudrängen, einzukeilen. Der sporadische Gegenverkehr auf der abgelegenen Landstraße tat sein Übriges zur Dramatik. Aber Andrej schaffte es immer wieder Kurs zu halten, auszuweichen, im richtigen Moment überraschende Manöver einzuleiten. Dann hörten sie auf einmal Polizeisirenen, sahen in der Ferne Blaulichter aufblitzen, kurz vor einem Autobahnzubringer. Volles Risiko, Andrej hielt direkt darauf zu. Die Polizei war gerade dabei eine Straßensperre zu errichten. In letzter Sekunde konnte Andrej mit seinem Wagen hindurchbrechen, ließ dabei einen Sperrzaun zur Seite fliegen. Hinter ihm zerplatzten die Reifen seiner Verfolger Sekunden später an der jetzt ausgerollten Straßensperre. Die Wagen krachten schlingernd in zwei Polizeivans am Straßenrand.

Andrej schaffte es auf die Autobahn und gab Vollgas. Mit über 200 km/h raste er im schnellen Spurwechsel, unterstützt durch seine übermenschlichen Reflexe, davon.

Sie waren bereits drei Stunden unterwegs, als Hanna auf dem Rücksitz langsam wieder zu Bewusstsein kam. Unsicher, schläfrig, schmerzend die Augen zusammenkneifend, bewegte sie vorsichtig ihre steifen Glieder und strich sich ihr Haar aus dem Gesicht. Sie sah aus dem Fenster des Autos, dann zu Andrej, zu Sven, und dann suchend zum leeren Beifahrersitz. Hanna sammelte sich, schluckte, sprach langsam, stockend: „Wo … wo … ist Nicole?"

Bleischweres Schweigen war die Antwort. Hanna wurde schlagartig wach. Adrenalin brannte in ihr. „Wo ist Nicole?", fragte sie noch einmal. Sven sah sie traurig an, Andrej sah starr auf die Straße und schüttelte nur langsam den Kopf. Hanna stieß einen hysterisch gequälten Schrei aus: „WO IST NICOLE?"

25

Niklas Freesen kam in den Raum, um Bericht zu erstatten. Unsicher blieb er an dem großen Tisch stehen, Bahlheim stand wie gewohnt mit dem Rücken zu ihm.

„Sie sind durch die Polizeisperre entwischt. Wir haben die Verfolgung nicht fortgesetzt … wie geplant."

Bahlheim schwieg. Er hatte die Augen geschlossen und sah doch so viel, so unendlich viel durch die geschlossenen Fenster, durch Mauern und Wände, durch die Zeit. In seinem Kopf rasten, tobten tausende Gedanken, Bilder, Wortfetzen, Emotionen. Ein riesiges, dröhnendes Meer, ein Sturm, auf dem er segelte, den er meistern musste, zähmen, immer wieder zähmen und besiegen.

Es war schwerer geworden, mit jedem Artefakt, das er angelegt hatte, war der Sturm kräftiger geworden, war es schwerer geworden ihn in seinem Kopf zu bändigen. Er fühlte den Wahnsinn, wie er versuchte ihn hinabzuziehen in diesen Mahlstrom aus Worten, Bildern und Gefühlen. Wie der Wahnsinn versuchte, ihn darin zu ertränken, dass er sich in diesem tosenden Meer auflöste. Doch noch war er der Meister des Sturms, noch schaffte Bahlheim es immer wieder mächtige Felsen zu formen. Gedanken, Pläne, Ideen, standhaft, mächtiger als jeder Sturm.

Diesen Kampf ließ er sich natürlich nicht anmerken. Nach außen war Bahlheim der Fels, der mächtige, schweigende Turm.

Freesen wurde ungeduldig, konnte sich nicht stoppen nachzuhaken: „Ich … Ich … verstehe es aber nicht. Entschuldigung. Aber, jetzt haben wir doch gar nichts. Was sollte das Ganze? Dorvund hat jetzt als neues Spielzeug das eine Mädchen bekommen, okay, aber um die ging es doch gar nicht. Es ging doch um Hanna, die hatten wir – und jetzt? Jetzt ist sie wieder entwischt. Ich verstehe es nicht." Er war sichtlich verwirrt.

Bahlheim schürzte die Lippen und schwieg. Er ruhte sich aus, auf einem perfekten Felsen im tobenden Sturm. „Perfekt", dachte er, „perfekt nach Plan." Es war typisch für Bahlheim seine Pläne nicht zu teilen, sondern sie in Teilstücken mit unterschiedlichen Helfern umzusetzen. Denn er traute ihnen nicht, diesen anderen Artefaktträgerclans, diesem gierigen Gesindel. „Es ist so typisch für sie nichts zu verstehen", dachte Bahlheim. Es war doch klar, so kristallklar, dass Hanna nicht das Herz der Quelle mitbringen, zu ihm bringen würde. Nein, das würde auch Anastasia niemals zulassen, nein er musste es sich holen kommen. Und jetzt, jetzt führte Hanna ihn direkt zu ihrem Versteck, zu ihrem Nest. Dort würde er sie alle stellen, sie alle zusammen, Simeons Tochter, Andrej, Anastasia, das ganze Verräterpack. Er würde sie einkesseln, ausräuchern und so das Versteck des Herz der Quelle aus ihnen herauspressen. Das war die einzige Chance das Diebesgut zurückzuerhalten. Sie alle zusammen zu stellen. Und wenn er hatte, was ihm gehörte, würde er sie auslöschen, alle.

Freesen war ein kleiner dummer Junge, der nicht begreifen konnte, das alles nach Plan lief. „Ich werde es vollenden, Friedrich", dachte Bahlheim, „endlich vollenden."

Doch er fühlte etwas. Ein Stückchen funkelndes Chaos, das in das übrige Chaos seiner Gedanken nicht gehörte. Ein Fremdkörper, ein glitzernder Diamant im Sturm, unter Wasser, kaum zu sehen, kaum zu fassen. War es eine Vision, eine Erkenntnis? Hatte er etwas nicht beachtet, nicht bedacht? Was war das da am Rande des Sturms? Schimmernd, verwirrend, fremd und doch vertraut. Wer oder was würde Chaos bringen in seinen Plan? Bahlheim musste es beobachten, es bedenken. Allein. Vor dem nächsten Schritt. In Ruhe musste er schauen, was das war. Und dann, dann würde er losschlagen, erbarmungslos.

Der Sturm in seinem Kopf türmte sich auf zu meterhohen Wellen, die alles hinfort spülten.

26

Trensing war kalt. Eiskalt. Er war nervös. Das ist groß, das Ganze ist so verdammt groß. Er hatte es doch gewusst! Noch immer hatte er überhaupt keine Ahnung, was los war, wer da wie wo dahinter steckte, schaltete, die Strippen zog. Wer was vorhatte. Aber er hatte es von Anfang an geahnt: Der Fall ist eine ganz, ganz große Nummer. Und er hatte Recht behalten.

Trensing saß mit Kruse und Mareike Schuhmann in einem improvisierten Büro, abseits, in einem halb leergeräumten alten Polizeigebäude. Es war zu heiß geworden, viel zu heiß. Sie hatten eine Mail abgefangen, eine Videobotschaft an die Kinder der Kirschblüte. Die Mail kam von einem gesuchten Psychopathen, einem Serienmörder, wie die Analysen gezeigt hatten. Der Mann wurde in Tschechien, Ungarn und Österreich wegen diverser bestialischer Frauenmorde gesucht. Seit mehr als 20 Jahren. Und jetzt tauchte er hier auf und schickte eine Botschaft an die Kinder der Kirschblüte. Wie verrückt war das denn bitte?

Es war eine Falle, ein Lockvogelangebot, das war klar, aber Trensing war sich sicher, dass die Kinder der Kirschblüte darauf eingehen würden, handeln würden. Sofort schlug er Alarm und ließ ein SEK mobilisieren. In wenigen Stunden waren sie bereit zuzuschlagen, die Kinder zu schnappen, diesem Mummenschanz endlich ein Ende zu bereiten. Doch dann waren sie mitten in der Vorbereitung der Aktion prompt gestoppt worden!

Gerade war Trensing dabei gewesen seinen Chef, Dr. Feldberg, über die aktuellen Entwicklungen zu informieren und mit seiner finalen Zustimmung zusammen mit dem SEK zu den Koordinaten nahe Frankfurt auszurücken, da kam eine Anweisung von ganz oben. Ganz ganz oben, im Innenministerium. Man war auf die Ad-hoc-Anforderung des SEK und die Einsatzplanung aufmerksam geworden. Die gesamte Aktion musste sofort eingestellt werden. Sofort! Das Thema, der Einsatz in Frankfurt, lag bei der Sondereinheit D1, es hatte oberste Priorität. Es wurde eine interne Untersuchung angedroht – warum sich Dr. Feldberg und Trensings Einheit mit dem Thema überhaupt noch beschäftigten, da der Fall „Die Kinder der Kirschblüte" ihnen schon vor Wochen entzogen worden war.

Als Dr. Feldberg über persönliche Kontakte nachbohrte, kam ein nebulöses: „Da kann ich Dir auch nix zu sagen. Leider, alles Top Secret. Eine internationale terroristische Bedrohung steckt dahinter, mehr kann ich nicht sagen" zurück. D1 wäre seit Jahren dran und würde das jetzt professionell und gezielt zu Ende bringen. Jegliche Einmischung sei auszuschließen, um den Erfolg nicht zu gefährden. Ein Sonderbeauftragter der D1 wurde extra abgestellt, um Dr. Feldberg und Trensing diese Anordnung deutlich zu übermitteln und deren Einhaltung zu „überwachen".

Trensing hatte mit seiner Faust auf den Tisch geschlagen, seine Zähne zusammengebissen und keine Worte gefunden. Doch Dr. Feldberg hatte diese für ihn gefunden, als er Trensing allein in seinem Büro sprach: „Das stinkt zum Himmel. Mark, hier stimmt was nicht. Du hattest recht, hier stimmt etwas gewaltig nicht. Hör zu, ich lenk diesen D1-Sonderbeauftragten ab, ich werde ihn beschäftigt halten. Check du mit deinem Team, was hier läuft. Ich bin schon lange genug dabei, ich hab viele Kontakte, Möglichkeiten. Inoffizielle Mittel. Du errichtest jetzt sofort ein geheimes Büro. Finde heraus, was die D1 macht, wer sie steuert. Was machen sie in Frankfurt? Was passiert danach? Aber vorsichtig, ohne Aufsehen, aufs Nötigste in der Kommunikation reduziert. Geh und bring uns Antworten! ... Und Mark, sei bitte verdammt vorsichtig."

Und so saßen sie nun also in ihrem neuen, geheimen Büro: Trensing, Schuhmann und Kruse. Zuerst wollte Trensing nach Frankfurt fahren, alles beobachten. Aber es hätte wohl nichts gebracht, man hätte ihn sicher entdeckt, wenn er nah genug gekommen wäre um etwas Brauchbares aufzuschnappen. Er wusste, das Beste was er jetzt machen konnte, war Kruse zu unterstützen.

Kruse war der IT-Nerd und er war zudem durch diverse Projekte super vernetzt. Kruse hackte sich rein, hörte sich um, nutzte seine Programme und Werkzeuge so gut, wie es die interne Geheimhaltung ermöglichte. Dann hatte er etwas gefunden, etwas, was ihn elektrisierte. Er griff zum Handy. Sprach kurz mit einem alten Kumpel. Trensing verstand nur Wortfetzen.

„Ihr habt die schon? ... Woher ... Ja, ok ... Ja ... Geil! ... Und, schon mal eingesetzt in Deutschland? ... Nee, wie? ... Ach ... spannend ... Ok, cool ... hast du da ... hast du Projektdaten? ... Ich muss mal ... wart mal ... ja, genau, wie damals, nur jetzt du für mich ... weißt du doch ... Hundertpro ... vollstens, mein Ehrenwort ... Jederzeit, Jederzeit, mein Padawan ..."

Danach brauchte Kruse noch etwas Zeit, Recherchen, noch zwei Telefonate und dann konnte er berichten: Die D1 hatte vor zwei Tagen intern bei einer Digitale Observation und Nachverfolgungsspezialeinheit, in der ein alter, sehr guter Kumpel von Kruse saß, einen dieser ganz neuen Peilsender geordert, der heißeste Scheiß derzeit, wie Kruse erläutert hatte. Ein Microchip, welcher der Zielperson unter die Haut gespritzt wurde.

„Musste nur irgendwie schaffen das Ding da unbemerkt reinzuspritzen, danach: spürste nichts, merkste nichts. Derber Kram", hatte Kruse erklärt. „Aber durch meine Kontakte konnte ich mich reinhacken. Da schuldeten mir noch ein, zwei Leute einen Gefallen. Ist immer gut, wenn dir jemand einen Gefallen schuldet, oder auch zwei. Nech? ... Ok, ich hatte kurz Zugang und konnte mir das Signal ziehen, doppeln. Wir sind drin! Und jetzt ... jetzt sehen wir, was die D1 sieht!"

Und was das war, sah man direkt vor ihnen auf dem Bildschirm: Ein roter Punkt, der auf einer Karte die A24 entlangraste.

27

Es gab nichts, was Nicole so sehr hasste wie die Dunkelheit. Die Dunkelheit und festzusitzen, gefesselt, sich nicht bewegen zu können. Es machte sie panisch, so hilflos ausgeliefert zu sein. Die Panik saß tief in ihrem Magen und langsam kroch sie daraus hervor, durch ihre Adern. Ein Kribbeln, ein nervöses Brennen überall in ihrem Körper. Mit jeder Minute, die Nicole hier in der Dunkelheit dieses Kellers gefesselt an die kalte Steinwand stand, nahm ihre Panik zu. Sie begann zu schwitzen. Niemand würde ihr helfen. Nicht einmal Hanna. Sie war allein und die Welt, das Leben hatte es mal wieder so inszeniert, um ihr genau das zu zeigen: Am Ende bist du hilflos und allein – und niemand wird dir helfen, wie damals. Zu allem war Nicole bereit gewesen. Bereit zu sterben. Aber nicht so, bitte, bitte nicht so. Die Panik stieg höher, raste eisig pulsierend durch ihre Adern.

Dann hörte sie seine Schritte auf der Treppe, langsam kamen sie näher. Schwere Schritte. Und sie hörte dieses leise, manische Gekicher. Eine Tür wurde geöffnet. Ein metallisches Quietschen, ein Schleifen, fast schon ein stählernes Schreien. Fahles, schimmerndes Licht erleuchtete aus dem Flur das geräumige Kellerverlies und Nicole spürte seinen Blick auf ihrem Rücken. Sie hörte den Atem, den schweren, schneller werdenden Atem des Mannes. Die Panik schnürte ihr die Luft ab.

„So, und jetzt zu uns, meine Kleine. Meine kleine süße Kirschblüte. Weißt du, wie sich Schmerzen anfühlen? Wahrhafte, echte Schmerzen? Schmerzen, die alles in dir zerreißen, alles in dir beherrschen? ... Weißt du, wie die sich anfühlen, diese Schmerzen? ... Lass mich doch mal sehen, wie lieblich du schreien kannst."

Er drückte Nicole mit seinem Körper gegen die Wand, sie konnte seine harte Erektion fühlen, seinen Atem jetzt heiß in ihrem Nacken, ihre Panik explodierte in ihrer Brust, in ihrem Kopf. Verzweifelt versuchte sie ihre Hände zu befreien, aber es gelang nicht. Das Seil riss ihr bloß die Haut am Handgelenk blutig auf. Doch das merkte Nicole gar nicht mehr. Der Mann packte ihre Haare, zog ihren Kopf zurück, leckte mit seiner Zunge an ihrem Hals. Ein verzweifelter, tränenerstickter Schrei drang aus Nicoles Kehle. Er schien nur eine Hand zu haben, die andere war ein bloßer Armstumpf, der sie aber trotzdem kraftvoll, schmerzend gegen die Wand drückte. Tränen brannten in Nicoles Augen, die gesunde Hand des Mannes packte unter ihr T-Shirt, riss an ihrer Hose – und auf einmal ... herrschte Stille ... absolute Stille.

Man hörte nur noch das Keuchen von Dorvund. Überraschend ließ er von Nicole ab und lauschte, fühlte in die Stille. Nicoles Herz hämmerte wie wahnsinnig in ihrer Kehle. Eisige, beklemmende Ruhe erfüllte das Kellerverlies.

„Was zum Teufel ...", murmelte Dorvund und wollte sich gerade vorsichtig bewegen, da hörten sie eine geflüsterte und doch ganz klare, durchdringende Stimme, die aus dem Flur hinter ihnen kam: „Und weißt du, wie es sich anfühlt bei lebendigem Leibe zu verbrennen? Wie es sich anfühlt, wenn dein Fleisch in der Hitze blasen schlägt, deine Knochen verkohlen und die verbrennenden Nervenzellen panische Notsignale an dein primitives, kleines Gehirn senden? Voll von Schmerz, voll von brennendem glühenden Schmerz, überall? Wenn deine Finger, wenn deine übriggebliebene Hand, die so unendlich viel Unheil angerichtet hat, wenn die langsam verkohlt und du das alles noch ganz genau mitbekommst? Wenn deine Augen in der Hitze der Glut schmelzen und du nicht fliehen kannst? Vor dem Schmerz. Weißt du, wie sich das anfühlt? Nein? Dann sollten wir das unbedingt ändern. Ich würde zu gern sehen, wie du schreien kannst. Noch ein letztes Mal."

Im Dämmerlicht des Kellers wurde eine Gestalt mit einem schwarzen Umgang sichtbar, die eine Kapuze weit in ihr Gesicht heruntergezogen trug. Lange golden-schimmernde Haare flossen an den Seiten aus der Kapuze und leuchteten wie ein überirdisches Licht in dieser schäbigen Dunkelheit.

„Du Fotze!", brüllte Dorvund und rannte auf Sarah zu, doch er hatte nicht den Hauch einer Chance. Sie ließ ihn mühelos entflammen, qualvoll verbrennen, drückte ihn dabei mit ihren

Kräften in eine weit entfernte Ecke des Kellers. Danach ging sie schnell zu Nicole und befreite sie.

Nicole sank erschöpft in Sarahs Arme. Sie schaffte es gerade noch ein kraftloses „Danke? Aber, wer bist du?" zu flüstern, bevor sie ohnmächtig zusammenbrach.

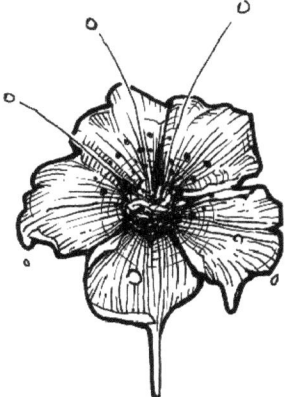

Alles wird erklärt werden, alles wird einen Sinn ergeben - und alles wird ein Ende finden.

Fortsetzung in:
Die Kinder der Kirschblüte
Teil 3: Die Quelle der Artefakte

Wenn Du informiert werden willst, wann der dritte Teil erscheint, schicke eine E-Mail mit dem Betreff „Quelle der Artefakte" an: melvin@kinderderkirschbluete.de

Handlung und Personen dieser Geschichte sind frei erfunden. Jedwede Ähnlichkeit zu lebenden oder toten Personen sowie Ereignissen der Zeitgeschichte sind rein zufällig und nicht beabsichtigt.